魅丽文化 花火工作室

qing you

清忧 作品

works

林风姗姗起

lin feng shan shan qi

江苏凤凰文艺出版社
JIANGSU PHOENIX LITERATURE AND ART PUBLISHING, LTD

图书在版编目（CIP）数据

林风姗姗起 / 清忧著. -- 南京 : 江苏凤凰文艺出版社, 2017.5
ISBN 978-7-5594-0168-7

Ⅰ. ①林… Ⅱ. ①清… Ⅲ. ①长篇小说－中国－当代
Ⅳ. ① I247.5

中国版本图书馆 CIP 数据核字（2017）第 073193 号

书名	林风姗姗起
作者	清忧
出版统筹	黄小初　邹立勋
选题策划	丐小亥
责任编辑	胡小河　姚丽
文字编辑	钟姝
责任监制	刘巍　江伟明
出版发行	江苏凤凰文艺出版社
出版社地址	南京市中央路165号，邮编：210009
出版社网址	http://www.jswenyi.com
印刷	湖南凌宇纸品有限公司
开本	880 mm×1230 mm 1/32
字数	226千字
印张	9.5
版次	2017年5月第1版，2017年5月第1次印刷
标准书号	ISBN 978-7-5594-0168-7
定价	29.80元

目录

Contents

目录

Contents

楔子

雪白的墙壁，敞开的玻璃窗，弥漫在空气中的血腥味浓烈地逼过来，让人透不过气。

许愿正盯着茶几兀自出神，突然一束白晃晃的灯光照向他，被光线一刺激，他似乎醒了过来，眼睑微微抬了抬。

“什么情况？”穿着制服的肖雨清晃了晃手中的手电筒。

蹲在地上的许愿长睫毛微微颤动了几下，他站起身来，目光越过肖雨清的肩看向窗外。窗外夜幕沉沉，什么都看不到，只能听得到令人窒息的雨声。

看着他一言不发，肖雨清有些生气，大声道：“你倒是说话啊！”

“肖叔，去排查一下死者的男性熟人吧。”

“为什么？不是入室抢劫吗？”正在一边做记录的小女警茫然地问道。

“咖啡壶里煮好的咖啡并没有喝，还准备了两个漂亮的咖啡杯，显然，死者生前在等人一起分享。”

“也许来不及喝就遇害了。”小女警反驳道。

屋内十分寂静，许愿面无表情地说道：“门虽然有被破坏痕迹，但是痕迹比较整齐，显然不是进门时所为。一般入室抢劫的凶手是没有时间将门弄出这么完美的痕迹的，所以凶手进门的时候应该是有人给他开门的。表象可以制造，但尸体是不会说谎的。你看，死者从背后受袭，伤口整齐，没有挣扎痕迹，这说明她并无防备。如果是你，对入室抢劫的陌生人会毫无防备？”

许愿走到鞋柜旁，用戴着白手套的手拉开鞋柜：“鞋柜每一格都一尘不染，经常放鞋子才会这样收拾，可现在鞋柜全部清空，应该是凶手故意带走了鞋子。”

小女警一双眼睛疑惑地望着他：“为什么是男性熟人？”

“阳台的门上贴有‘吸烟区域’标识，烟味浓烈，并不是女性爱抽的气味温和的香烟。死者指甲干净整洁，牙齿雪白，应该无抽烟史。最明显的是，死者的衣柜有一半是空的，一个爱漂亮的女人怎么会让自己的衣柜空出一半？那空出的一半应该存放过另一个人的衣服，这间屋子里应该有男性朋友留宿。”

“不愧是修了心理学的高才生。”肖雨清赞许地拍了拍他的肩膀。

面对夸赞，许愿没有接话，他默默地扯下手上的白手套递给肖雨清：“肖叔，最近当当购书五折，要不我给您列个书单，您也修修心理学？”

肖雨清一脸的委屈：“有你这个心理学硕士在，我还用得着费那个力气？”

许愿似乎早就料到肖雨清会这样说，他微微一拧眉，转身欲走。就在他转身的瞬间，口袋里的钱包“啪”的一声掉在了地上。钱包摊开了，里面是一张照片。照片上的他十七八岁的样子，眼睛明亮，笑容灿烂，身边站着的女生笑意盈盈的，一双眼睛亮得像星星。

“你小子什么时候和女生这么亲密过？”

许愿没有搭腔，他沉默着弯腰捡起钱包，然后大步越过地上的血渍向门外走去。窗玻璃上清晰地映出他的脸，跟照片上一样好看，眉眼俊秀，鼻若悬胆，可神色不太好看，漠然冰冷，令人心底微生寒意。

“许医生今天好像不太高兴。”小女警看着许愿的背影幽幽地说道。

“你什么时候见他高兴过啊？”

小女警困惑地睁大了眼睛：“甲级医院的主刀医生，心理学硕士，人长得帅气，几乎所有的优点都集于一身，还有什么不快乐的？”

肖雨清看着不远处的许愿，外面大雨如瓢泼，可他毫不理会，任由雨水浇泼在身上。他又爱穿白衣，被雨淋过后更衬得他清冷逼人。肖雨清不禁皱着眉道：“在这世上，深情就是一桩悲剧。”

第一章·初心

所有一切都将被时光碾成灰尘，但我不能因为时光飞快，就把一些美好抛在身后。

许愿坐在二楼图书馆的窗边。

一群女生抱着相机在墙角下叽叽喳喳地笑闹。

他无聊地打了个哈欠，撑着头从窗口的位置居高临下地看着那些女生：搞什么啊？几朵野花而已，有必要像发现新大陆一样拿着相机拍个不停吗？

他并没有意识到那些相机或多或少有些角度是对着他的，也不知道自己已经N次进入她们的镜头。

他原本以为那些女生拍几张照就会走，结果人越聚越多。

实在是太吵了！他拿起靠在脚边的拐杖，准备换个位置。刚一站起来，他就吃惊得嘴张成了一个“O”形——对面的女生竟然在图书馆看不雅视频，且那画面十分大胆露骨。

果然是人不可貌相，那女生乱糟糟的头发上别着一枚纤细的发夹，看起来青涩单纯，居然这样胆大。

许愿尴尬地用手敲击了一下桌子，清清嗓子道：“咳，咳……同学，这里是图书馆，这种不雅的视频不适合在这种地方播放。”

正在研究怎么关掉画面的林浣被吓得浑身一个激灵，刚刚的视频是她兼职那家三流报社主编发给她的链接，里面是一段自带特效音频的少儿不宜动画。被人现场抓包，这下有理也说不清了，这种丢脸的事要是被传出去，还怎么活啊？

林浣的第一反应就是溜之大吉。可是她忘了今天穿了一双该死的高跟鞋，匆忙之间重心不稳，脚下一滑，整个人呈“大”字形趴在了地上，和地面来了一个亲吻。

她难堪地趴在地上，看着男生近在咫尺的脚尖，听着他慢吞吞略带嘲讽地说道：“同学，少儿不宜的东西要少看。医学表明，过度刺激会影响判断力，导致身体失衡的。”

影响判断力，身体失衡？

一听到这句话，林浣想哭的心都有了。他不会把自己当成“惯犯”了吧？顾不上辩解，她低头拎着害人的鞋子灰溜溜地拔腿就跑，丝毫没有意识到那部“作案”的手机被她遗忘在了地上。

许愿看着那部孤零零的手机，又看看那仓皇离去的身影，并没有喊她，而是弯着腰捡起了那落在地下的手机。

许愿拄着拐杖回到宿舍，正在打游戏的陈诺吃惊地问道：“今天怎么回来得这么早啊？”

许愿举起一部红色手机，温和好听的嗓音透着一股玩笑味：“捡了部手机。”

陈诺摊开手，呵呵贼笑道：“哟，发财了。”

许愿回过头，手插口袋，一本正经地道：“我想找到失主。”

陈诺毒舌地问道：“难道丢手机的是位美女？”

陈诺并没有等到许愿的回答。他从游戏里抬起头，偷偷地瞄了他几眼。许愿正把玩着手机，那双明亮的眼睛里蓄满笑意，长睫毛优美骄傲地眨了眨。他被许愿反常的样子吓了一跳，关掉游戏，认真地说道：“你小子，不会是榆木疙瘩开了窍，枯木突逢春吧？”

许愿横了他一眼：“你说什么？”

陈诺被他瞪得心里发毛，假惺惺地说道：“我说，我来帮你写招领启事啊。”

林浣逃回宿舍后的第一件事就是要把手机里的不良视频毁尸灭迹，当她伸手往口袋里一摸，腿立刻就软了。

这手机可是她给一家小报纸画了两个月的小漫画才换来的。两个月时间啊，她看了主编发来的多少不良视频，受了多少心灵的折磨啊！

竟然丢了！

在她想一头撞死之前，她还是心有不甘地冲回图书馆找了一圈，连地上的缝隙都没有放过。

她垂头丧气地走出图书馆，回到宿舍，闷闷不乐地打开学校的BBS，愤怒难表地发了个帖子：“丢东西了，姐妹们有谁在学校丢过贵重东西？”

林浣把鼠标往下拉，还真的很快有人回复。

“丢的最贵重的东西？呜呜呜，大概就是在男神面前丢的脸了。”

“谁是你男神啊？”

“男神等于许愿啊。”

“许愿 +1。”

“许愿 +1+10086。”

“许愿 +1+10086+ 身份证号。”

林浣正看到这里，苏微微推门走了进来：“怎么了？一脸要将人千刀万剐的表情。”

“歪楼了，我发的帖子歪楼了。这个许愿是谁啊？竟然把我的楼给歪了。”林浣一边抱怨，一边念给苏微微听。

苏微微一声仰天长啸：“你是穿越来的吗？”

林浣默默地点头。

苏微微嘲弄道：“去问度娘吧。”

苏微微的话音刚落，林浣的手已经点开了百度百科，一边浏览一边缓缓念：“许愿，医学天才，江城医大的状元，入学分数破十年来最高纪录。”浏览到最后，是几张照片，照片里的传奇人物有着一头微卷的头发，纤长的睫毛像对蝴蝶，眼眸黑得甚是好看。

林浣自言自语：“P得太离谱了，哪有男人长这么漂亮的？”

这句话又换来了苏微微一句讽刺：“P的？你不会以为人人都像你一样平平无奇吧！”

“你说什么？”

苏微微见她反应这么大，知道自己撞在了枪口上，连忙闭上了嘴。

山雨欲来风满楼时，救星来了，同宿舍的肖豆蔻举着一张A4纸跳进了宿舍：“浣浣，你手机是不是丢了？”

听到“手机”两个字，林浣一个激灵蹦起来。她抢过豆蔻手上的A4纸，看着上面的手机图片激动地说道：“是我的，你们看，我的机器猫还在上面。”

林浣只顾着看手机，苏微微却把注意力放在了招领启事的文字说明上：“是你只顾着偷看别样的美景？还是你被其他事物偷走了心神？在那个午后，我被孤零零地遗忘在了图书馆——谁的手机丢了？下午五点请到C楼自习室来领取。”苏微微担忧地说道：“一则招领启事，有必要写得这么肉麻吗？会不会是遇到变态了呀？”

变态？林浣被苏微微说得一愣一愣的，心里怕怕，讨好地哀求道：“微微，你陪我去拿。”

“我还要去潜水社团。”苏微微无奈地摊开手掌，“今天我们社长会亲自教我们花式潜水。”

“见色忘义的家伙！谁不知道你惦记的不是花式潜水，是潜水社的社长。”

“是，又怎样？”苏微微抱胸，拖着尾音说道。

这年头，什么友情第一？分明是美色在眼前，义字摆两边。林浣见苏微微这边没有指望了，转头朝肖豆蔻双手合十道：“豆蔻，我知道你最好了。”

“可我今天下午要去上选修课。”

林浣知道肖豆蔻非常爱学习，每个空当都排满了选修课。

求助无门，看来只能自己勇闯虎穴了。

下午五点前，林浣找到了寻物启事上的自习室。里面很安静，想到苏微微所说的变态，她感觉浑身冷飕飕的。想到手机，她又有些骑虎难下，只得故作镇定地大声喊道：“有人吗？”

自习室立刻有男生跳起来，怪声怪调地应道：“有人！甜心！”

林浣想起苏微微的话，这人不会就是变态吧？

那男生丝毫不知道林浣此时的心理感受，冲她挤眉弄眼道：“甜心，找我的吧？”

林浣心里一紧，就在她想落荒而逃时，靠窗的角落里传来懒洋洋的声音：“陈诺，别逗人家小姑娘。”

那个叫陈诺的男生笑起来了，说：“许愿，你也会怜香惜玉啊？”

许愿？BBS 上面的加 10086 加身份证号码的许愿？百度百科上被 P

得自带光环的许愿？

林浣的目光唰地一下就飞了过去，那张脸上有着淡淡的微笑。那一刻，窗外的阳光通过窗户照射在他的身上，他整个人像是罩着一层金光，那分明是漫画里才有的人物，漂亮得近乎虚幻。

可他刚刚又那么真实地开口说话了，林浣此刻心里有一千只小鹿在狂奔。她吸了一大口气，心想，不能再这么傻乎乎地看下去了，张口结舌地说："你……你……你就是许愿？"

"甜心，你的表现太让我失望了！我这么帅的人在你面前你看不见，那个犄角旮旯里的许愿你却看见了。"陈诺捂着胸口夸张地说道。

这人的表演欲望还真是强，林浣翻了一个白眼，拿出A4纸道："我没兴趣看表演，我是来拿手机的。"

陈诺上前一步盯着她胸前的A4纸："你就是失主？"

林浣退后一步又急又恼地用双手环胸护住自己："保持距离。"

陈诺嗤笑道："我不喜欢干煸扁豆。"

干煸扁豆？

"他在说你营养不良啊。"角落里的许愿依旧懒洋洋地说道。

在嘲笑自己的身材吗？林浣疑惑地打量了一眼自己，虽然不是前凸后翘，但该有的都有，她自言自语地说道："我可是B罩杯。"

陈诺一脸嫌弃地看着她的胸口："说谎不打草稿。"

好像歪题了，她只是想拿手机，怎么扯到了罩杯？林浣加重语气说道："还！我！手！机！"

"不还。"

"你不会是要讹我钱吧？"林浣听说过很多人拾到东西之后都要狠狠地敲诈一笔，这个陈诺不会也想要讹她钱吧。

"说钱多俗啊。"陈诺笑吟吟地说。

林浣一副心知肚明的表情，她臭着脸退后一步护住自己：“你别想多了，我不会以身相许的。”

角落里一直观望的许愿突然笑了：“你也敢用‘以身相许’四个字？”

他这分明是歧视！她的身材很差吗？

林浣非常非常贱地说了一句：“如果穿泳衣，我身材还真不错。”话一说完，林浣就恨不得咬掉自己的舌头，又不是来相亲的，犯得着这样推销自己吗？

许愿抿抿嘴，嘴角轻扯出一个小弧度，说道：“陈诺，别像个禽兽一样，把手机还给人家小姑娘。”

陈诺失望地掏出那部红色手机，不甘心地对许愿说：“就这样还给她？面都没有讹到一碗啊。”

原来不是讹钱，是想讹面。没出息！

林浣翻了翻白眼：“不就是面吗？我请你们吃。”

陈诺满意地把手机还给了她，转头叫许愿：“快点，银丝面走起！”

许愿露出一个非常无聊的表情：“不饿。”

“甜心，他没口福，我们两个去吧！”

林浣看着兴致勃勃的陈诺，不情不愿地说道：“我好像也不饿，要不我给你几块钱，你自己去吃。”

陈诺“切”了一声：“你们女生就会口是心非，是不是许愿不去，失望了？”

林浣急了，语无伦次地解释道：“我跟那些女生……不一样，我真的是……不饿。”可是她的肚子一点都不了解主人的心思，发出了“咕咕，咕咕……”的声音。

林浣尴尬得想去钻地洞了。

陈诺忍不住调侃：“刚刚是布谷鸟在叫吗？”

小样！林浣看着陈诺小人得志的模样，正想踹那小人两脚时，却听见角落里的许愿温和地说："我肚子好像又有点饿了。"

等许愿拿着拐杖站起来时，林浣愣住了。

拐杖？图书馆？手机？

林浣联想到自己在图书馆的糗事，当即断定手机一定是许愿捡的。她蒙了！老天爷，你这是在逗我吧！林浣第一次感觉到生无可恋！那一刻，她简直就想抱着逗逼老天爷的大腿大哭一场！

好在许愿一直没有提图书馆的事，林浣也就厚着脸皮当没拿回事，游魂一样地跟着陈诺两人奔赴面馆。

就这样，三人来到了一家干净的面馆，陈诺自来熟地点了三碗银丝面。

"甜心，你可是有口福了，这家的银丝面鲜得简直让人把舌头都吞掉。"

林浣不以为然。然而，面一上桌，她就被折服了。

美食当前，她完全忘记了自己之前还一副想死的样子，也顾不上烫，一边呼呼吹气，一边呼哧呼哧地吃了起来。

"慢点吃，你饿死鬼投胎呀？"陈诺取笑道。

听他这么一说，正在喝汤的林浣才想到自己的吃相一定很难看——她正举着一个硕大的碗，整个头都差点埋在了碗里。

糗大了！

林浣放下碗来，一边慢慢地吃一边看着自己对面的许愿。他正低头玩着手机，并没有看她。他是在看手机里的笑话吗？只见他嘴角轻轻扬起，两个深深的酒窝盛满了俏皮。

那一刻，林浣清晰地听到自己扑通扑通的心跳声，她有些尴尬，还好有美食可以掩饰。

吃到一半，陈诺的电话响了起来。接完电话陈诺贱兮兮地笑道："佳人有约，先走一步了啊！二位慢用。”趁林浣歇气打嗝的空当，陈诺对林浣抛了个媚眼：“甜心，下次再约啊！”

林浣被他的话呛到了，连连咳嗽。

一直在玩手机的许愿递给她一杯水：“慢点吃。”

她接过水准备道谢，却突然意识到许愿也许没有那么好心，因为他嘴角微微向上翘起，眼中带着坏笑，分明是在笑她的吃相。

只是林浣管不了那么多，银丝面汤鲜着呢。

许愿一边玩手机，一边听着林浣喝汤时弄出来的声音，他不禁感叹：不过是一碗面，她可吃得真欢快啊。

只是账单递过来时，欢快的林浣却愣住了。

八十四块。

她揉揉眼睛，再次确认了一遍，抢劫啊！三碗面而已啊！

虽然叫银丝面，但并不是真的银子做的啊！

想到自己瘪瘪的钱包，她望着许愿试探道：“这简直是讹诈啊，你说我们要不致电 12315？”

许愿微微一笑：“刚刚你不是吃得很开心？”

“吃得开心和贵是没有关系的。”

“猪更会吃。”

“你说什么？”林浣没有听清。

“我就是想起了一句话，近墨者黑，近‘猪’者吃。”

这家伙是在骂她猪吧？

林浣气鼓鼓地结了账，拿着手机就向店门外冲。那碗银丝面把她的肚子撑成了一只圆滚滚的大球，走路很艰难，她很不文雅地撞到了门框。

在后面的许愿又发出一声低低的笑。林浣恼羞成怒，她看到老板的儿子在门边踢球，她转身飞起一脚，球的速度很快，“嘭”的一声砸在许愿的脑门儿上，像一记重重的天马流星拳。

等她想起许愿是个伤残人士时，许愿已经四肢着地，像一具僵尸一样趴了在地上。

哈哈！林浣心里暗爽，嘴上却假惺惺地问道："摔得疼吗？"

疼吗？她居然问他疼吗？她来摔一跤试试？可是许愿一向心高气傲，他可不想承认自己被一个皮球给干倒了。

"嘿嘿，你这条腿。"看他没有回应，林浣故意用手使劲按了一下他的伤腿。

许愿本来疼得咬紧牙齿，被她这样一欺负，他本能地疼得蹦了起来。

动作幅度太大，林浣也被他带倒了，两个人叠罗汉一样跌倒在了地上，瘦小的林浣正好压着他。

许愿感觉有什么东西正顶着他。

完了，完了，许愿想到了之前在自习室她吹嘘的 B 罩杯，被 B 罩杯顶着的他口齿不清地说道："你之前说的是真话。"

"啊？"林浣脑袋短路，一时反应不过来。

"咳……咳……B 罩杯的事。"许愿说道。

林浣想了很久才醒悟过来，心中气恼不已。

许愿这时又淡淡地开了口："你再不起来，我可能会……"

这个暧昧的姿势，可能会……会怎么样呀？林浣佯装淡定地推开他，飞快地消失在许愿的视线中。

许愿从地上爬起来，看着林浣的背影，见她在树木间一跳一跳的，轻灵活泼。

他丝毫没有察觉到自己在盯着林浣看时，那双亮汪汪的眼睛，深邃得可以养两尾金鱼了。

回到宿舍，林浣讲完手机认领经过，苏微微的八卦之心熊熊燃烧起来：“你和许愿一起去吃面了？男神许愿？自带光环的许愿？”

林浣翻了个白眼，不然呢？难道医大还有第二个许愿？

苏微微恨铁不成钢：“你居然把他扔在街上，你没有扑倒他？”

林浣满脸黑线：“你脑袋里除了想男人还能想什么？”

“少装了，换你不想？”拜托，对方可是许愿，学校多少女生想扑倒的人啊，苏微微感慨道，“男神脚边死，做鬼也风流啊！”

真是猥琐！

晚上林浣准备睡觉的时候，手机竟然响了，是一条来自陌生号码的短信：“猪，睡了没？”

想到了许愿说的“近‘猪’者吃”，林浣猜到了对方身份，她愤怒地回道：“你什么时候偷偷存了我的号码？”

“捡到手机就存了。”

“可我手机上锁了。”

“你那种锁对我这种智商的人来说就是小儿科，再加上你智商被狗吃了，锁屏设置得太简单了，一下就解开了。”

智商被狗吃了？要不要这么过分！林浣回了两个字：“呵，呵。”

未等他回复，林浣把手机按了关机键。

第二天早上起来，林浣打开手机，嘀嘀嘀，短信轰炸模式开启。

一条一条都是来自许愿，他该是多闲啊？

睡在隔壁铺的肖豆蔻揉着眼睛说：“林浣，你手机出问题了吗？一大早就响个不停。”

林浣无辜地说：“是有人给我发短信了。”

“居然发这么多短信给你，是讨债公司的吗？”正在洗漱的苏微微八卦地问道。

林浣拿着手机石化掉了，难道除了讨债公司就没有别的人给本人发短信吗？不过苏微微话中的“讨债”两个字提醒了她，要交画稿了。她可没有时间和苏微微探讨谁发短信这种问题，她胡乱洗了个脸，抱着笔记本，顶着乱糟糟的头发冲进图书馆。

进了图书馆，林浣第一眼就看到了许愿。他穿着一件黑色的高领毛衣，胸前印着卡通的机器猫，俗得惊天动地的衣服，穿在他身上却成功逆袭得极其时尚，有不少女生探出头偷偷用手机拍照。

她偷偷摸摸地找了个位子坐下，正好可以看到许愿的背影。有女生向他靠近：“师兄，可以和你拍张照吗？”

后座有女生在窃窃私语：“许愿真是帅啊，英俊的面孔，凝脂一样的皮肤，桀骜不驯，帅气……逼人！

林浣想起言情小说里面霸道总裁的描写，实在是受不了这番表述，她笑出了声音。

这时前面的人也发现了她。

林浣的手一抖，电脑画板里的男主角变成了丑八怪。

她与许愿隔着两排座位对视了起来，林浣还来不及跑路，众目睽睽下他竟然站了起来，拄着拐杖和她打招呼：“你昨天怎么不回我短信？”

“嗖——”

“嗖——”

“嗖——”

林浣感觉到无数目光如箭矢般朝她射了过来，她只好装傻，低下头看书。

可是许愿并不打算放过她，他竟然朝她走了过来。

林浣这回总算明白什么叫必死无疑了。

许愿将手撑在她的桌子上，在她前面的空位上坐下来，眼睛和她平行对视，固执地问：“为什么不回我短信？”

林浣心里那个悲愤啊，他是真傻还是假傻？正常人就算用脚指头想想也知道，她是不想和他有瓜葛。这种人她可惹不起，男神啊，怎么能随便交朋友呢？

“多少人想要知道我的电话号码，你竟然不回我短信？”

她“腾”地一下就站了起来，忍无可忍：“我们认识吗？”

他的眼睛睁得大大的，一副很无辜的样子，声音突然变得细细软软的：“这么大反应干吗？好歹我是你手机的救命恩人啊！”

真会演啊，手机的救命恩人！她不是已经请他吃饭报恩了吗？难道要以身相许吗？她的脸涨得通红：“我们已经两清了。”

“你讨厌我。”许愿突然趴在桌子上，这股低气压让周围的目光都朝林浣投射了过来。

林浣发现她已成了焦点，她总算明白了什么叫借刀杀人、睚眦必报、幸灾乐祸了。再在图书馆待下去，她会被那群女生啃得连骨头都不剩吧。她抱着书，逃离了现场，迅速窜回了宿舍。

“你小子有点反常呀？”一直看戏没有什么存在感的陈诺颇耐玩味地笑道。

“有什么反常的？”许愿看着陈诺，又恢复了漠然的样子。他的眼眸原本就很黑，这样突然看过来仿佛深不见底。

被他这样看着，陈诺打了个激灵：“反常，太反常了！你哪里还像传言中的面瘫啊？你现在整张脸都洋溢着一股春风得意。”

是吗？他不慌不忙地摊开书：“不是让我来帮你讲题的吗？”

陈诺扑哧笑道：“男神，书拿倒了。”

“是吗？”许愿淡定地把书摆正。

陈诺探头狐疑地问：“许愿，你和这小妞究竟有什么渊源啊？”

许愿暖暖地笑道：“天机……不可泄露。”

林浣回到宿舍，苏微微出去潇洒了，肖豆蔻去上课了，她百无聊赖地打开论坛，一股恶毒的气息扑面而来，主帖赤裸裸地写着：“男神是不是眼睛瞎了，竟然和那个老女人调情。”

她一看，跟帖竟然超过了一百条。

“好白菜都给猪拱了。”

“那老女人怎么不去死！”

这群人是有病吧！她承认许愿的腿是比别人长一点，脸也比别人好看一点，但至于为了这么一个人这么血腥地咒她吗？林浣看得心惊胆战，这才觉得这事不好了。她有种不祥的预感。

晚上，苏微微在看电视剧，肖豆蔻在温书，整个宿舍一片和谐，只有林浣在自己的小木床上辗转反侧。

她翻了一个身，睡不着。

数了一千只小绵羊，她还是睡不着。

她默念了九十九个六级单词，睡意还是没有来。

“你干吗？烙饼吗？”苏微微忍无可忍。

“微微我问你，如果许愿和一个女生搭讪，那个女生下场会是怎样？”

“你看过电影《第一滴血》吗？”苏微微认真地问。

“和电影有什么关系？”

“你也不想想许愿在学校的‘后宫团’，惹到了许愿会有好下场吗？”

她扭头看了苏微微一眼，慌张地问：“那……下场到底是什么啊？”

“下场就是血腥、惨烈地死去。”

林浣哀号一声拉着被子盖住头。这是什么仇什么怨啊，不就是看个视频，画点小 H 的漫画，老天爷非得这么整她啊？她似乎已经看到了自己的下场，上头条的标题她也已经看到了：无知花季少女因惹人嫉妒被毒害。

“为什么要跟我过不去啊？”林浣忍不住发出了心灵的呐喊，把许愿在图书馆搭讪的事告诉了苏微微。

苏微微一边看电视剧一边敷衍道：“哎呀，瞧你这点出息，这还不好吗？”

“有什么好的？”

“你看你愁成什么样子了？要是男神搭讪我，我乐还来不及呢。”

“……你说他是不是对我有意思？”

“妄想症，得治。”苏微微鄙夷地丢过来一句讽刺。

“哈哈。”林浣尴尬地干笑了两声。

苏微微却在继续补刀：“人家又不是瞎子，会对你有意思！”

“那他那样陷害我是什么意思？”林浣争辩道。

苏微微翻了个白眼：“按道理说，许愿那种高冷范的大神是不会搭理你这种小透明的，所以我琢磨着，你是得罪他了。”

林浣皱了皱眉，否定了：“我可是祖国的小花朵，文明守纪，我怎么会得罪人？说不定他就是眼瞎了，就想搭理我。”

“别想了，像你这种小透明，人家没那工夫逗你玩。”

小透明？林浣怎么觉得有一种被鄙视的感觉？

林浣瞪了苏微微一眼，苏微微浑身一寒，呵呵假笑道：“林浣，你想想，是不是干了什么坏事，让人家对你印象不好？”

林浣本来想理直气壮地说没有的，但是一想看视频被当场抓包的事……

唉，一定是这件事。

第一次见面就树立了女流氓的形象，所以许愿才认为她是那种不矜持的女生，才会这样对她。

苏微微最了解林浣了，看着她那懵懂的表情，她立刻追问经过。知道林浣的所作所为后，她狠狠地打趣道："姐姐啊，你再饥渴也得选地方吧，图书馆是你看那种东西的地方吗？"

"什么饥渴？我那是工作需要啊，主编布置的下一期连载内容啊。"

"是吗？人家许愿也会那样想吗？"苏微微慢腾腾地涂着指甲油，语气慵懒，夹带调侃，"人家只会认为你是寂寞难耐，不分场合。"

林浣无语。

看视频已成既定事实，接下来就只能躲着男神了，说不定人家过两天就会忘记她了。

接下来漫长的一周，林浣尽量避免去公共场所，图书馆、自习室通通都不去，坚决不去！

真是英明神武的决定啊，她居然风平浪静地熬到了周末。

林浣宿舍一共四个人，有一个在校外交了男朋友，租房住外面去了。她和肖豆蔻、苏微微都是本地人，三人周末都会回家。

这天下午，三个人又结伴往公交车站走去，发现前面一群女生走得很慢，鬼鬼祟祟的样了。

"她们在搞什么鬼？"肖豆蔻不解地问道。

"在偷拍许愿。"苏微微内行地回答道，"许愿在前面。"

林浣一愣，许愿？

……

她向远处一瞥，果然是许愿。他已经扔掉了拐杖，不过看上去腿还没有完全复原，拿着一本书慢吞吞地走着，那群女生就是在跟踪他。

“林浣，我们也去拍张照，听说许愿的正面照可以卖钱呢。”苏微微没有看出她的异样，兴奋地拽她的衣袖。

她可不要！恰恰此时她要坐的那趟公交车来了，看着擦身而过的公交车，林浣赶紧冲了出去，追着公交车跑了起来。

“林浣，你怎么啦？怎么一副小绵羊见到狼的样子？”肖豆蔻惊呼。

苏微微被撇在原地，大叫道：“……林浣，你是不是欠了高利贷啊？是不是被人追债啊？”

已经取掉石膏，慢吞吞地在路上走着的许愿停下脚步，看着远处那个瘦小的影子，嘴边挂着意味深长的笑。

一切都是那么恰到好处，就连空气的节拍也暗含着年少时的心事。

傍晚的火烧云映在玻璃上发出耀眼光芒，姜程程坐在落地玻璃窗前，微卷的长头发覆盖了她的后背，海藻一样的头发暴露在光线里，让她显得格外美丽。

只是这偌大的别墅显得特别清冷，保姆上前劝道：“姜姐，要不要上楼休息一下？”

姜程程摇摇头。

保姆知晓她的脾气，不敢再劝，任她这般孤零零地坐着。

时针指向“11”的时候，外面传来开铁门的声音。她转过头，是许愿回来了。她凝视着刚进门的儿子，他很随意地穿着一件开衫，修长的身材却显得很英俊。她问：“今天怎么回来得这么迟？”

许愿皱皱眉头没有说话，他的白衬衫和卡其色长裤跟他的眉头一样皱着，他坐在沙发上，胳膊肘支在自己腿上。

他在想事情，侧脸专注而安静。

看着许愿疲惫的样子，姜程程一把抢过他身上的包：“你还在继续帮那些警察？”

许愿默认了。

“跟你有什么关系？”姜程程冷漠地说道。

“那遇害的女孩子才二十岁，她也有家人等她回家。”许愿心中难过，修长的眉头轻蹙，颓然地说道，“可再也等不到她回家了。”

姜程程却并不为所动，望着许愿说道：“你是警察吗？你是受害者家属吗？”

姜程程的话说得太尖锐，许愿想反驳她的这种冷漠言论。恰好这时，保姆陈姨端出一锅鸡汤，见母子二人僵持着，陈姨解围笑道：“许愿，鸡汤炖好了，先喝碗汤补补。”

姜程程赌气地说道：“不给他喝，没良心的东西，谁对他好他咬谁。”

许愿被吵得头昏脑涨，他没有喝汤，闷不作声地上了楼。

母亲冰冷的声音从他身后传来：“倔脾气，跟他爸一样。”

许愿揉揉太阳穴，走进了浴室。他洗了澡，抱着笔记本待在二楼的空中花园里。陈姨端了一碗鸡汤上来，对他道：“你妈就是这个脾气，哄着一点儿又何妨。”

“陈姨，我哄了她很多年。”

“陈姨都知道，可有什么办法。”

“她从来没有关心过我，从小到大我就像个被她操控的机器人，她随便一个指令我都必须服从，我真怕有一天我会撑不下去。”许愿的声音很轻，有一种难以察觉到的哀伤。

陈姨鼻子一酸，温柔地说道：“你明天早上给你妈道个歉，她刀子嘴豆腐心，最容易心软了。”

陈姨从楼上下来，姜程程依然坐在落地窗前，陈姨望着姜程程美丽的背影试探着说道：“姜姐，你对许愿是不是太严厉了？”

“我对他严厉？”姜程程情绪激动起来，脱口说道，“那些犯罪分子穷凶极恶，他瞎掺和什么？我只是想保护好他，我不想失去挚爱之人这种事在我身上重演！”

听到姜程程这样说，陈姨心里悲怆不已。

第二章·心意

一分钟微笑，一分钟叹息，半分钟的爱——在爱的那半分钟里他停止了呼吸。

得罪了姜程程的许愿早上还没来得及向姜程程道歉，就被肖雨清的电话给叫醒了。

许愿来到肖雨清所在的刑警大队时，肖雨清正在看案件资料，看到许愿进来，他重重地吸了一口烟。

许愿知道肖雨清还在为案件的事烦恼，他给自己倒了一杯水，默默地找了个地方坐下。

肖雨清侧头看他："那些资料你看得怎么样了？"

"看完了。"许愿不紧不慢地从背包里拿出一摞资料，"这是我熬几个通宵整理出来的，可能用得着。"

肖雨清打开资料袋，他看了十几分钟资料，脸上的表情慢慢起了变化。

许愿显然用足了心，资料分析条理清晰、明确，让干了十几年刑警的肖雨清很惊喜："怪不得大家说你是天才。"

许愿很敷衍地说："谣言，我只是平时喜欢读推理小说。"

肖雨清看了一眼许愿，老实说，若不是他尚是大学在读，而且读的是医科，他早就下手挖他了。

许愿显然不明白肖雨清的心思，他安静地喝着水。

肖雨清对他是愈看愈喜欢，忍不住夸奖道：“如果读推理小说也能读成破案高手，警队也不用定期给我们进行培训了，每个人买十本八本推理小说就好了。”

许愿一贯不喜欢出风头，听了肖雨清的话，他咳了一声：“是吗？最近当当网在搞活动，买一百减二十，还包邮。要不我给肖叔列个书单。阿加莎、东野圭吾……各种风格的都给您买几套。”

“你……”肖雨清无可奈何。

“我先走了，书单有空再给您。”

肖雨清微笑道：“书单就免了，案子破了请你吃饭。”

许愿信步走出刑警大队，上午的阳光透过十月正红的枫叶洒下来，空气中涌动着芬芳和慵懒的味道。

许愿伸了个懒腰，说起来容易，其实这件案子困扰他许久了，他熬了好几个通宵，现在才算有了眉目。他决定趁着周末悠闲地去海边游个泳。

而林浣的周末则可以用无聊至极来形容，妈妈谢婉清是这个区的片警，基本上是以派出所为家的，弟弟林希则是托儿所常客，剩下她一个人在宽大的床上打滚。

滚了十几分钟，实在是寂寞难耐，她只好给苏微微打电话抱怨：“无聊啊，太无聊了，本小姐快要发霉了！”

“要不我们去海滩玩下？”苏微微作为一只脚刚刚迈入潜水界的菜鸟，对大海可是情有独钟。

"好啊。"对于玩，林浣一直没有抵抗力。

两人很快在电话里商量好去海边游泳。

江城靠近海，两人只用了十几分钟就碰了面。

两人换好泳装。看着欢欣雀跃的林浣，苏微微到底还是有些不放心："你等下不要游太远啊。"

林浣哪里还顾得到这许多，蔚蓝的海面像是倒过来的天空，她内心早已经雀跃得像孩童一样："哎呀，我读高中时可是'全能游泳小将'。"

不等苏微微再说话，林浣扑通一声跃进了海里。

虽然"全能游泳小将"是吹的，但是她好歹也会狗刨十八式，怎么可能溺水？

正玩得兴浓，可是腿怎么抽筋了？

不会话说得太满，老天爷来收她了吧！

她大喊苏微微来救她，可是苏微微比她游得还欢，根本就没有听见。

虽然头脑一片模糊，林浣还是本能地知道要自救，她奋力扑腾了几下。

扑通！

扑通！

身体却越来越沉！

苏微微在海里畅游了一圈上了岸，她正想叫林浣上岸时却看到她正在海里扑腾。

"林浣，你不要吓我啊，林浣！"苏微微完全一副呆傻状态，站在海滩上一百八十分贝地叫着林浣，完全忘记了怎么施救。

还好，林浣命不该绝。

准备来放松一下的许愿才踏上沙滩，就看到了有人夸张大叫，他忙扔下身上的双肩包冲了过去。

看到有人过来，苏微微短路的神经才稍微通电，她指着像蛤蟆一样扑腾的林浣高呼：“她，溺水了，溺水了。”

许愿来不及丢下一个白眼，就朝海里游去。许愿游得近了才发现是林浣。

这个白痴，简直是“不作死不会死”。

许愿强忍住满腔怒气，用力拖着林浣往岸边游去。

到了岸边，许愿横空把她抱起来，林浣虚弱得没有力量反抗。

看来她是喝了不少海水，许愿把手放在她的胸部靠下方的位置，进行挤压。

一边的苏微微认出了许愿，瞬间就花痴了，问道：“男神，你是准备做人工呼吸吗？”

男神冷冷地瞪了她一眼。

“溺水的怎么不是我？”苏微微感慨。

“白痴！”许愿丢下两个字，不理会苏微微的大呼小叫，开始嘴对嘴给林浣做起了人工呼吸。

男神就是男神，真是自带美图功能，做人工呼吸都这么帅，苏微微努力咽下口水。

在苏微微花痴的眼神中，林浣终于吐出了大口大口的水。在太空神游的意识也慢慢回来了，她睁开眼睛，模糊觉得刚刚帮她做人工呼吸的好像是许愿。

许愿？

她“腾”地一下坐了起来，双手握住许愿的肩：“不是幻觉，居然不是幻觉，真的是你亲我！”

许愿来不及讲话，他脑袋里猛地袭来一阵强烈的眩晕。咳，咳，林浣的确发育得不错。上次她压着他时，波涛汹涌，挤得他好难受。而刚刚，她变本加厉，直接抱着他摇，像掀起一场旋风。他的手心汗津津的，口干舌燥，心脏狂跳，他艰难地翻了一个白眼：“B罩杯同学，你可不可以慢点摇，透不过气了。”

B罩杯！

林浣低头看着自己的泳衣，饱满的胸呼之欲出。她的脸唰地红了，推开许愿拔腿就跑，用了平生最快的速度，口中还念念有词：“禽兽不如，乘人之危啊。这可是我的初吻啊，初吻啊，以后怎么跟我男朋友解释？”

初吻？

她确定这是她的初吻？

许愿失笑，他想起了她说的“禽兽不如”，反应过来这四个字是在形容他，他无比生气，冲林浣咆哮道：“我是你的救命恩人，救命恩人！懂不懂？”

等他吼完，林浣已经逃得无影无踪了。许愿若有所思地看着前方，语气里有淡淡的失望：“明明就是救命恩人嘛。”

苏微微看着神情低落，全身湿透的许愿，眼里直冒星星。紧接着，她问了好几个蠢问题：“你湿身了，冷不冷？”

失身？

“穿湿衣服会感冒的，你要不要买条干的泳裤穿回去？”

男神只皱了皱眉，然后完全无视她，穿着湿漉漉的衣服走了。

苏微微站在边上流着哈喇子，目送着帅哥走远……穿着衣服都这么性感……实力……不容小觑……

晚上，林浣收拾东西回学校时在路上买了一大包鸡腿，美其名曰压惊。其实作为吃货，任何一点小事都能成为她吃的理由。

苏微微见怪不怪地刷着论坛：“浣浣，你上头条了。”

“我又不是校花。”林浣丢了一个白眼给苏微微，低头专心致志地啃着鸡腿。

“许愿给你做人工呼吸的照片被人偷拍了。”

“什么？”正在啃鸡腿的林浣被噎了一下，迅速地把头凑到苏微微的电脑前。

电脑里那个小小的人真是她，许愿正在给她做人工呼吸。这些人眼睛真毒！她躺在许愿身下，只露出半张脸来，都能看出她是个女的，还好没有人认出她的脸。只是下面一片恶毒的评论让她差点被鸡腿噎死。

“真会装，装溺水，以为是奥斯卡影后啊。”

“放心，男神只是有一颗侠义心肠。”

“对，上次我的猫在楼下饿得喵喵叫，男神还帮我去买了猫粮。”

“她这种平板身材，入不了男神法眼。”

看到最后一条，林浣有点愤意难平地想要跟帖：“什么平板身材，要不要来捏一捏？”

“你就别跟帖了。”苏微微在她傲人的胸部捏了一把，“你以为你是林志玲啊，还来捏一捏？”

“都是那个禽兽害的。”林浣狠狠地对着 BBS 骂骂咧咧。

“大小姐，你不要歪曲事实好不好？人家可是你的救命恩人。”苏微微忍不住反驳道。

“什么救命恩人！明明就是自大狂、色情狂。”林浣罗列出许愿的罪状。

“浣浣，你在说谁呢？”一直坐在书桌前听她俩打闹的肖豆蔻狐疑地问道。

“许愿啊。”

“那个学霸？”肖豆蔻眼里闪过一丝惊讶。

“就是他，你可不要看他智商高，又长得人模人样，其实人品可差了。”林浣接着说，“说不定智商高也是假的，因为智商那玩意又看不见，谁知道呢！”

一边的苏微微听林浣这样歪曲事实，无语地摇了摇头。

另一边的男生宿舍，陈诺也正在翻看BBS上的热帖，他看着买猫粮那一条，惊得嘴巴张大到能塞进一个鸡蛋了，说道：“看不出啊，你小子深藏不露啊，你还帮人买过猫粮？”

正在看专业书的许愿懒洋洋地抬起双眸：“我只帮你买过饭。”

“我就说嘛，你小子平时冷得像块冰，怎么会帮女生买猫粮！”话一说完，陈诺突然灵光一闪，“你不是骂我是猫吧？”

“我怎么可能骂你？”许愿用怜惜的目光盯着陈诺。

陈诺狐疑地看着许愿，这家伙一贯面瘫冷血，为何今天眼神这样温柔？他疑惑地摇摇头，他还是觉得许愿刚刚那句话是在骂他。许愿多狡猾啊，骂人从不带脏字。

林浣相信这世上的冤家都有一个结局，那就是冤家路窄。

只要是冤家，总会狭路相逢的。

譬如她和许愿。她只不过和肖豆蔻下楼买个晚饭，居然都要和许愿来个正面相逢，还是用撞的方式，而且许愿手里的资料还被她撞得飘飘洒洒飞了一地。

林浣飞快地蹲下身来，双手挥舞麻利地捡着资料。

她的动作让许愿措手不及，他突然有一种她已转性的错觉。他也顾不得自己的资料散落一地，兴高采烈地说道：“今天这么殷勤，是不是良心发现，觉得我不是禽兽不如啦？”

他真的是想多了！林浣撇撇嘴，她只不过是想快点帮他把资料捡起来，不然又被人偷拍上了论坛头条，明天很有可能就会横尸校园。只不过几秒工夫，林浣的手很快就停住了，惊得站直了身体。

散落在地上的图片太吓人了，是前段时间新闻里报道的失踪女孩子遇害的图片，而且还这么多！看来许愿是把报纸、网络图片全部都弄了下来。

他弄这些杀人案件的图片干什么？

难道是收集癖好？

这个癖好也太奇怪了吧！她知道有人喜欢收集袜子，有人喜欢收集邮票，有人喜欢收集古玩，但收集这么血腥的图片就有点……变态吧？

林浣双手一挥，手中的图片当空飘下。她倒退三步，一脸惊恐地看着许愿："原来你除了禽兽不如，还变态。"

"不是这样的。"

"哪个小偷会承认自己是小偷，哪个贱人会在自己脸上刻下'贱人'两个字？"

许愿被噎住了，他张了张嘴，刚想解释这些备份资料的用途，林浣已经飞快地跑了。

"我好歹也是你的救命恩人啊！"

可惜并没有什么用，不过一句话工夫，她已经跑出老远了。

夕阳西下，火烧云特别灿烂，她身上树影斑驳，就像一只染了色的兔子。

许愿忘记了掉在地上的资料，他扬起嘴角看着林浣。在树影斑驳的巷子里，她的身影跟阳光发生奇妙的作用，让人产生一股昏眩的感觉，像是记忆里本就存在的某人，忽然静静地走了出来。

罪魁祸首跑了，留下一地资料。作为林浣的同伴，肖豆蔻站在原地焦躁不安地看向受害者："她一向这么冒失。"

“哦。”许愿淡淡地扫了她一眼。

就是那一眼，她一下子就猜出他是许愿。除了许愿，谁会有那样一张俊脸，那样一双如墨玉一样的眼睛？真正的美男子应该都是这样吧，什么动作都不会做，夕阳透过树梢映在他的脸上，仿佛落了一只蝴蝶。

肖豆蔻只听到自己的心跳，“怦怦怦”，她耳朵忽然一热，慌乱地说道：“对不起啊，我朋友她可能是在为文学社的事苦恼吧，因为她负责的访谈版面被学校的网游大神爽约了。”

被大神爽约了。

许愿俊眉一扬，除了他，学校还能有别的大神？就算有，十个也抵不上他一个吧？

大神就在眼前，她竟然放过这大好机会，某人真是智商堪忧啊！

吃完晚饭，忘掉和变态纠缠的不愉快，林浣照例要去文学社开会。定稿在即，她当初信誓旦旦承诺下来的访谈版面却被学校的网游大神爽了约，也不知在会上要被社长怎样羞辱。

社里的人陆陆续续到了，社长却迟迟没有现身。林浣忐忑不安，这分明就是暴风雨欲来前的宁静啊！等下社长不会活剥了她吧？

在这不安之中，社长推门走了进来，意外的是，他满面春风道：“今天给大家请了一个神秘人物，是我们医大的男神许愿。”

社长的话吓得林浣差点从椅子上跌下来。

她朝门口望过去，果然是许愿。

会议室一下炸开了锅，这个许愿虽然智商高，颜值爆表，但平时冷冰冰的，仿佛和任何人都没有交集，素来有“万年面瘫”“高冷患者”的外号，怎么会突然来文学社？

大家正觉得奇怪，却见当事人径直走过来握住林浣的手，大大方方地笑道："我跟林浣是好朋友，我答应她来做访谈的。"

林浣"啊"了一声，笔记本掉在了地上。她什么时候和他成了朋友？她什么时候约他来访谈了？她这个当事人怎么不知道啊？

她正准备抗议，社长已经激动地叫了起来："真的？林浣看不出啊，原来你除了一顿吃一斤牛肉干，还有这能耐啊！"

一斤牛肉干，社长啊，你当我是猪啊？顶多也就能吃八两啊。

"呵呵……"林浣心虚地干笑着，却不敢抽回被许愿握住的手。

许愿好像也没有抽回手的打算，林浣觉得自己败给他了。

她讪笑着暗暗用力收回手，一抬头正好对上了许愿清澈的眼神。她的小心肝猛地颤抖了一下，这是什么眼神啊？

为什么她觉得这眼神里好像含着要占她为己有的意思？

男神怎么可能会想要把她据为己有？一定是幻觉。

林浣猛地不安起来，心脏怦怦乱跳。难道被他这样一握手，自己就成花痴了？林浣偷偷地掐了一下自己：冷静、冷静，不能迷失在敌人的糖衣炮弹里。

许愿并没有注意到她的失态，温柔地问道："我们是不是要换个地方访谈？"

换个地方？为什么要换个地方啊？想到之前撞到他的时候自己还骂他变态，他现在是不是要找地方报复啊？

林浣用眼神暗示社长，她不需要这种特殊照顾。

然而社长头点得飞快："好啊，后面有一间资料室，安全，保密。"

保密！

一抹笑意爬上众人的嘴角。

林浣条件反射地拉住许愿，快步逃离丢脸区域。

许愿自己找了个椅子坐下。林浣礼貌性地给他倒了杯水，自己也倒了一杯拿在手上。她站在他身后，看着他的脊背瘦削挺直，他的头发细软干净，还可以闻见他的衣服散发出淡淡的香皂味道，她突然就词穷了。

“你在偷看我？”

“我哪里有偷看！”

“也对，你完全用不着偷看，今天我是你的。”许愿看着她，笑得好不温柔。

“……”林浣再一次词穷。

许愿意味深长地笑了笑：“你在想什么呢？我是说是你的访谈人物，你有什么问题尽管问。”

原来是这个意思，林浣的脸一红，问道：“听说你是医大的状元，有没有好的学习方法和大家交流一下？”

“你的问题错了。”许愿不慌不忙地补充道：“不是医大状元，是从小到大都是状元。”

“噗——”林浣刚喝进去的一口水喷了出来。她见过自恋的人，可没见过这么自恋的。

许愿忽略了她的失态，一本正经地说道：“其实你可以不用浪费脑细胞想问题，像我这种一表人才，智商超群，被视为医学界冉冉升起的新星的人，你随便拍几张照片刊上去，校报都会很快售罄。

林浣做了一个夸张的表情：“要不要这么……”

她的话还没有说完，许愿会心一笑：“我一直这么直白。”

自恋 = 直白。

林浣对此无话可说，草草地问了几个问题，又拍了几张自带光环的照片，很快就收场了。她打开自己的笔记本电脑，熟练地建了一个文档把照片放了进去。

她一本正经地工作，许愿靠了过来，看着她文档的名字，他倨傲的眼神里有些笑意："你的网名叫钱多多？"

"关你什么事？"

"其实应该叫肉多多的。"

"我明明就很瘦。"

听着她的争辩，许愿无比淡定地说道："爱吃的人都不会太瘦。"

林浣翻了个大白眼。

许愿不紧不慢地说道："我挺喜欢养多肉的。"

她彻底地愣在了那里，傻呆呆地看着他，不晓得他这莫名其妙的一句话到底是什么意思。

怪不得广告都请明星代言。

许愿的访谈一刊印，以前命运多半是葬身垃圾桶的校报销量飞速增长，好多学妹把校报贴在了床头。

林浣也成了文学社备受大家恭维的对象。

还有粉丝给她写信、寄礼物。

这天一大早她就收到了一箱牛肉干，还是纯手工制作的。

林浣扛着一大箱牛肉干心满意足地回到了宿舍。

苏微微看到满脸堆笑的林浣，开心地从床上蹦了下来："是不是好吃的？"

"肯定是哪位粉丝知道我喜欢吃肉，特意给我寄来的。"

"你粉丝可真好！"

林浣递给肖豆蔻一包，肖豆蔻吃着牛肉干，赞美道："你这粉丝可真有心，这可是手工制作的顶级牛肉干。"

顶级牛肉，手工制作，对吃这么讲究，林浣莫名想到了许愿。

一转念，林浣被自己的想法吓到了。怎么可能？那个自恋男神，他怎么会给一只"猪"送吃的？

林浣没有想到的是，在男神心中，除了吃的，没有什么更能讨“猪”的欢心了！

男生宿舍里，许愿打了个喷嚏。

听到喷嚏声，睡在床上的陈诺嘲笑道：“是不是某人想你了？”

许愿抱着枕头坐在地板上，并不否认。

“你还真是恶趣味。”陈诺看着他的反应，吐槽道，“医大美女这么多，你却对这么个‘路人甲’角色上心。”

恶趣味？

大概是吧。

第一次遇到林浣，他的嘴角竟然不自觉就会上扬。

第二次遇到林浣，他就不自觉地想捏一捏她那肉肉的脸蛋。

陈诺看着他温柔明朗的神情，不禁在心里感慨道，爱情的魔力真是大啊。一向走高冷路线的许愿，此时眼神温柔得都能溢出水来……

陈诺不知道怎么形容，但他想，如果被那群女生看到这样的许愿，一定会就此沦陷，宇宙洪荒时间静止，目光所及——四海潮生啊。

呸呸呸！

陈诺收回自己的目光，他这么盯着一个男人看，真是太丢人了。

伴晚时分，天气突变，一道响雷将许愿从睡梦中惊醒过来。他翻身下床，陈诺和宿舍的兄弟都还在沉睡。

他信步走到阳台上，外面起风了，那风拂动他额前的头发，痒痒的，就如同多年前那个小女孩在他惊恐的脸上印下的轻轻一吻。

想起那个女孩子，他的身体突然不自觉地开始颤抖，埋藏在心底的往事忽然在脑海中不断闪现。

那年的自己才八九岁的光景，最喜欢去游乐场。父亲好不容易休息一天，却被他缠着到游乐场玩耍。

那高耸的摩天轮、刺激的过山车，以及空气中洋溢的爆米花香味，都让他欣喜不已。

只是美好的时光那样短促，很快，一声枪响就终结了一切美好。

他记得父亲胸膛上近乎黑色的血很快就染透衣服，像用水墨画了一朵花。

他扑上去做人工呼吸，做胸外按压。

他把在学校游泳时学到的一丁点医学知识全用上了，可前一刻还在和他嬉笑的父亲还是逐渐失去了体温。他像只小兽突然蹿起，往凶手逃窜的地方跑去，双脚踢到了路边的石头，他狠狠地摔倒在地，膝盖磕破了，血慢慢渗透了他雪白的裤子。

可他连疼痛都感觉不到，只觉得冷。

很快，大批的特警和救护车来了。

可惜一切太迟了，他父亲最终救治无效。在医生宣布父亲死亡的那一刻，他哑着嗓子叫了最后一声“爸”，声音十分悲恸，医院里的人无一不为之动容。

父亲的葬礼上，许愿随着母亲一鞠躬，二鞠躬，再鞠躬。

就在所有人跟着牧师机械地做着动作的时候，人群里突然一阵骚动。

许愿清冷的眼睛扫过去，看见一个穿着制服的女警抱着大束菊花走过来。

他母亲姜程程发疯一样冲了上去，不顾体面地拉扯着女警察的制服：“谢婉清，都是你害的！如果不是你央求他做证人，他怎么会被人报复？怎么会横尸街头？你知不知道这对我们母子多么残忍！”

听到姜程程的话，他死死地拽住妈妈的衣服，一双漂亮的眸子里满是绝望。过了好久，姜程程拽住他的手，指着女警的脸，悲愤地说道：“许愿，你记住，记住这张脸，是她害得你没有了爸爸。”

许愿没有回答，他转过身，悲伤地看着墓碑上父亲的照片。

葬礼结束后他跟着妈妈离开墓地。姜程程这些天奔波劳累，心力交瘁，回到家后沉沉地睡了过去。他拉开后花园的门，偷偷跑回了墓地。

谢婉清带来的那捧菊花已经被太阳晒得枯萎了，他坐在墓碑前，看着冰冷的墓碑上父亲的照片。父亲在游乐场带他玩耍的情景在他脑海中挥之不去，他漂亮的眸子里两行清泪缓缓地流了下来。

突然耳边传来了一阵口哨声，他抬头望过去，是一群文着文身的年轻人。那几个人围着他，眼睛里露出兴奋的光芒：“墓地这么大，看来这小子家底不错。”

“我已经打听过了，能睡在这块墓地的人非富即贵，今天哥儿几个不是输了吗？也许可以从这个小孩身上弄点钱花花。”

黑漆漆的屋子，钉着木条的窗户，沉闷的空气。被扔进来好一会儿，许愿才从悲痛中清醒过来。

他手脚被捆绑着，他被人挟持了。

他又恼又怕。他听见窗外挟持他的人正在大声谈笑，他从角落里费力地站起来，慢慢地移到窗前，想看看有没有地方可以逃脱。就在他踮着脚看向外面的时候，窗户上印出一张小小的脸，是个女孩子。

他吓得往后倒退了一步，跌倒在地上。那张脸冲他轻轻地做了一个“嘘”的手势。他不言语，冷漠地看着窗外的小女生。外面突然传来开门的声音，他赶紧挪到角落里，喝得醉醺醺的年轻人看着他的表现满意地退了出去。

他知道自己作为一个小孩子此时不能自救，只有等待时机才能出去。就在他平静地坐在阴暗的角落里等待时机的时候，铁门突然开了。

走在前面的是个胖胖的小女生，她身后跟着几个穿着制服的民警。就在他恍恍惚惚的时候，小女生朝他伸出胖乎乎的手："你不用怕啦，我已经报警了。"

他一直不喜欢跟人亲近，可看着她那如同夜明珠一样的笑容，他几乎是毫不犹豫地把手交给了她。

后面的过程中她一直陪着他，直到姜程程来派出所领人，她才笑着跟他道别："嘿，你可以回家了。"

许愿望着她的背影，走得特别欢快，像电视剧里热烈而大胆的女侠客。他的眼睛瞬间明亮，在姜程程办手续的时候他跑向小女生。

她在派出所的大门口停住脚步，晶亮的眸子看着他，问道："你还有事吗？"

一直沉默的他终于开口说话："你是电视里的女侠吗？"

小女孩愣了一秒，嘻嘻笑道："是啊，我会武功！"

他不再说话，怔怔地看着她。

她不理会他的再次沉默，又笑了起来，笑起来的时候她的眼睛特别亮："要不要我表演功夫给你看啊？我会单手翻啊。"她只犹豫了一秒，就单手在空地上翻了起来，结果从空中翻过之后，她屁股比脚先着了地，整个人像个圆滚滚的苹果跌在了地上。

她十分狼狈地揉着屁股，看着他笑："对不起啊，表演失误。我再给你表演一次，这次保证安全着陆。"

话一说完，她再一次翻了起来，却再一次屁股先着地。好像怕许愿取笑她，她坐在地上立即用胖胖的手指着天空："看，飞机。"

许愿抬起头来，天是澄净的深蓝色，万里无云风是那么温柔，拂动树叶，发出哗哗轻响。

他终于笑了，眼睛亮得像天边的星子。

坐在地上的“女侠”一跃而起，将柔柔的唇贴上他的嘴角。

“你干什么？”

许愿吓了一跳，下意识推开她，却听到她银铃一样的声音：“你真好看，被我亲了就是我的人了。”

“莫名其妙！”尴尬的许愿转过脸。

女生才不理会他的尴尬，得意扬扬地仰着头：“你记住啦，本女侠叫林浣。”

其实，那才是他和林浣的第一次见面。

那段时间家里气氛压抑，姜程程整日郁郁寡欢，谁也没有提起他那次遇袭事件。于是年少的她仗剑而来，拍拍尘土而去。

这么多年，除了陈诺谁都不知道他是个病患。

自从父亲去世之后，他就很少笑了。

开始姜程程以为他是被一连串的事吓坏了，带着他搬了家。搬家的时候是春节，他走在街上，发现整个城市都特别荒凉，特别寂寞，特别死气沉沉，他感觉不到一丝喜庆。

就在那个时候，姜程程突然意识到一件事情，他出现了脸部僵硬的毛病。她带着他看过很多次心理医生，医生说他是心理障碍，也许永远都不懂得笑了。

许愿想起往事，虽然夜色沉沉，他的眼睛里却流光溢彩，闪烁着夺目的光芒。他站在阳台上，扬起了嘴角，他低沉的声音，缓缓地飘在风里：“林浣，事隔多年，我们又见面了，别来无恙。”

又到了周末，三人照例结伴去车站坐车。林浣和苏微微一路上叽叽喳喳，肖豆蔻不停地四处张望。

“豆蔻，你在找人吗？”

听到林浣的话，苏微微好奇地问道：“咦，今天怎么没有看到那群女生偷拍许愿？”

林浣骂她：“女色魔。”

“我这不叫色，叫本性，爱美是人之本性啊。”

“本性，我去！我看去掉前面一个字更配你。”

“林浣，你怎么可以一语道破天机！”苏微微一副恍然大悟的表情，“还是你最了解我，这说明我俩是一路货色。”

林浣气绝。

两个人打打闹闹地各自上了公交车。

肖豆蔻最后一个上公交车，这是去城郊的一趟车，肖豆蔻坐在靠窗的位子，默默地听着广播报站名。

这趟车的终点有一个好听的名字——幸福满庭。那是一个别墅区的名字。

第一次听到这个名字时，林浣和苏微微吓得眼睛都眯了起来。

“投胎真是技术活，豆蔻，那个别墅区的房子光是一个车库价值都抵我们家一套房呢。”

“豆蔻，你真是简朴啊，家里这么有钱每次都坐公交车。”

“豆蔻，哪天带我去玩玩？”

她每次都推托父亲生意忙，妈妈又去了哪里旅游。

谁都不知道，她下了公交车之后，还要走进一个又黑又长的地下通道，再走半小时才到一片窝棚区，那里有一个单间是母亲宋玲珑租下来的。

只是她从来没有把这些告诉林浣和苏微微。住哪里有什么关系？就当自己住在“幸福满庭”就好了。

只是那条又长又黑的地下通道常常令肖豆蔻感到害怕，因为那里常常有流浪汉和醉汉借宿。她经过地下通道运气好时，那里安安静静的，运气不好时会见到有人在里面哭或者发酒疯。

今天豆蔻一下通道，就闻到了一股劣质酒气。豆蔻心里觉得不妙，走了几步果然看到一个光头正在发泄怒气，那劣质酒气大概就是从光头身上飘出来的。

走得近了，豆蔻才看到他醉醺醺地狠狠地踢着在地上蜷成一团的流浪猫，边踢边骂："你这只死猫滚远点。"

豆蔻不敢惹是生非，默默地走着自己的路。

哪知那光头却变本加厉了，他用力踩住猫的爪子，猫疼得怪叫起来。那个光头听着猫的怪叫，居然笑了。就是那个笑容，让豆蔻心里不由得一凛。

那大概是一个很久没有笑过的人，心已经冷得像一块冰了，突然一笑，带着很重的寒意和戾气。那笑容让豆蔻有种毛骨悚然的感觉，看着那只怪叫的猫，豆蔻突然觉得它的下场会很惨。

她不知哪来的勇气，走过去大声喊道："喂，你为什么欺负一只猫？"

"一只流浪猫，你瞎操什么心！我告诉你，我今天还非得弄死它不可。"光头突然抬头看着豆蔻，眼神很平静，他根本意识不到自己的病态。

豆蔻听着他那清晰的一字一句说出的话语，不自觉地就打了个冷战。

光头加重了脚下的力道，脚尖用力往猫身上踢。

猫颤抖着叫着，一双玻璃球一样的眼睛望着豆蔻。

豆蔻看着那只猫，突然一个想法冒了出来，说道："你住手，我买下它。"

光头挪开脚，从鼻孔里"哼"了一声，伸出两个指头："卖给你，给我两千块。"

豆蔻抱起那只发着抖的小猫，一只手攥得紧紧的。

“没钱是吧？没钱就把猫还给我。”光头伸手抢猫。

豆蔻狠狠地瞪他。

光头看了她一眼，突然意味不明地问道：“就你一个人？”

豆蔻虽然没有什么社会经验，但也听老师讲过很多防范知识，她扬着下巴大声地说道：“我男朋友就在后面。”

“你有男朋友？”光头警惕地看了一眼通道口的阶梯，恰好这时候有人走下楼梯，豆蔻抱着猫快步朝通道口跑去。

是许愿，他背着一个简单的黑色双肩包，站在那里。

豆蔻抱着猫，急忙冲许愿喊道：“你怎么才来？”

许愿并没有说话，他沉默地站在那里。

肖豆蔻急了，生怕穿帮，她嚷道：“许愿，我知道你还在为上午的事生我的气。是我错了好不好，你就别和我闹了，那人还等着我给买猫的钱呢。”

许愿看着她手里受伤的猫，再看着通道中一身酒气的猥琐的光头，他一言不发地从裤兜里掏出钱包，一句话也没有说，哗哗数出一沓钱。

光头可没有心思管这对看起来别扭的情侣，他拿着钱喜滋滋地吹着口哨走出地下通道。

肖豆蔻抱着猫，站在通道里大声地说道：“许愿，钱我会尽快还给你的。对不起，刚刚是迫不得已才冒充你女朋友的。”

许愿背着包一言不发继续往前走，似乎她的解释很多余。

豆蔻看着他的背影，虽然他冷冰冰的，可她记得那双眼睛，当时他看着那只猫，他的眼神是充满温情的。

世上美好万千，比不过少年心暖。

第三章·纠结

我知道这世上有人在等我，但我不知道我在等谁。

后来肖豆蔻才知道，许愿住在“幸福满庭”，虽然她不知道许愿怎么会出现在地下通道，但两人偶遇这件事还是让肖豆蔻暗暗欢喜了很久。

只是欠许愿钱这件事让肖豆蔻心里有些自卑，她计划了很久，决定瞒着林浣她们去兼职赚钱还债。

她去实地考察过了，工资开得最多的就是酒楼的啤酒小妹。

就这样，豆蔻做起了兼职，白天上课，晚上借口去自习，偷偷跑到酒楼促销啤酒。

豆蔻虽然不善言辞，但她年轻又漂亮，很多顾客都喜欢找她聊几句，照顾她的生意。生意好的时候豆蔻难免要陪着喝几口，她酒力浅，但是有绝招，就是跑厕所抠喉把酒吐出来。

这天又多喝了几口，她已经有了醉意，跑厕所时推错了门。

里面有人背对着她，豆蔻一惊，酒劲全醒了过来，拔腿就往大堂跑。

身后传来一阵口哨声：“美女，负责啊，让你看光了。”

几分钟后，有人指名要她送酒过去。豆蔻看到几个正在谈笑的青年人，她认出了其中一个是那天在通道里虐猫的小光头。今天他好像很威风，带着几个小弟。

豆蔻不想理他，默默地把酒摆在桌子上。

“大嫂好漂亮啊。”有个青年胆大地拉住她的手。

豆蔻忽然领悟过来，他们这是故意在逗她玩。她用力想挣脱，谁知青年更加用力起来，另外几个人因为她生气，更加笑得前仰后合，丑态毕露。

“喂，你刚刚连我脱裤子的样子都见过了，做我女朋友怎么样？”为首的光头看着豆蔻，眼睛里发出猥琐的光，令豆蔻非常恶心。

豆蔻不想惹事，她默默地放下啤酒瓶，掉头就走。刚走出几步，她突然怔在了原地，她竟然在这种地方看到了许愿。

许愿并没有注意到有人正用热烈的眼神看着自己，他看着肖雨清，弱弱地问道：“肖叔，这就是你说的吃海鲜大餐的地方？”

“上档次吧！”肖雨清扬眉说道，“你放心吃，我可是揣了半个月工资在身上。”

好吧，许愿认命地挑了张桌子坐了下来。

肖雨清豪气地把菜单扔给他：“我去上个厕所，你随便点啊，别跟我客气。”

许愿真的不客气地点了几个大菜。在等上菜的空隙，啤酒小妹把几瓶啤酒放在了桌子上。

他客气地拒绝道：“我们这桌不要酒。”

“我送给你喝的。”肖豆蔻轻轻地说道。

许愿礼貌性地拒绝：“对不起，我们真的不喝酒。”

肖豆蔻知道他一定是把她当成了那些追求者，她解释道：“在地下通道里，我欠你两千块钱。”

许愿转过脸来看她，先是惊诧，然后眼底显露出一点点笑意："那只猫还好吧？"

"我把它送人了，送给了一对喜欢养猫的情侣。"肖豆蔻看着他的眼睛。提到猫的时候，他眼底仿佛春雪初融，绿意方生。

许愿笑了一下："那就好。"

肖豆蔻满足地看着他笑，抱着啤酒准备回仓库，半路上却被光头拦住了去路。

"我一直在观察你，刚刚你对那个男的笑得很漂亮嘛。"光头挡住林浣，"可不可以对我也这样笑一个？"

"变态！"肖豆蔻骂道。

"你骂人的样子也漂亮。"

"臭流氓，滚开！"

光头笑嘻嘻地说道："我就喜欢你这种外表清纯，心里却有股狠劲的姑娘。"

肖豆蔻无计可施，只想快点离开，光头却故意左右移动着挡她的道。

"让开，不然我喊人了！"

"你喊啊，这种地方谁会搭理你啊！"光头兴致很高，转着眼珠子，阴险地笑着。

肖豆蔻环顾了一下四周，光头的几个同党气势汹汹地站在边上，酒楼的食客都怀着多一事不如少一事的心态埋头吃饭，没有谁有出手相助的意思。她退后一步，想找个机会拔腿跑掉。

光头显然明白了她的意图，邪恶地笑道："想跑，不可能。"

肖豆蔻还来不及说话，光头已经扼住了她的一只手腕："跟我走吧，做我女朋友，吃香的喝辣的，身边还有一大帮人喊你嫂子，吃香喝辣又风光。"

光头话一说完，就拽着她往外拖，她一边挣扎一边叫道:“放开我！”

光头并没有松手的意思，肖豆蔻忍无可忍，弯下腰一口咬在光头的手臂上。

“给你三分颜色，你还给老子翻天了！看老子不打你！”说完，他一巴掌下来，打在她的脸上，她只觉得脸火辣辣地疼。

“住手！”一道清冷的声音传了过来。

肖豆蔻转过头，看到许愿冷冷地站在身后，他的脸上没有任何表情，却让人不寒而栗。

光头下意识松开了她。过了几秒，光头意识到自己丢脸，愤恨地说道：“你是哪里冒出来的？”

“滚！”许愿简单地骂道。

敢让他滚，光头愤恨地冲手下使了一个眼色。

肖豆蔻知道光头不会对许愿善罢甘休的，她只有一个念头，那就是谁都不可以伤害许愿。她看着自己手里的啤酒瓶，想也没有想就猛地砸了下去。

许愿只听到“哐”的一声，他还来不及反应，就被啤酒妹拉着跑了。

后来肖豆蔻总是想，她喜欢上许愿也怪不得她吧？是上天这样安排的，他们看起来毫无交集，却总是有缘分让两人相见。

她拉着许愿一直跑，跑到一条小巷子里，确定身后没有声音了才停下来。

“我刚刚是不是杀人了？”肖豆蔻松开许愿，靠在墙上，语气有些不确定。

“死不了。”许愿冷静地回忆起刚才的画面。那个酒瓶并没有伤到动脉，那个光头身边那么多小弟，再加上有肖叔这么个经验丰富的老警察在那里，死这种情况绝不会发生在他身上。

不知为什么，许愿这样一说，肖豆蔻就放心了。

晚上销售啤酒时喝了一些酒，又经过这番剧烈的奔跑，肖豆蔻胃里难受，她蹲在一边大口大口地呕吐起来。

许愿递给她一方手帕。

肖豆蔻大概有些醉了，说话开始颠三倒四："宋玲珑总是说谁遇到我谁倒霉，没想到她的话还真是金玉良言，对不起，连累你了。"

跟他说对不起的时候，肖豆蔻一直盯着许愿的眼睛。那注视虽然只有几秒钟，可是对于她，仿佛就是整个世纪。而这一整个世纪，许愿都没有和她说一句话。那一刻，肖豆蔻有些赌气地说道："不过她也是活该，十九年前的今天她就不应该生下我。"

"今天你生日？"冷冰冰的许愿终于开口说了第二句话。

"一个倒霉的人是没有生日的。"肖豆蔻轻描淡写地说。

许愿拉开随身携带的帆布包，里面有一块包装精致的蛋糕，他递给她。

虽然许愿没有说是生日礼物，但肖豆蔻还是当生日礼物给收下来了，说道："谢谢你的礼物。"

"不用。"他只回了简简单单的两个字。

一点都不像林浣口中形容的许愿，什么死皮赖脸？他跟她在一起，一个多余的字都不说。肖豆蔻一时说不出话来，她站在那里，只知道傻傻地望着他。她看着他的脸，突然觉得心里某一个地方，突然"啪"的一声，发了芽。

她整个胸腔似乎都盈满了一种陌生的感觉。

若干年后，她才领悟到那种感觉是温暖。

以前的许多年，她一直都像只蜗牛，一直缩在壳中寻求安全无恙，可是突然有一天，有人给她举起一把伞，帮她挡住了那些风雨。

那天肖豆蔻捧着那个蛋糕，她有那么多的话想告诉许愿。

她告诉他，她在朋友们面前的公主形象一直都是刻意伪装的，她最讨厌的就是十一月。因为她生在十一月，她原本不应该出生的，若不是宋玲珑一时心软，她很可能是个弃儿。除了生下她时心软，宋玲珑还有心软的时候。

九岁那年的十一月的某天，她背着书包回到宋玲珑住的地下室。宋玲珑坐在简易木板搭成的床上，还没有开口就笑眯眯地看着她。

那个下午，阳光还很长，即使是幽暗的地下室也有一点光亮偷偷照进来。宋玲珑一脸浓妆地坐在那里，大概是常年饮酒的关系，她整个人看上去都有点发虚，仿佛并不真实。她指着一个五颜六色的盒子："打开它。"

她一直很听话，当宋玲珑说打开它时，她的手指已经解开了盒子上的缎带。里面竟是一个蛋糕，看起来很廉价，花做得歪歪的，她愣了半天，才问："是给我的蛋糕？"

"傻瓜，今天你生日啊。"宋玲珑对她笑了。

是真的有点傻吧？当时她傻兮兮地看着宋玲珑，即使前两天她还用高跟鞋踩过她，这一刻她心里的宋玲珑那样美。

她笨手笨脚地插上蜡烛，笑了。宋玲珑用打火机替她点亮。她双手合十，嘴里轻轻地说道："我希望我妈妈以后永远都快乐，不要打我。"她忘记了，生日愿望是要放在心里的，说出来就不灵了。

听到她的稚言稚语，宋玲珑猛一下回过神来。她的脸色十分苍白，嘴角垂下去："看着你就厌烦，也不知是哪个死鬼的种！"

显然她说的话又让她生了气，肖豆蔻惶恐地抬起头，一双大眼睛里满是不解的雾气。

"吃啊，看我干什么？"

她受了惊吓，睁大了眼睛定定地看着宋玲珑。

“我让你吃啊，你吃啊！”

宋玲珑被她看得心里发毛，一想起因为她，自己这些年的生活水深火热，怒火又“腾”地升了起来。她用力地扯住肖豆蔻的头发，将她的头往蛋糕上按去。她的舌头抵在了蛋糕的奶油上，那甜腻使她有一种恐惧感，可她没有哭，也没有求饶。

宋玲珑不解气，将她用力一推，她“咚”的一声倒在地板上。宋玲珑的鞋跟和她已经熟悉多年，她默默地数着落在她身上的踩踏次数。这其实是她自己发明的新办法，数着数着就不会那么疼了。那天她一滴眼泪都没有掉，她甚至有些同情宋玲珑。

得不到的，已失去的，总是在宋玲珑身上反复上演，所以她才拿她发泄，为的不过是体现她的存在感。

后来她就再没有过过生日了。

肖豆蔻吸了一下鼻涕，笑着打开许愿递给她的蛋糕。她眨了一下眼睛，故作轻松地说道：“看起来很香，我可以许一个愿吗？”

许愿沉默地点点头。

肖豆蔻郑重地捧着蛋糕，她认真地一字一字地说：“我希望我以后能拥有很多，名气，幸福。”

“一定会的。”许愿倚在墙上，非常笃定地说道。

肖豆蔻心里一阵轻松，这些年的伪装仿佛一个枷锁把她困得喘不过气。她从来没有对人说过这些不堪的过往，除了这个看起来有些特别的男生。

她很感谢许愿能耐心地听完她的故事，虽然他整个晚上只和她说了四句话。

一句“死不了”。

一句“今天你生日”。

一句“不用”。

一句“一定会的”。

就这四句话，肖豆蔻却觉得，他就是老天爷帮她打开的一扇窗。就如同诗里写的一样，你微微笑着，并不说什么话，但是我却觉得，为了这个，我已经等了很久。

那天晚上，肖豆蔻闭上眼睛，脑子里全是许愿的眉眼。

怎么能不去想？

那少年眉眼如画，那少年举世无双。

陈诺不可思议地攻击着趴在阳台上的许愿：“学校里的美女那么多，你怎么非要吊死在那棵平平无奇的树上？”

学校的美女是很多，她们一律有明亮的眼睛、可爱的笑容、白净的皮肤。她们快活的笑声在空气里飘散，可她们不是她。

林浣和她们不一样，她像一枚带着香气的樟脑球儿，她每一次出现他都有苏醒的感觉。

见许愿不说话，陈诺贱兮兮地继续道：“你说，你是不是被人下了降头？”

许愿缓缓道：“也许。”

“那个林浣要身材没身材，要美貌没美貌，你看中她哪里啦？”

“我乐意。”

“走火入魔，小心自焚。”

“我愿意。”

当结婚誓词呢，我愿意！

陈诺看着许愿故意做呕吐状：“你这是心理疾病，得治。”

许愿白了他一眼，不理会陈诺的调侃。喜欢一个人就是这样，哪里要给旁人讲道理？两个互相看不顺眼的人丝毫没有注意到，他们已经被人偷拍了。

“好吧，我就不打扰你大神发情了。”陈诺拍着篮球离开了，留下他自生自灭。

许愿趴在阳台上，看着林浣走出了校园，他略一迟疑，也跟了下去。

许愿看着林浣走进了一家咖啡店，他也跟了进去。他坐在角落位置，看着林浣点了一大堆吃食，他让服务员给他来一份一模一样的。

服务员小妹很狐疑地看着他，此人戴着一副宽边眼镜、一顶旧旧的鸭舌帽，穿一套过时的套头毛衣，除了有些呆，看起来也不像是猥琐的跟踪者。

许愿知道自己的样子容易让人产生怀疑，他指着林浣撒谎道：“我女朋友，我们吵架了，我陪着她。”

原来是这样，服务员小妹领悟似的点点头，给他上了一份和林浣一样的套餐。

他才不过吃了三分之一，就听到林浣在那头叫：“服务员，再点一份招牌甜品。”

真是能吃！想到之前在文学社听别人说她一口气可以吃一斤牛肉干的事，许愿的嘴角又不自觉地扬了起来。

过了很久，许愿以为林浣会再点第三份时，却发现林浣静悄悄的。他好奇地站起来，发现原来她是睡着了。许愿看到阳光透过玻璃窗落在她脸上，她嘴边亮晶晶的。

走得近了他才看到，原来那是口水。他在心里想，真没睡相啊，这哪里像那只兔子？分明就是一只小猪。

虽然默默贬低着林浣，可是他心里某个地方像是干燥的海绵突然吸饱了水，柔软得不可思议。他脱下自己的外套，盖在林浣身上，动作轻柔，生怕把她惊醒。她丝毫没有被惊动，睡得很酣畅。

他拿出一本专业书，安静地坐在她旁边。

咖啡店里在放一支轻柔的老歌："是谁在敲打我窗？是谁在拨弄琴弦？……"

拿着书的许愿心里有一种异样的感受，小小的咖啡店里除了歌声，能听得到的就是她的呼吸声。

就这样陪着林浣睡了一个多小时，许愿看了一下时间，和肖雨清约好的时间就快要到了，他不忍心吵醒她，轻轻收好自己的衣服。

"就走了，要不要等等那位小姐？"服务员妹子看着他，非常认真地问道。

许愿温柔地摇摇头，在唇边轻轻"嘘"了一下，然后拿着书信步走出了咖啡店。

服务员看着许愿走远，羡慕地想着，如果自己也能遇到这样的男朋友该有多好，不管在哪里，他都默默地守护着自己，那该多幸福。

许愿刚走开几分钟，趴在桌上睡觉的林浣终于醒了，她满足地伸伸懒腰："咦！以前睡十几分钟就冻醒了，今天怎么睡了这么久？一定是这几天太累了。"

林浣擦了一下口水，心满意足地跑到前台去结账，前台的服务员递给她一套可爱的情侣卡通杯子："送给你的。"

林浣疑惑地接过服务员赠送的卡通杯，心想，这家店的服务真好，点套餐还有卡通杯送。

服务员小妹看着林浣，天真地说道："另一个你就送给你男朋友吧，你们不要吵架了，你男朋友他很爱你的。"

男朋友？她有哪门子男朋友？可是林浣也不忍心伤害人家姑娘一片

好心，就没有辩解。其实，她主要是舍不得这套好看的杯子吧。

她收下杯子厚脸皮地笑道：“嘿嘿，一定不会吵架了。”

“你男朋友很帅。”

很帅？她这种单身狗……算了，就当有个很帅的男朋友吧……林浣尴尬地笑了笑。

拿着杯子兴高采烈地回到家，谢婉清正好接了林希回来。

林浣开心地说道：“林希过来，姐姐抱抱！”

胖乎乎的林希像炮弹一样冲到了林浣怀里，撞得林浣躺在了地上。

“林希又胖了。”她索性躺在地上搂着林希，“妈，怎么下班这么早？”

“我们片区那个女孩遇害的案子破了。”谢婉清脱下警服说道，“警惕了这么久，终于松心中这根弦。”

“那件失踪遇害的案子？”似乎想起了什么，林浣略一顿。

谢婉清说：“说起来破这起案子和你们学校还有点关系呢，刑警大队的老肖今天告诉我，是你们学校一个叫许愿的小子提供的线索。”

听到许愿的名字，林浣有点意外：“许愿？”

谢婉清思考了一下，确定地点头道：“是这个名字，你认识？”

林浣想起上次在文学社的事，有些心虚地说道：“嘿嘿……不认识，不过是我们学校的风云人物。”

“哦，这样啊。”

谢婉清也没有再多问，这个案子弄得她够呛。媒体一直在报道这事，整个片区民警压力都很大，现在案子破了，她今天提前回家只想好好休息一下。

林浣躺在沙发上，不知不觉想起了许愿。

他是不是如同那种古装电视剧里的君子一样，学养深厚，侃侃而谈？

不对，应该像古诗里写的那样，有匪君子，如切如磋，如琢如磨……

林浣想得入神，丝毫没有注意到在一边观察她的谢婉清。

谢婉清看着一会儿锁眉一会儿轻笑的林浣，她忍不住问道："浣浣，你在想什么呢？是不是谈恋爱了？"

"没有，没有，我在想养宠物的事。"林浣心虚地应道，"妈，你说我到底是养一只萨摩耶还是一只泰迪好？"

谢婉清有点无奈地道："什么都不许养，你现在连自己都照顾不了，等毕业后再说。"

"好，不养。"林浣见糊弄过去了，愉快地答道。

如果许愿知道此时有人把他比作宠物，还一直讨论养不养的问题，不知有何感想？

回到宿舍，苏微微两眼发直地盯着电脑，看到她进来就兴奋地叫道："林浣，快过来，大八卦啊。"

林浣目瞪口呆地看着电脑里的照片，这次被偷拍的男主角依然是许愿，只是另一位主角不是她，是上次骗了她面吃的陈诺。

学校里传得沸沸扬扬，怪不得男神不肯找女朋友，原来喜欢男生啊。

看到照片，按道理林浣应该高兴才对，毕竟以后不用被众人当成假想敌了，她心里却有点失落。

"你怎么怪怪的？"

"饿了，我去吃点好吃的，再打打游戏，很快就恢复了。"林浣假装若无其事。

"哦，你去吧。"苏微微觉得她怪怪的，但哪里怪怪的又说不上来。

很快，林浣就抱着笔记本冲出了宿舍。她走进了学校外面的咖啡店，点了个最大份的套餐，然后打开游戏玩了起来，丝毫没有察觉到自己又被人跟踪了。

许愿跟着林浣进了咖啡店。

服务员小妹认出他来，对他点头示意。

他像第一次一样，竖着指头悄悄在嘴边比了个“嘘”的动作。

服务员小妹以为两人还在闹别扭，特别理解地擅作主张给他也点了份一模一样的套餐。

许愿坐在角落里，看她皱着眉头，“砰”地把笔记本倒扣在桌子上。他听到她愤怒地抱怨道：“什么破闯关游戏！打了两个通宵了，还死在这一关，不玩了！”

居然被闯关游戏难住了，许愿摇摇头，这智商还真是拉低了人均值。

林浣合上电脑，把气都撒在了冰淇淋上面。

“给我。”正在大快朵颐的林浣被悦耳的男声吓了一跳，抬头一看，没想到竟是许愿。

她把吃了一半的冰淇淋推给许愿，一脸同情的表情，仿佛他是许久未进食的流浪汉。

“白痴。”许愿的话音落下，整个咖啡店安安静静的。

林浣一脸莫名其妙：“你不是要吃冰淇淋吗？”

许愿脸上的笑意缓缓加深了：“我是说笔记本给我。”

“是我的。”林浣以为他抢劫，脱口而出。

许愿那白皙俊美的脸上，显出一副无可救药的表情，清俊的眉目里，慢慢浮现出不耐烦的样子：“谁要你的笔记本，是帮你通关。”

林浣看着许愿那不可一世的样子，不情不愿地把笔记本递给他。

只见他接过笔记本，粗略地看了一下游戏规则，手指飞快地舞动起来。哇，他竟然只用了一分钟就把卡了她两个晚上的关给过了。

“百度百科上面说的原来是真的！”林浣一脸崇拜地说道，“真是天才啊，你玩游戏的样子太帅了。”

“是很帅！”他居然很合作地附和道。

林浣想不到他这样自恋，一时语塞。

气氛一时有些尴尬，林浣没话找话地问道：“你真的有帮警察提供线索？”

许愿一边手指飞快舞动，一边点头。

林浣想到那次将他当成变态的事，不好意思地低头问道：“那上次你收集的那些资料不是满足自己的癖好，是破案用的？”

“不然呢？”许愿停下手中的游戏，反问道。

“嘿嘿，现在学生压力大，有点特殊癖好是可以理解的。”林浣为自己开脱。

“原来是这样，那你上次在图书馆看视频也是因为压力大？”许愿目光一闪，促狭地问道。

林浣脸“唰”地一下就红了，报复来得真是快啊！

林浣辩解道：“我那是工作需要。”

说得好像真的一样，许愿嘴角抽了一下，认真地点着头。

见许愿似乎是相信她了，林浣八卦地问道：“学校里都在传闻你喜欢男孩子？”

“你怎么知道的？”许愿语气里充满疑惑。

“学校论坛上传疯了啊，都拍到了你乔装和男生在阳台上晒太阳的照片。”

许愿其实也看到了，就是上一次乔装和陈诺趴在阳台上偷看她时被人偷拍了。他的声音难得有一丝温柔，告诉她：“那只是传言，我取向正常。”

“真的？你不会是怕我歧视你故意不承认吧？”林浣语气里带着同

情，“其实现在社会这么开明，我是不会歧视你的。”

许愿一听这句话，笑着看了她一眼，认真地说道：“你大可不必担心我的取向。”

林浣纠结地看着他，不知道他的话可信度到底有几分。

对方也正目光灼灼地盯着她，那黑色的眼睛里有着最美丽的涟漪，看得她浑身一抖，她像是自言自语：“你知不知道，你这样的人如果不找女朋友简直就是暴殄天物！”

他温柔地笑了：“暴殄天物，这么严重？那要怎么办？”

“要不我帮你介绍一个？我们宿舍除了我，还有三个女孩子，都不错哦。”说到这里，她眼睛里闪现出明亮兴奋的光。

许愿只笑了一笑：“这个建议不错。”

听到他这样说，她吸了吸鼻子，不知道为什么，心里竟然有点酸楚。

见她半天不说话，许愿笑道：“只是‘远水救不了近火’。你不也是你宿舍的一员吗？反正其他人我没见过，不如就你吧。”

他这是什么意思？虽然她知道，他只是反感自己给他介绍女朋友。但这毕竟是从许愿嘴里说出来的，她禁不住脸红心跳。她把头低下了，虽然有些尴尬，但也有那么一丁点欢喜。

“你怎么不说话？”许愿故意问道。

她还敢说话吗？

就在林浣感到尴尬的时候，许愿突然偏过头，轻轻地笑了，带着一点点少年独有的邪气：“刚刚我那个提议不错吧？”

林浣一下看进了许愿的眼里，他的眼睛真是亮啊，轻易就能将人蛊惑。林浣暗地里掐自己，不可以当真，切勿当真，当真就是傻瓜啊！定下心神后，林浣急忙岔开话题：“你怎么会想到给警察提供线索，不怕那些犯罪分子报复你？”

许愿看着她，她假装看别处，只是紧张的样子像一只刚刚做了坏事的小猫。

他看在眼里，有想笑的感觉：“因为我爸是警察。”

提到警察，林浣激动地说道：“那你爸一定是很厉害的警察！”

许愿亮晶晶的眸子突然暗淡了下来：“我爸因公殉职了。”

许愿脸上的笑容随即冰封，林浣心里十分不安。她真想给自己两个耳光，让你不会说话，惹男神伤心！

林浣心里一急，也顾不上矜持，急忙抓住他的手：“对不起啊，我不是故意提你伤心事的。”

其实提到父亲，许愿虽然心里难受，但也不至于还要让她来安慰。只是他喜欢她握他的手，他只觉得心跳得又急又快，额头还滚烫发热。许愿故意不说话。

林浣更加着急了：“你不要难过啊，其实我也是单亲家庭长大的。”

见她这样紧张，许愿不由笑道：“我哪里生气了？”

听到他这样说，她才抬头去看他，结果他正笑吟吟地看着她，眼神里带着小小的纵容和宠溺。

林浣猛地不安起来，他这么看她干吗？是不是喜欢她啊？她刚刚安慰他时可没有非分之想啊，只不过看在同是警察子弟的分上安慰他一下啊！他不会误会吧？

不行！不行！她可不想横尸校园啊！

林浣强作镇定松开许愿的手：“那个，许同学，我有事先走了啊！”

“你的笔记本。”

然而林浣根本就听不到，因为她又飞快地遁逃了。

回到宿舍，林浣压根就没有想起自己丢了东西。她坐在床沿，只觉得心里一片茫然。刚刚许愿那个眼神到底代表什么啊？感动？喜欢？还是故意逗她看笑话？不是说一千个人眼里有一千个哈姆雷特吗，怎么从许愿一个眼神里她也能看出一千个哈姆雷特？

就在她做着剧烈思想斗争的时候，有人敲她宿舍的门。

是宿管阿姨，阿姨抱着她的笔记本说："刚刚有人送到楼下，说是你丢的贵重物品。这么大的人了，还丢东西。"

这可是她最值钱的家当，丢了这么久，她竟然一点都没有察觉，看来她真是病了，而且病得不轻。林浣满脸堆笑地接过笔记本，却发现屏幕还亮着，显示的正是她刚刚玩的那个通关游戏，上面有几个撒花大字："恭喜你，通关了！"

通关！他居然打通关了！她发呆的这么一点时间他居然就通关了！

林浣抱着笔记本，不可置信地揉揉眼睛，上面还是那几个撒花大字。

这智商简直是让自己汗颜啊，林浣有一股要晕倒的感觉。

第二天中午，林浣特意跑去图书馆，她很想问问许愿关于通关的事。

可他抱着一个大大的资料袋，行色匆匆。

想到谢婉清所说的事，再联想到自己上次撞飞的资料，林浣心想，这次会不会又有案子需要他帮忙？她有些小激动，壮着胆子直呼他的名字："喂，许愿。"

许愿显然是在想事情，听到她的声音迟缓地回头。他第一时间并没有回应林浣的热情。

林浣囧了。

许愿却没有看出她的尴尬，开口说："你是想问我通关的事吧？"

林浣点点头，大神就是大神，简直是神机妙算，一下就猜到她要问他通关的事。

许愿平静地说："可我现在有急事。"

魂飞天外的林浣这时才醒悟过来，如果按照先后顺序来，她一开始的确是想问通关的事。可当她看到许愿手中的资料袋，她想问的却是另外一件事。有道是口随心想，她脱口问道："是不是警察又找你帮忙？"

许愿淡定地点头。

林浣结结巴巴地说："可……可不可以带我一起去？"

许愿没有答话，径直往前走。林浣失望地想，大神怎么会带着她一起装酷一起飞呢？他们俩又不熟。就在林浣失望至极的时候，许愿突然转头说："在校门口等我，我去取车。"

等他？在校门口等他？她没有出现幻听吧？

"刚刚说什么？"她脑子一抽，问道。

"去取车啊，不会想走着去吧？"

当然不是，她……她……只不过是受宠若惊嘛！

林浣动了动唇，深呼吸一下，按捺住内心的混乱，强作镇定："当然不是想走过去，我只是想确定一下。"

林浣是第一次参与这种行动，心里有些激动。只不过她坐在车里遐想了很久，却没有见过案发现场。

许愿和肖雨清约在一家茶馆见面，每个卡位都有屏风，既开放又私密。肖雨清递给许愿一沓照片，照片上受害人失血造成的苍白让人感到揪心，林浣悲愤地想，这世上为什么总有坏人？

和林浣的悲愤比起来，这些照片似乎并没有影响到许愿。许愿倒是很镇定，他和肖雨清咬着耳朵说了几句话。

过了一会儿，肖雨清递给许愿几张纸："死者是在XX处遇害的，身上的贵重物品都被抢走了，初步怀疑是抢劫杀人。周边的一些惯犯我们都撒网排查过了，这几个是可疑人员。"

肖雨清和许愿讨论了一下案情就被电话叫走了，卡位里只剩下林浣和许愿，许愿拿着资料陷入了沉思。

林浣无事可做，捧着一杯茶坐在那里看许愿。他咬着笔头，皱着眉，看着那些被他平铺在桌子上的资料。林浣着迷地看着眼前的人，他的眼神很认真，有些不真实的柔和，他的神情宁静而专注……

许愿自言自语："三个致命刀口都非常齐整，如果是抢劫杀人，不可能做到每个刀口都这么齐整。"

林浣一听，面部表情严肃："那肯定是有预谋杀人，那更可恨了。"

……

对她的话他并无回应，许愿再次陷入了沉思。

见许愿没有反应，林浣伸长脖子盯着照片上遇害者的伤口，插嘴道："刚刚肖警官说的遇害地点我清楚，那一带靠近菜市场。你说手法这么娴熟，会不会是屠夫作案啊？"

"你 TVB 看多了吧。"许愿讽刺道。

"你少取笑我！"林浣辩解，"你看，照片上的伤口一刀致命，普通人哪能办得到？熟能生巧，屠夫就能办得到。"

"十大悬案？午夜屠夫？"许愿嫌弃地皱眉，"那只是电视剧。"

果然被嫌弃了，她心里很失落，坐在一边无聊地看着他。

他继续看资料，看得很专注，甚至没有抬头看她一眼。林浣无聊得想钻地洞，可是江湖义气告诉她，不能抛下同伴逃走。所以，当许愿回过神来的时候，林浣是这么一个状态：双手撑着腮，头点得像小鸡啄米一样。

许愿满脸堆笑。

一分钟后，林浣的头撞到了桌子，她吃痛地"啊"了一声。

许愿哈哈大笑起来："这你也能睡得着？"

清醒过来的林浣翻了一个白眼道："你让我不要吵，睡觉不是最安静的吗？”

被戗的许愿并不生气：“说起来还真是要谢谢你的配合，我想到了一些事情。”

“你的意思是你知道凶手是谁了？是不是跟我想的一样？”林浣听到他的话，得意地问。

“我的意思是，凶手可能是某种职业人。但不是你所说的屠夫，因为屠夫没有这么好的心理素质。”

林浣再一次翻白眼。

许愿平静地说：“这人一定有很强的心理素质。”

“心理素质？”

“嗯，你发现没有，虽然七八处刀口都在致命处，但是被害者并不是一刀致命，而是因失血过多造成死亡。”

“那能说明什么？”林浣不服气。

“也就是说，凶手在完全制服对方的情况下，却不急着一刀致命。他在享受某种快感，他不想让受害者立即死亡，他喜欢看着别人一点点痛苦地死去。”许愿把所有的资料拿在手上，一点一点地指给林浣看，“很多线索其实都可以通过尸体找到，尸体就是犯罪分子留下的罪证符号。能这样子杀人，一定对人体有了解，而且心理素质一定极好，普通人办不到。”

的确普通人办不到，听着许愿的讲解，林浣瞥了一眼资料图片。图片上的受害者一双黑漆漆的眼睛毫无焦点地瞪着，他死前一定经历过很长一段时间的绝望心路历程，才会有这种无望的眼神。

林浣心里一紧，默默地往许愿身边靠了靠。

“你害怕？”许愿瞥了她一眼，身体微微向她倾了倾。

这次林浣没有逞强，这案子光听起来就觉得寒气逼人，连心跳也开始加速，隐隐感觉到紧张和害怕。

给林浣说完这些，许愿拿起电话平静地说道："肖叔，如果我没有猜错，凶手应该是素质挺高还懂一些医疗知识的人，而且应该有过吸毒史或者是精神病史，你可以重点排查一下这周边的诊所或者是宠物医院。嗯，我手机没电了，碰面再跟你详谈。"

放下电话，许愿简单地收拾了一下桌面，叫来了服务员，开始点吃的："好茶上一壶，苏式点心多拿几样，面食也是要一些的。……"

林浣不禁想，他的心理素质也很好啊，刚刚看了那么瘆人的资料，转眼就开始点餐了，而且还点了这么多，吃得下吗？

服务员拿着点菜单下去了，许愿抬眸看着她，仿佛看穿了她的想法："帮你叫的，饿了吧？"

听他这一说，林浣的确是觉得饿了，可她偏偏嘴硬："没有。"

肚子不争气，"咕"地一响。

许愿点头微笑，一副了然于心的样子。

林浣一头黑线，以为许愿会嘲讽她。

可他偏偏不说话，眼神纵容又宠溺地看着她，半晌不语，林浣心里一紧……

就在她发呆之时，许愿突然温柔地说道："我也饿了，我们两个一起吃。"

这句话温柔得让林浣心慌，就在她不知如何接话的时候，服务员恰好端来了点心和茶。

林浣简直爱死这适时出现的服务员了，带走了她的小尴尬啊。

消灭了一大桌食物，林浣肚子撑得圆滚滚的跟着许愿走出茶室。

两人经过走廊时，林浣脚下一滑，幸好走在前面的许愿眼明手快，反手牵住她的手，拉住她，嘴里责备道："走路要看路啊，刚拖了地，地面湿滑。”

“我怎么知道拖了地？”林浣委屈地说道。

他温柔地看着她：“知道你不善于观察，你跟着我走，小心摔跤。”

嗯……好吧，林浣承认自己很马大哈，可是已经走出店外了，他还握着自己的手算怎么回事？

难道……他对自己有好感，借故牵她的手？

正当她心里乱七八糟地想着时，许愿开口了：“你是不是很热啊？手怎么这么烫？”

林浣看着他纯粹的眼神，像是无害的小动物——小白兔。

哪像她啊，此时内心汹涌澎湃，浮现无数幻想。

她慌张地挣脱他的手，辩解：“哪有烫呀，我这是正常体温！”

低笑声响起，林浣囧得想钻地缝。

天已经微微黑了，前面的许愿突然停住了脚步。

“许愿，你发什么呆？”

许愿竖起手指做了一个“嘘”的动作。

就在林浣懵然不解之时，他忽然拉着她的手往停车场外走去。

“我们不是要回去吗？你要干什么？”

只是她的问题完全被漠视掉了，许愿扔给她三个字：“不要吵。”

虽然许愿的话总是说一半咽一半，让人摸不清他真实的意图，但林浣见他如此紧张，也不敢再吵，只能跟着他走。

走了大概十几分钟，路越来越偏，林浣才发现原来许愿在跟踪一个人。只见那人穿一件开衫，手里提着一个工具箱，很正常的样子，她不明白许愿到底为什么跟踪人家。

明白了许愿的意图，林浣放松了警惕，这一放松加上晚上气温低的缘故，她忍不住打了一个喷嚏，前面的人起了警觉，拔腿就跑。

许愿拉起她要追，结果慢半拍的林浣没有反应过来，脚下一滑，整个人居然往下跌去。

被摔得七荤八素的林浣睁开眼睛就看到了许愿。刚刚她不知踩到了一块什么板子，往下跌的时候只能凭本能扯许愿，把他也拉了下来。

“许愿，我们现在哪里啊？”

他并没有因为她的鲁莽而生气，他蹲在她旁边，眼神很温柔，小心翼翼地说道：“不知道，大概是以前挖的垃圾填埋坑，废弃了。”

“那怎么办？”

“你打电话求救，我手机没电了。”

林浣摸出手机，才发现在茶座里打游戏打得没有电了，她哭丧着脸说道：“我的手机也没有电了。”

“水泥坑壁无法攀爬，看来今晚得在这里过夜了。”许愿抬起头，面带笑容，一点都不沮丧。

林浣哭丧着脸说：“手疼死了，我可不想在这里过夜。”

“是不是受伤了？”许愿听到她的话，忙拉起她的手，表情相当凝重，“哪里疼，会不会是骨折了？”

“我只是摔疼了。虽然我平时专业课学得一塌糊涂，但对自己的身体还是了解的。”林浣尴尬地想抽回自己的手。

“我不认为你了解自己的身体，你的手臂有擦伤，在流血。”

许愿撩起她的袖子，脸色突然阴沉了下来。林浣不知道他怎么的就变了脸色，不敢说话。

许愿看着她，突然低下头，他的唇已经贴住了她的伤口，然后开始霸道地吮吸。

“你在干什么？你不会真的认为唾液有消毒作用吧？”林浣鄙夷地说道。

眼前的人抬起头，神情冷峻，面容也出现愠色，下一秒他再度吮吸住她的伤口。

“你、你……”林浣目瞪口呆地看着他，这人是刚刚摔傻了吗？

大概吮吸了十几秒，许愿停下来，他的脸色微微缓和了，声音也跟着轻柔了起来，还带着一丝腼腆和不自然：“刚刚是不是吓到你了？虽然要相信科学，但有时在没有办法的情况下也可以试试民间偏方。”

这算不算歪理？可林浣没有力气再和他争辩了，她现在整个人都在发烫。为了让自己看起来自然一点，林浣默默地找了个角落蹲了下来。

“拿着。”他把衣服递过去，命令道，“我可不想你在受伤的情况下又着凉。”

“那……你怎么办？”林浣有点迟疑地问道。

许愿一愣，随即轻柔地笑道：“我不冷。”

林浣披着她的外套蹲在角落，看着一边靠跺脚取暖的许愿，她有点不自在地说道：“你可以靠近一点。”

“你想干吗？”许愿看着她，眼神有些暧昧，“在这个地方，我可没有心情干别的事情。”

“你是不是想多了？”林浣稍稍偏开了头，故作镇定地说道，“我只是觉得靠在一起暖和一些，我怕你冻感冒了。”

“原来是这样啊！”许愿笑道，“我还以为你是美色当前，急不可耐！”

我有那么饥渴吗？林浣皱眉，想不到高冷的许大神竟然有这样一面，说起话来一点都不含蓄。

风评这种东西没有一点可信度。

忽然间许愿靠了过来，林浣微微一抬头就可以看到他的脸。不可否认，他真是好看，棱角分明的脸，身上还有好闻的薄荷味，真叫人移不开眼睛。

“你看够了没？”发现林浣目不转睛地看着自己，许愿故意轻咳了一声。

“谁在看你啊？自作多情！”林浣面上一红，飞快地偏过头去。

许愿突然低笑起来，他轻轻往她身边靠了靠，两人的手碰到了一起。他的手指很凉，冰凉的触感让林浣心里一紧，她脱口说道：“你怎么靠这么近？你、你、你不要吃我豆腐啊！”

“不是你说的吗？靠近一点取暖，我不靠近，怎么取暖？”像做坏事的小孩，许愿着急地辩解，可是并没有打算离开她的身侧。

林浣艰难地呼吸着，却又对许愿的话无法反驳。

见她沉默，许愿微微一笑：“无聊吧？我给你讲一个故事吧。”

有故事可以听，林浣一下子就来了精神：“什么故事？”

许愿淡淡地说道：“有个人跟我们一样跌进了一个水泥坑，一直没有人发现，连着下了几天雨，然后……”

“然后怎么啦？”

她望向许愿，他嘴角微微勾起，缓缓地说道：“然后水位一点点往上升，他绝望地淹死了。”

林浣心里一凉，身体不自觉地靠近许愿：“今晚不会下雨吧？”

“那可说不准。”许愿淡淡地答道。

“呜呜……下雨了怎么办啊？我可不想死！许愿你会游泳，你可不能撇下我啊。”林浣惊恐地抓住许愿的手。

“那你过来点。”

“干什么？”

“你不是让我不要撇下你吗？靠近一点，我想撇也撇不掉了。”

“嗯。”林浣心里还有刚刚的故事留下的阴影，她立即往许愿身上靠了靠。

夜渐渐深了，林浣看不到许愿脸上像小孩子骗到糖果一样得逞的笑。

就在许愿笑得快要憋不住时，突然一束亮光照了过来：“里面是不是有人啊？”

林浣欢快地蹦起来：“有人，有人，救命啊！”

许愿轻叹一声。

他对有人救他这件事相当不满。

第四章·喜欢了吗?

在所有不被想起的快乐里，我最喜欢你。

宿舍里，苏微微诧异地观察着林浣。

因为林浣傻乎乎地对着自己的手臂笑了十几分钟了，起初苏微微以为她在看小说或是搞笑漫画，结果发现她看的只是自己手臂上的擦痕。

看着林浣还有继续笑下去的趋势，苏微微终于忍不住，担心地问道："浣浣，你是不是病了呀？"

被撞破了心事，林浣慌得手足无措，她掩饰道："没有啊，我好好的啊，能吃能跳能闹。"

"那你刚刚对着手臂傻笑？"

"我这是在练脸部肌肉好吗，这是新式的瘦脸操。"

"哦。"苏微微半信半疑，但看着林浣一脸认真的表情，她还是相信了，并且也对着墙壁傻笑了起来。

林浣并没有阻止苏微微蠢萌的行为，因为经过苏微微的提醒，她发现了一件可怕的事——自己病了。

自从被人从水泥坑救起来后，她就病了。

她开始梦到许愿那个自恋狂，梦里面他正是用那纵容又宠溺的眼神看她。

林浣正发呆的时候，肖豆蔻拿着两杯牛奶走进了宿舍。她觉得奇怪的是，宿舍的两个吃货并没有迎出来，却是一个在发呆，一个在傻笑。

“你们两个在做什么？”肖豆蔻看着行为古怪的两个人，好奇地问道。

“瘦脸操啊。”苏微微大着舌头说道。

“瘦脸操？这么奇怪。”

其实苏微微也觉得这瘦脸操奇怪，她看了林浣一眼，气急败坏地叫道：“林浣，你给我坦白从宽，你是不是骗我的？”

林浣见谎言被揭穿，连忙补救：“自创的，还不知道效果如何。”

苏微微翻着白眼道：“当我是傻瓜啊？老实说，你是不是吃错药了？这几天看着怪怪的！”

她也觉得自己吃错药了，这几天怪怪的，心里总是酥麻麻的，像是有什么在挠她。她答非所问地问苏微微：“你说，我是不是要改变一下自己？”

“啊？”

“我觉得我太不淑女了。”

这几天也没见许愿来找她，她觉得一定是自己不够淑女，没有吸引到许愿的目光。

“昨晚打雷劈中你脑袋了吗？”苏微微皱眉问道。

“没有，人家就是觉得淑女可爱。”

“你不会是恋爱了吧？”终于想到点子上了，苏微微突然尖叫道。

“滚滚滚！”林浣用书砸向苏微微。

“让我猜猜是谁让我们林浣春心荡漾了？难道是许愿？”苏微微并没有被她的淫威吓退，猜测道。

听到许愿的名字，刚刚还霸气外露的林浣一下子变得娇羞起来。

“不会是真的吧？”苏微微吃惊地说道，“你癞蛤蟆想吃天鹅肉？”

癞蛤蟆？

说谁呢？说她吗？她分明是灵气动人的少女！

林浣咆哮道：“我有这么差吗？”

“放在普通人跟前，你中等偏上；放在许愿面前，你就是一只癞蛤蟆。”

她说的似乎有点道理，林浣囧死了。

苏微微看她一脸沮丧的样子，给她出主意道：“喜欢就去告白啊，再胡思乱想下去你就得疯了！”

“你想看我被拒绝，然后在学校被众人取笑的样子吗？”

她说得好像没被人取笑过一样！显然她是忘记了之前论坛上面疯狂的骂声，苏微微善意地提醒道：“我以为对被人取笑这样的事，你早就有了免疫力。”

“你……”林浣的话被苏微微噎在了喉咙里。

“说实话，你以前不是挺讨厌许愿的吗？怎么一下子就喜欢上了？难道射到你的丘比特之箭被施了魔法？”

林浣突然想到了一句话，喜欢上一个人，仅需要一分钟。

她以前觉得不可信，现在发生在自己的身上，简直就是至理名言。她也说不清楚自己是从什么时候开始喜欢许愿的。

是从那次人工呼吸开始？还是从那次文学社握手开始？也许更早一点，从那次去拿手机第一次看见他，她的心就已经如小鹿乱撞了。

而偏偏她又是一个感官比较迟钝的人。

这不，一颗小芽都要破土而出了，她还不知道自己是什么时候种下去的。

和林浣乱糟糟的心情不一样，肖豆蔻内心是凄凉的。

大概谁都不会和她有共鸣，因为单亲妈妈宋玲珑要结婚了。

参加妈妈的婚礼会是什么感觉？恐怕有体会的人并不多。

晚上，宋玲珑坐在镜子前梳妆打扮，昏黄的灯光下，她一点一点地抹着面霜。肖豆蔻这才发现，原来她已经这样老了，面霜涂上去抖一抖就像会往下掉似的。

宋玲珑心情很好，一边抹，一边和她说话："知道我当初为什么给你取名豆蔻吗？我希望你永远是豆蔻年纪，成年人是有很多苦恼的。"

肖豆蔻有几秒钟的沉默，随即问："你真的了解他吗？"

"他是个好人。"宋玲珑停下手，微微笑道，那样子分明就是需要被珍爱的少女，"他是心理医生，而且还相当帅气，更重要的是，他愿意娶我。"

"每次你都是这么说的，每次都被骗。"

宋玲珑突然一笑："怎么了？想当贴心小棉袄？"

"我只是不想你惹了麻烦又回来找我哭诉。"肖豆蔻语气平静，神色从容，"这些年，我烦透了这生活。"

听到肖豆蔻这样说，宋玲珑妆也不化了，把镜子反手一扣："当年就应该把你随便丢在哪户人家门口的！大喜事的，非得让我受这晦气！"

"我只是怕你被骗。"

"睡觉，睡觉！你明天别回来呀，他都不知道我还有你这么大一个女儿。要不是他非要来迎亲，我也不会让他来这地下室。"

肖豆蔻没有说话，裹着被子睡了。她被宋玲珑赶起来的时候，天还没有亮，她抱着一袋衣服，默默地准备去学校。

刚准备上公交车时，肖豆蔻又改了主意。她并不是故意要让宋玲珑难堪，她只是想亲眼看一看，宋玲珑口中那个可靠的、爱她的男人是什么样子。

“你怎么回来了？”化好妆的宋玲珑看到她，有些气急败坏。

“玲珑，她毕竟是你女儿。”跟妈妈一起的阿姨心疼地说道。

“扫把星，你是存心让我不好过是吧？”宋玲珑抓起桌子上的化妆盒就砸了过来。

盒子不偏不倚地砸到了她的胸口，她没有喊一个“疼”字。没有等到接宋玲珑的花车，她伤心绝望地回到了学校。可她不敢回宿舍，她害怕看到林浣和苏微微，她不知道怎么向她们解释自己并不是公主，而只是个被妈妈嫌弃的扫把星。

肖豆蔻坐在图书馆外面那片茂盛的香樟树林中，她摸出一把眉刀，这把眉刀是宋玲珑砸她时掉落在她面前的。她想，反正自己是多余的，这个世界不会因为她而改变什么。她闭着眼睛，将眉刀往手腕上划去，可是拿着眉刀的手却被人抓住了。

她抬眼望过去，是许愿。他应该是刚从图书馆出来，手上拿着一本厚厚的英文原版书。他按住她的手，眉头紧蹙：“同学，这里不是解剖室，而且活体解剖不适用于人。”

肖豆蔻呆住了。

许愿还握着她的手腕，他指尖微暖，肖豆蔻觉得这暖意正慢慢沁到她心里去。

她终于松开拿着刀片的手。

许愿看着她不说话，倒是肖豆蔻把刀片扔进了垃圾桶后，用灼灼的目光看着许愿：“你放心，我以后再也不会干这种蠢事了。”

许愿淡淡地点点头，抱着书走了。

肖豆蔻站在原地，定定地看着他走远，生怕一眨眼他就不见了。

那时她以为这只是一场暗恋，却料不到后来是一场海啸。

经过两天的打磨，林浣的告白书华丽丽地出炉了。

那天上午，她打听到许愿上课的教学楼，拿着情书在走廊外徘徊。

进去？不进去？

这道选择题，对于林浣而言，实在是太难了。就在她犹豫不决时，门突然大开，一群人拥了出来。到了这种关键时刻，林浣直想落荒而逃。

就在她准备往楼梯口跑时，许愿身边的那讨厌鬼却发现了她："甜心，好巧啊！"

被现场抓包，林浣慌忙一边把信往口袋里藏，一边讪笑道："嘿嘿，我路过，路过。"

"你不是护理系的吗？怎么会这么巧路过我们实验室？"陈诺好奇地问道。

林浣差点就泪奔了，苏微微事先没有帮她想好路过的理由啊！她厚着脸皮挠挠短发："迷路了，本来是去图书馆的，结果跑岔了，到了这里。"

图书馆和这里根本就是两幢楼好吧，撒谎也不找个高明一点的理由！许愿面无表情地说道："你这路可迷得够远的！"

完了，完了！林浣尴尬无语，她抚额懊恼不已，这下子什么节操都掉尽了！但她嘴硬地说道："我是路痴。"

许愿似笑非笑："智商低的人是这样。"

又被他拐着弯占了便宜，她很想解释："谁说我智商低啊，我还不是为了……"

她平时脸皮很厚的，可今天怎么也说不出"还不是为了你"这样矫情的话。

"编不出理由了吧？"许愿微微笑道，听得出情绪尚佳。

就在林浣感觉生无可恋时，陈诺打断两人斗嘴，摸着肚子："搞了一下午解剖，有点饿了，要不要吃点什么？"

"你们刚摸完尸体就去吃东西？"林浣不可置信地看着两人的手，"会不会还有尸体的味道？"

"哪有你说的那么夸张？"许愿好脾气地说道，"在我们眼里，那些都是标本。"

林浣夸张地问道："那在你们眼里，人是不是也是标本啊？"

"那照你的说法，谁还敢嫁给医生啊？"许愿微笑道，"就算嫁了，也不敢一起睡觉啊。"

那也不一定。

陈诺再次打断两位喋喋不休的争论，提议道："许愿，要不要一起去吃银丝面？"

听到银丝面，林浣的肚子条件反射性地发出了一声咕噜声。

许愿低头偷笑。

陈诺瞥了她一眼："甜心，看样子你也饿了，一起去吧。上次吃面我半路跑了，这次请你吃饭，就当赔罪。"

林浣快要吐血了，自己不过想告个白，怎么这么艰辛啊？不过听到有银丝面吃，她好像又没有那么生气了。作为一枚吃货，她是可以为了食物原谅这个半路杀出来的程咬金的。

三个人各怀心事地往面馆走去，刚走到一半，陈诺突然捂住肚子："惨了，中午吃多了，你们两位先去。"

障碍自动清除，要不要现在表白？林浣放在口袋里的手"蠢蠢欲动"。

许愿突然停下脚步，走在后面的林浣一下子没反应过来，猛地撞在他身上。弄不清楚状况的林浣睁着懵懂的双眼看着停下来的许愿。

"你是不是有话要对我说？"许愿蹙眉，他可不相信她是迷了路。

“你怎么这么问？”他为什么会这么问，是不是听到了风声？不可能啊，苏微微替她写情书的事就她们两个当事人知道。

“因为你迷路迷得太蹊跷了。”

“什么蹊跷？”林浣做垂死挣扎状，“我就是迷路了！”

“一般天才型的人洞察力都强，我觉得你就是来找我的。”许愿抚额，明明就被看穿了，她还这么多把戏。

看着许愿脸上的表情，林浣知道他一定又在心里嘲笑她，她打算打死都不承认：“我只是迷路了，你以为人人出现在你面前都是为了和你搭讪啊！”

“哦，那是我洞察力出错了。”许愿闷闷地嘀咕道。

林浣结结巴巴地说道：“是，是的，你出错了！”

许愿有一点点想笑，却故意绷着脸，真是死鸭子嘴硬，刚刚在门口她脸红得像猴子屁股，迷路需要脸红吗？她分明就是有不良企图。

见许愿不说话，林浣更加着急了，期期艾艾地说道：“难……难道学校有规定不允许迷路吗？”

听到这里，许愿竟然微微笑起来：“既然我错了，你要不要将错就错？因为我今天心情不错，说不定会头脑发热做傻事，你要不要试试？”

他什么意思，说话这么曲折？他到底是说趁他现在心情好，表白会成功，还是说他心情好，不和她计较啊？

聪明人就喜欢这样，有话不明说，绕圈子，绕来绕去，她都糊涂了。

许愿看着林浣的脸一会儿阴一会儿晴，他有些无奈，都已经挑得这么明了，她还不懂？他叹了一口气，真替自己的未来担忧。这么简单的事，她居然还要思考这么久。

就在许愿要放弃逗她，主动出击时，街角突然传来一阵喧哗声。

正在做激烈思想斗争的林浣被吵到了，她愤怒地看着那伙喧闹的人，沮丧地想，真是癞蛤蟆想吃天鹅肉，老天爷都看不下去，先是派陈诺那个讨厌鬼出来搅局，后又派这么多醉鬼出来扰乱她的思路。

不过她想错了，因为那一大帮人显然不是喝醉了，他们目标明确，直冲许愿嚷道："老大，就是这小子，上次在酒楼让你下不了台的就是这小子！"

好像遇到麻烦了。

林浣紧张地叫道："你们干什么啊？现在可是法治社会，有话好好说，我们来讲道理。"

许愿绷紧的脸，突然破功了，他一脸笑意地看着林浣，后者浑然不觉，还在碎碎念："有理走遍天下，别动粗啊。"

"死女人，让开，不然连你一起揍。"光头有些懊恼，这个女人看不出来吗？他就是来动粗的。

"可我们只有两个人，你们不是以多欺少吗？"

光头一听，愣了。这女人，她不看电视和电影吗？出来混，拼的不就是人多势众吗？

林浣还准备说什么，光头恼火地说道："我们干的就是以多欺少！"

林浣被呛得说不出话来。看着她吃瘪的样子，许愿"扑哧"笑出了声。他这样一笑，光头真觉得自己的威严扫地了，他把烟头扔在地上，冲那帮不知所措的小混混叫道："打啊，愣着看戏啊！"

那帮小混混恍然大悟，抡起棍子就朝许愿身上招呼过去。

许愿有跆拳道底子，这几个人根本不是他的对手，不大一会儿工夫，几个愣头小子就已经被打趴在了地上。其中有一个突然开窍，拿出随身携带的一把水果刀，转身跑向一边没有任何防护措施的林浣。

刀子来得太快，林浣眼看躲避不及，害怕得闭上眼睛，心想花容月貌要毁于一旦了。此时许愿迅速冲过来，牵着她的手拔腿就跑。

“别追了。”看着手下伤的伤，嚎的嚎，光头郁闷地叫道。

地上一个亮晶晶的胸卡引起了光头的兴趣，他捡起有许愿照片和名字的学生胸卡：“许愿，这个名字好熟悉啊！”

有个小弟灵光一闪道：“老大，这不是上次海哥在聚会上扬言要废掉的那个天才学生吗？”

光头因小弟这句话突然开了窍，他捏着胸卡，狞笑道：“哈哈，下次不用我动手，这小子就死定了。”

小弟好奇地问道：“为什么？”

“因为他多管闲事，谁让他帮那些警察？这就是得罪陆海哥的下场。你们难道不知道？陆海哥的兄弟就是因为他被抓进了监狱！”光头对着许愿消失的地方，而且狰狞地拍了下自己的光头。

林浣跟着许愿跑了整整两条街，确定后面没了声音才停了下来。

许愿的手臂无力地垂着，血滴落在青石板上。

林浣用手摸完了自己的脸，再检查自己的手，确认自己身上没有伤口后惊叫道：“我会不会是受了内伤啊？怎么会有这么多血啊？会不会死啊？”

“是我的手。”许愿苦笑道。

她反应过来，看向许愿。

怪不得自己没有受伤，原来刚刚刀子挥过来时，他帮她挡住了。她看着血沿着他的手臂一直往下滴，再回头一望，一路上滴落的血像一条蜿蜒的蛇。

“怎么止血？”林浣害怕地捧起他的手。

许愿因为失血过多，脸变得像纸一样白，他轻声道：“你先帮我按压住伤口。”

林浣听话地按压住了他的伤口，可她又不知道下一步应该怎么办了。她从来没有和打架斗殴这样近距离接触过。

一内疚，她竟然哭了："怎么有我这么笨的人来学医！人家都说白衣天使，我看我以后一定是白衣饭桶。"

"你学的是护理专业。"许愿无奈地安慰道，"以后不用上手术台。"

"可是护理也要照顾病人啊。"虽然有许愿安慰，可是林浣的眼泪就像断了线一样止不住。

许愿忍着疼痛，高大的身躯稍稍俯下，与她平视，眼神温柔至极："要不毕业就结婚？我出去工作就好。"

林浣并没有听清楚他的话，其实除了内疚，她还很害怕。她拉着许愿的手臂，看到血还是在慢慢往外浸，她抹了一把眼泪，担心地问："怎么办，会不会流血过多而死啊？"

"放心，我死不了，你刚刚是不是为我而哭？"此时许愿关心的好像并不是伤口。

林浣的耳根红了一下，为了掩饰，她立刻板起了脸，扔下一句："受伤的人废话还这么多。"

许愿先是想笑，突然却阴沉着脸严肃了起来："以后遇到这种事，你就跑。"

"不跑！"林浣倔强地说道。

"你不怕死？"

"怕死！"林浣小声道，"可我不能丢下你。"

许愿听到她的话，认真地说道："我宁愿自己出事，也不想看到你受一点伤害。"

林浣吃惊地挑了挑眉毛，这算不算是表白啊！只是这表白也太莫名其妙了吧？男神先前可没有一点喜欢她的先兆啊。

所以一定是自己想多了。算了，还是不要乱想了。他在那里随口一说，她在这边桃花泛滥，传出去多丢人啊。

许愿原以为林浣会趁势追击，问他为什么会这样说，他连下一句台词都已经准备好了。然而，林浣却看着他的羊绒衫，叹气道："流这么多血，衣服好像报废了。这么好的衣服，可惜了。"

他在表白，她却在关注他的衣服。

唉，无法沟通。

许愿瞟了林浣一眼，遗憾地说道："喂流浪猫一瓶罐头，它都会舔我一下。"

林浣狐疑地看了一眼他的手："你什么意思？不会是让我像猫一样舔你的手吧？可你的手摸过尸体啊。"

许愿仿佛料到她会这样说，他嘴角一抽，呻吟道："好疼。"

听到他说疼，林浣一下子就心软了："哪里疼，要不要我帮你包扎一下？"

"你会包扎？你还是打个车送我去医院吧。"许愿想，如果再不要求送他去医院，在这里等她开窍，自己怕是要流血身亡了。

"是哦。"

许愿无奈地看了她一眼，丢下一句："智商负数，以后生孩子怎么办啊？"

什么智商？明明是见他这么多话，她以为他没有大碍才没有想到送他去医院。再说，她智商负数和生孩子有什么关系？

不过听到这句话，心脏怦怦乱跳是怎么回事？

第五章·尘埃落定

天黑才开灯，寂寞才爱人。

听到林浣讲完遇袭的事，肖豆蔻手上的书突然掉在了地上，苏微微的八卦之心似熊熊烈火：“哇，他这都英雄救美了，你还无动于衷呀？”

“什么英雄救美啊？”林浣叹息道，“他可能是出于男人的本能才保护我的。”

“男人的本能？”苏微微翻了一个白眼给林浣，“你倒是让许愿在我面前出于本能替我挨一刀啊！他在我们面前冷得可像座冰山。”

“冰山？这是学妹们以讹传讹。他可是话痨，你是没有单独和他相处过。”林浣想到许愿的自恋。

没有单独相处过？苏微微翻了个白眼，想到新生开学报到那天。

那天她到学校来报到，在校门口看到一辆黑色的辉腾，上午的阳光正好，车里面的男生应该在等人，只见他慵懒地靠在黑色的椅背上，眼神淡漠，嘴角带笑。

她可是行家，一眼就给车里的男生贴上了高富帅的标签。

后来苏微微打听到，他是医学院的高考状元，她只差膝盖着地了。

开学不到一周，她就拿着厚厚一沓情书上前表白，结果他连正眼都没有看她，冷冰冰地说道：“你恐怕要先去变个性，我喜欢男人。”

喜欢男人！

喜欢男人！

这大概是史上最残忍的拒绝说辞了。若不是她一直正能量爆棚，想通了世上帅哥又不止许愿一个，大不了她换一个再追，她那天丢的脸就足够让她从楼上跳下去了。

更悲哀的是，他对她一点印象都没有。上次在沙滩上，他还丢给她两个字：白痴。

真的是不说不痛，说得多了都是泪。

苏微微看着林浣感慨道：“女人啊，一遇到爱情智商就为负数。不过也怨不得你，你没有遇到爱情时智商就是负的。”

“不许用我的智商侮辱我。”才被许愿以智商低侮辱过，林浣气急败坏地冲苏微微吼道。

苏微微看林浣生气了，讨好地从网上翻出一段话抄给了林浣：“年度最佳情话，上次表白没有成功，这次借给你拿去表白。”

在苏微微的怂恿下，去探望许愿那天，林浣穿了一件藕色的羊毛连衣裙，还化了个淡妆。

下班回来的谢婉清狐疑地问道：“怎么化妆了？”

“哦，学校要举办晚会。”

“现在是早上。”谢婉清觉得这孩子的健忘症好像更严重了。

“哦，我懒得晚上回来化。”

谢婉清哭笑不得。

她长大了。

似乎就是这一年，她已经从一个小女孩儿变成了一个成熟的女子了。

虽然她还像以前一样冒冒失失，可是她的背影洋溢着一股欢乐劲儿。大概所有的女孩子都有这么一段过程，所有的喜欢都会在适当的时候冒出来。

以为瞒过了谢婉清，林浣开心地直奔医院。

许愿正在床上看书。

“看书啊！呵呵，什么书看得这么入迷？”

“专业书。”

“不要看太长时间的书，对眼睛不好。我帮你把床摇下来，你躺会儿。”不等许愿答话，林浣把他的床给摇了下来。

许愿听话地把书搁在枕头边，他微闭着眼睛，等着林浣说话。

“还是看书吧。”林浣又把床摇了上来。

许愿好脾气地打开书。

结果林浣又道：“我觉得受伤了还是多休息比较好。”

……

“你有话要说？”被摇上摇下三次，脑袋有些晕的许愿温柔地问道。

箭在弦上不得不发了。

林浣停下握着摇杆的手，紧张地看着许愿：“问你一件事，你喜欢狗吗？”

紧张成这样，原来是这么点小事啊！许愿嘴角微微上扬道:“喜欢。”

他笑起来真好看，林浣看得目不转睛，完全忘记了自己接下来要说的话。

看她傻站在那里，许愿轻轻地咳了一下：“我说我喜欢养狗。”

呜呜呜，又丢脸了。真是越来越没有定力了，林浣擦擦嘴角流下来的口水，吞吞吐吐地说道：“我妈养了一只狗，现在不想养了，你有没有兴趣养啊？”

“什么品种？”

“颜值特别高，善良，有趣，还会卖萌。”

“哦。”听到这里，许愿不由得精神一振，“有意思，哪天带来看看。”

“现在就可以看得到。”

“吉娃娃！”许愿猜测道，“你把它藏在包里吗？怎么这么久都没有出声，不会是憋死了吧？”

“我没有藏啊，就在你面前啊。”林浣将两只手竖在耳畔，调皮地吐出舌头，“汪、汪、汪，哈哈，我是单身狗。”

看着卖萌的林浣，许愿忍不住嘴角抽了一下，然后哈哈大笑起来。

看到许愿的反应，林浣的一颗心落了下来。不是说这是网上评选出来的年度最佳情话，最适合用来表白吗？怎么许愿是这个表情？

看吧看吧，男神就是不好拿下。

林浣心酸地放下手，叹了一口长气，反正在许愿面前丢的脸有一堵墙壁那么厚了，也不差今天这一次。

她调整好心态，一本正经地问道：“饿了吗？要不要喝粥？城南陈记的粥不错，南瓜粥好喝，糯米粥香甜，红薯粥营养，我还是去给你买个玉米粥吧。”

南瓜、糯米、红薯、玉米，玩什么绕口令啊？许愿伸手摸了一下她的额头：“你没发烧吧？”

林浣呆呆地摸了下自己的额头：“没有啊。”

看着林浣傻不愣登的样子，许愿心情愉快地补充道：“怎么说话这么语无伦次？刚刚那个问题，我还没有回答你啊。”

他这是准备补刀吗？要对自己脆弱的心脏造成二次伤害？

林浣并不打算给他机会，她连连摆手：“我是有点笨，但又不傻，答案我已经知道了。”

许愿状似不经意地说道：“原来我想养单身狗你是知道的啊。”

什么？他在说什么？病房里的气氛陡然暧昧起来，林浣刚刚平静下来的小心脏又扑通扑通狂跳了起来。那跳动的声音，她怀疑许愿都听得到。

见她发呆，许愿微微露出一丝宠溺的笑："我其实挺喜欢养狗的，单身狗虽然没养过，但应该难不倒我这么聪明的人。"

不是自己出现了幻听，他是真的这样说！林浣终于醒悟了过来，不自信地指着自己的鼻子："我，我，你，你，你说什么？"

他说话怎么总是这么曲折啊，真是好磨人啊。林浣忽然想到一句诗，没头没脑就念了出来："有时看我，有时看云，我觉得你看云时近，你看我时远。"

许愿见她越发语无伦次，优雅地倾身靠近，轻轻地弹了一下她的额头："我说我想收了你。"

林浣被他霸气的话吓呆了，忽然心跳加快，男神果然是不按常理出牌的。

"那就是说你答应做我男朋友了？"

许愿看着她发红的脸，微微一笑："是被你逼的。"

"那这个时候是不是要接个吻庆贺一下？"林浣脱口而出。说完她立刻呆住了，自己这是怎么啦？他会不会当她耍流氓啊？

"其实上次人工呼吸的感觉还不错。"许愿望着她的眼睛，微笑道。

"那你是答应了？"林浣欢呼道。

许愿看着她的表情，问道："答应什么啊？"

林浣的心情再一次大起大落。

许愿的眼底有一抹促狭："我不会接吻。"

林浣故作傲娇地把嘴唇伸过去，扳住他的肩："接吻这种小儿科，你不会我会啊，你先闭上眼睛。"

林浣想不到许愿真的听话地闭上了眼睛。

医学天才啊！怎么连接吻都不会？非逼得她像个女流氓一样！

接吻要怎么演啊？

林浣的大脑像马达一样运转起来，把印象里电视剧中的接吻镜头都过滤了一遍。

电视上是这么演的吧？先抓住他的肩，拉近两人的距离，再捧起他的脸，然后嘴唇贴着嘴唇。

“原来这就是接吻啊！”许愿心里又甜又酥，像被一道闪电击中，他耳根迅速地发热，热到了血脉里。

“这只是预热，想要感情深，还得更深入一点。”林浣故意装老练说道。

“那我们要不要试一试？”

林浣闻言不由惊讶地看向许愿，这是男神说的话吗？

他正微笑着看她，真是好看啊，笑得这么诱惑。不管了，林浣再次捧住许愿的脸：“那些女生在 BBS 上说好白菜都被猪啃了，白菜的味道真好，让我再啃一口。”

这么神圣的一件事，林浣这么粗俗的说法真的好吗？他刚刚想说教，林浣的唇已经来堵他了。许愿深吸一口气，原来这就是深吻，突如其来的刺激让他心脏不由收缩着，让他一时仿佛停止了呼吸。

林浣的舌头像一条调皮的小蛇，一会儿攻击着他的牙齿，一会儿攻击着他的舌头。她大概吃过薄荷糖之类的，清甜的味道瞬间盈满了整个口腔，他只觉得口干舌燥。他化被动为主动，开始反复吮吸着她的舌尖。他的手滑入林浣乱糟糟的短发中，渐渐加深这个吻，辗转搅动……

林浣只觉得像受了蛊惑一般，无法反抗，无法思考，无法动弹。

她的身体本能地迎合着许愿，越靠越近，甚至感觉到许愿浑身都是滚烫的。

许愿已经忘记了是如何结束这个吻的，他并没有完全失去理智，少年的欲望倾巢而出，他隐隐约约觉得这场激情的蔓延，将使他无法控制。为了不伤害林浣，他凭着最后一丝理智松开了林浣，结束了这个吻。

“你的脸好烫。”林浣尴尬地看着他。

“是吗？病房里气温怎么一下子就升高了？”许愿含笑揉揉她的头发。

真是尴尬。林浣左顾右盼，刚好看到柜子上许愿翻看过的小说，她假装看书，搬了一把椅子坐在窗户旁边。

许愿本来就不爱说话，一尴尬，更不想说话了，他索性偷看林浣。

她捧着书坐在窗户边，医院靠窗的位置种了一排香樟。

风一吹，点点阳光洒在林浣的脸上，她的脸上就像洒满了金粉。

只是她真的是在看书吗？已经好几分钟了，她并没有翻动书页。

哈哈，她分明是在神游，并且还时不时偷笑，笑得眼睛都弯起来，显得稚气可爱。

林浣每天都会在许愿的病房待在一个多小时，其实许愿想让她多待一会儿，可是临近期末考了，像她这种平时不烧香的人就靠着最后一点时间临时抱佛脚。

许愿抗议：“你可以把书带到医院来看啊！”

“不行。”林浣一本正经地拒绝。

“为什么？”

“静不下……”林浣原本打算实话实说，说自己静不下心，只是许愿好像已经猜到她的心思。

他躺在床上，笑得有些居心不良：“你不会一看到我就想……想那些什么事吧？”

“想什么？什么事啊？”这人思想真不纯洁，林浣无语。

“要不要我给你一点提示？”他手指摩挲着嘴唇，半眯着眼睛，眼中含着深深的诱惑。

败类，禽兽！

要不要这样引诱她啊？

她可是纯洁少女啊。

都说许愿高冷，看来孤高冷淡的一面只是假象啊，厚脸皮加自恋才是他真实的一面啊……

虽然嘴上没有把林浣强留下来，但林浣走后许愿深深觉得，没有林浣的时间真是很难熬。

这天，他躺在床上听到开门的声音，以为是林浣来了，高兴地扭头看去，进来的却不是林浣。

是一个年轻的女孩，她拎着一包水果。

他的声音听起来有些疑惑：“你是？”

“我是林浣的室友，听她说你受伤了。”肖豆蔻很含蓄地说道，“上次你在学校帮过我，所以我来看看你。”

说完肖豆蔻有些不好意思地转转眼珠，望向许愿，只可惜许愿一脸茫然，客套地指着窗前的一把椅子：“请坐。”

看来他并不记得自己，肖豆蔻有些沮丧地坐了下来，许愿则一言不发地在床上发短信。

林浣正在帮林希洗澡，手机短信提示音响起。

“快回来。”

“想我了？”

“不是，你室友过来看我了，不知怎么招待，求救！”

一想到许愿那淡漠又着急的样子，林浣笑着回：“暂时回不来，帮弟弟洗澡。我的姐妹不能怠慢，你看着办。”

病床上的许愿感慨道，有个未成年的小舅子还真是悲哀啊。

许愿尴尬地清咳一声，道：“要喝水吗？”

“谢谢。”

许愿见女生安静地坐在椅子上，没有要喝水的打算，许愿出于礼貌说：“林浣在家里，一下子回不来。”

“嗯。”女生丝毫没有要走的意思。

……

又是一阵沉默过后，女生指着自己带来的苹果说道：“我带了苹果，又大又脆，我帮你削一个。”

“不用！”意识到自己拒绝得太生硬，于是许愿委婉地道，“我不太爱吃水果。”

肖豆蔻并不笨，她尴尬地说：“既然林浣不在，那我先走了。”

许愿如释重负。

肖豆蔻落寞地走出医院。

林浣帮林希洗完澡后把他送到了托儿所，赶到医院时，许愿正在看书，床边堆着一大堆水果。

“来看你的是我哪个室友啊？”

“没有问名字。”

“长发还是短发？”

“不记得。”许愿如实回答道。

“这就是你的待客之道？你对她一点印象都没有？”林浣看了一眼床头大包的水果和坚果，语气里有小小的蔑视。

“浣浣。”许愿岔开话题。

“嗯？”

“我记得你就好。”

这又是什么逻辑？林浣无语，脸上却微微一笑。

床上的许愿这时也笑了，他指了指自己的脑袋：“一般和我生活毫无关联的人，我的神经系统都会帮我自动屏蔽的，我只记得重要的人。”

“我好朋友，怎么可以用‘毫无关联’这个词？”林浣抗议。

“一般跟我生活的女人才跟我有关联，你那个室友又不会和我一起生活。”许愿的语气非常坚定，林浣听在耳里却吓了一跳。

一起生活的女人？大神好像越来越不矜持了。才刚刚确定关系，要不要这么直白？林浣一头黑线，许大神现在说话真是愈来愈直接了，害得她不知怎么招架。正在这时候，电话突然响起来了，是谢婉清发的短信。

她催她回家，说是外婆来了，正在家门口等开门。

回了谢婉清一条信息之后，林浣朝坐在床上休息的人望了一眼，想到他一直在等自己，愧疚之情油然而生。

“许愿……”

“嗯？”他望向她。

“我要走了，外婆来了，在门口进不去。”

许愿躺在床上对她眨眨眼，哀怨地说：“才来就走。”

听到许愿用这样的语气说话，林浣起了一身的鸡皮疙瘩。她以为他是淡泊寡欲、一本正经的人，这撒起娇来还真是“千娇百媚”啊，她根本就招架不住啊。

撒娇归撒娇，但想到林浣家门口有老人在等开门，许愿幽幽地说道：“三年之后早点来。”

“什么三年啊？”

许愿云淡风轻地说道：“一日不见如隔三秋啊。”

又被他摆了一道，林浣义正词严地道：“请说人话。”

“我想你。”

“啊？”

“啊什么，你不是让我说人话吗？”许愿一本正经地注视着她，“想你的时候就度日如年啊！”

林浣瞪他：“这里是医院，公共场所。”

“浣浣。”他叫了她一声。

林浣等他的下文，他却久久没有说话。

“没事那我先走了。”林浣准备要走。

许愿突然一把抓住她的手腕，林浣毫无防备地跌进了他的怀里。

“你干什么啊？”林浣推了推他，“这里是医院，人多。”

那又怎么样？他一向都不在乎别人的眼光。现在林浣就在他怀里，在他能碰触到的地方，只属于他一个人，他不自觉地搂紧她：“浣浣，我想时时刻刻都见到你。”

林浣被钳制在他怀里动弹不得，只好妥协说：“安顿好外婆，我就来看你。”

这句话非常受用，他温柔一笑，略微一顿，突然伸出右臂揽住她的脖子，然后张嘴吻住了她。

林浣心里哀号，男神，我们可是现代人啊，要不要这么野蛮？不过她的哀号很快就被许愿的深吻吞没了。

深深的一个吻之后，男神圈着她的腰，看着她一副呆萌状，笑道：“是不是不舍？如果这里不是医院，我真不想停下来。”

慢半拍的林浣总算是反应过来了，又被他占了便宜。

可此刻身后人并没有打算松开她，他的气息吹拂着她的颈项，她只觉得热，情不自禁地吞了一下口水。

她吞口水的声音被许愿听到了，他笑了一笑，微微低头，轻声问道：“咦，脸红了？”

林浣轻“啊”了一声，她尴尬地挣脱了许愿的手臂，飞快地逃离了危险地带。

当天晚上，谢家不大的客厅里，上演着一老一小斗嘴戏码。

林浣给外婆炖了排骨汤，外婆嫌弃地看着林浣做的饭数落道：“浣浣啊，你这是要毒死外婆吗？你这汤又腥又咸的。”

“外婆，这锅汤加足了料啊，简朴是美德，您不能浪费啊。”

外婆瞪着她，一副士可杀不可辱的表情，实在是喝不下去，叹道：“照这样以后谁敢娶你啊？”

谢婉清摇头笑道：“妈，别闹了，浣浣她还是学生。”

“我只是感慨啊，像浣浣那么大的时候，我都已经生了你了，而她呢，连汤都炖不好。”

林浣汗颜，但她又不敢跟老人讲自己已经谈了男朋友，只好躲进房里窝在被窝里给许愿发短信。想到被外婆贬得一无是处的汤，她发短信给许愿：“我明天带汤给你喝。”

许愿发来几个大大的感动表情。

林浣偷笑，须知是她炖的一锅汤被人贬得一钱不值，她才来找他寻求安慰的。

第二天，医院的病房里弥漫着一股腥咸味，可是病床上的许愿像是嗅觉出了问题，大口大口喝得正欢。

林浣看着大口大口喝汤的许愿，问：“味道怎么样？”

“不错。”

“虽然我觉得还行，可外婆她们都说难喝啊！”林浣看着许愿的表现，眉开眼笑。

许愿看着她的表情，嘴角微微弯了弯。

停了一会儿，许愿才悠悠道："自己的东西只有自己才懂得品味。"

林浣忽然想起未完成的论文，说："今天不能多陪你，我还有论文要交。"

许愿盯着林浣的脸看了一会儿，痞痞地勾起一抹笑："难道我不比写文更吸引人？"

林浣拍拍他的肩："还真是论文比较重要。"

说完，她收拾好了保温杯，迅速地退出了病房。

许愿心里有淡淡的失望，她跑得那么快，难道不知道他在医院会想她吗？

此刻的林浣心里却是另一种想法，刚刚他那个痞痞的笑就快让自己招架不住了，如果他再放大招，写论文的事岂不又泡汤了？

没有林浣的医院还真是特别冷清啊，许愿叹了口气。这时候突然传来开门的响声，他从床上一跃而起："嘿嘿，舍不得我吧？"

推门进来的是一直在外地洽谈生意的姜程程，她笑道："当然舍不得了，只是这次的洽谈很重要，没能及时赶回来。为了弥补你，我带了你最爱吃的几样小吃。"

姜程程看着他只动了几筷子，以为小吃的味道出了问题，她亲自试了两口："味道很好啊，你怎么吃不下？"

"喝了太多汤。"

"陈姨今天给你煲汤了？"

"不是。"许愿老实地回答，"陈姨不会开车，出门不方便，我没有让陈姨照顾，我找了护工照顾我。"

"什么不方便？可以电召出租车啊，你就是替别人想太多。"姜程程抱怨道，“医院食堂虽然方便，但是不卫生。”

大概是好的不灵坏的灵吧，许愿的肠胃出现了反应，他扔下姜程程往厕所跑去。

反反复复好几次，许愿有点发虚地躺在床上。

看着拉得脸色发白的许愿，姜程程说：“医生说你明天可以出院了，你拉成这样，能出院吗？”

“我没事，明天可以正常出院，你就别担心了。”许愿有气无力地答道。

姜程程扬了扬眉：“没事？你现在面如白纸自己知道吗？”

面如白纸？林浣那锅汤，杀伤力还真是达到了一万点。

许愿的脸色把查房护士也吓到了：“怎么了？是不是有不良反应？”

姜程程对着护士嚷道：“你们医院的食堂不干净，这孩子喝了你们食堂的汤，都拉得快虚脱了。”

查房的护士看着盛气凌人的姜程程，回答道：“我在这食堂吃了好几年了，也没听人投诉过不干净。”

姜程程冷冰冰地说道：“你什么意思？”

一边的许愿只想赶快平息姜程程的怒火，拉住她道：“妈，跟医院真没关系。我今天在外面吃的，跟食堂无关。”

“哪家餐厅？我要去投诉，一直投诉到它关门为止。”姜程程恶声恶气地叫道。

想到林浣糟糕的厨艺，许愿一笑，心想幸好林浣没有当厨师或者开餐馆的打算。

不过短短几秒，他又替自己的胃默哀起来，替它点一根小蜡烛。

因为他想到此后漫漫人生都要忍受黑暗料理的荼毒了。

第二天出院后，许愿第一件事就是给林浣打电话。

林浣这大迷糊的手机没电了，许愿只好打到林浣宿舍的座机上面。

接电话的是苏微微，她一下子就听出了许愿的声音，她故意问道："找林浣啊，你是我们家林浣的什么人？"

林浣扑过去抢电话，并没有听清许愿怎么回答的。

"哦，原来是另一半啊！"苏微微贱兮兮地把电话交给林浣，"他说是你的另一半啦。"

林浣红着脸接过电话，把线扯到了阳台上。

才挂掉电话，苏微微就八卦地问道："他是不是约你出去？一定是在医院休息了那么久，精力太旺盛了，约你出去吃掉你啊！"

"色魔。"林浣用枕头捂住苏微微的头。

"豆蔻快来帮忙啊！"林浣喊一边发呆的肖豆蔻，"我们一起为民除害。"

只是肖豆蔻并没有加入两人疯闹中，她放下书，一个人默默地站在阳台上吹风。

林浣和苏微微并没有看出豆蔻的异样，两人继续枕头大战。

"我只是觉得你们进展太快了，从表白到约会比顺丰都要快啊。"

约会，这算是开始约会了吗？

林浣松开枕头，躺在床上傻笑。第一次约会要穿什么衣服？大衣，会不会太正式了？可爱的兔毛毛衣，会不会又太粉嫩了，没有气质？

谈恋爱真是难呢。林浣抱着枕头又甜蜜又为难地感慨。

约会那天，还是出现了一点小插曲，林浣因为文学社采访的事迟到了。她赶到学校外面的咖啡厅时，许愿已经坐在那里了。

"猜猜我为什么会迟到？"林浣整个人眉飞色舞。

他可是一大早就合理安排好自己的时间，可她呢，好像并不是特别在意这次约会。许愿说道：“不想猜。”

林浣丝毫没有觉察到许愿的不快，高兴地说道：“因为我今天采访到了上次爽约的网游大神哦！这期是他的访谈，原来网游那么神奇！我今天看到他的装备，全身上下可都是钱啊！”

听到她夸别的男生，他声音低低的：“你就是为了采访其他人才迟到的？”

“他可不是一般人啦，是学校除了你以外，大家最想看到的访谈对象。”

听到林浣把刚刚夸赞的网游大神排在了自己后面，许愿的心情好了一点，说道：“以后少采访这种人。”

林浣知道自恋的人都受不了有人在自己面前夸赞别人，她取笑道：“某人是不是吃醋了？”

他是真的吃醋了，尤其是看到她说别的男生的时候居然这么眉飞色舞的。他很老实地点头道：“我吃醋！”

她不由得扬扬得意道：“原来男神也有没安全感的时候。”

虽然被贬得很惨，但是许愿一点也不生气，他摸着鼻子笑：“一物降一物好吧，你就是来降服我的。”

“妖孽，哪里逃！”林浣拿起桌子上他厚厚的专业书，假装收妖的法器。

偏偏男神还非常配合地“啊”了一声，假装倒地：“师傅，你就收了我吧。”

远处走过来的陈诺撇撇嘴，这是什么梗，一点都不好笑。

可不知怎么的，他还是想笑，并且眼眶竟然有点热。

从他认识许愿开始，那家伙都没有怎么笑过吧，遇到了林浣，他好像才变得正常了呢。陈诺觉得自己很没用，人家恋爱，他在这里伤秋悲月。他低下头，在心里对自己讲：喂，陈诺，你一个大男人，不带这么多愁善感的。

许愿和林浣出双入对，医大的女生们虽然等着看好戏，可宿舍里的姐妹们是真心祝福他们的。尤其是在刚入校的时候，宿舍就有一个不成文的规定，以后谁谈了男朋友都要见宿舍这些“家长”。林浣作为涉入爱河的人，自然逃不了要请吃饭。

这天林浣刚回到宿舍，苏微微逮住机会起哄道：“浣浣，这都名正言顺了，什么时候请我们吃饭啊？”

林浣只好打电话问许愿，电话那头许愿很绅士地说：“没问题，什么时间都可以。”

林浣挂了电话，一直在旁边察言观色的苏微微已经安排好吃饭的时间了，时间定的是第二天晚上。

应苏微微要吃辣的要求，许愿选了一家特色火锅店。

加上住在外面的女生，宿舍四个人都到齐了。

许愿比她们先到，他坐在那里看报纸，侧脸相当帅气。好几个服务员借口擦桌子、摆碗碟，在他周围转来转去。

苏微微不禁感叹道：“这世道，好白菜都给猪啃了。”

“你说我吗？”林浣叉腰道。

“哪里敢说我们家浣浣啊，我只是昨天看了八卦帖，对影视剧里的‘丫头教’有感而发。”苏微微讨好地笑道。

许愿笑着把生闷气的林浣拉到身边坐下，向众人介绍道：“这是一家百年老店，上过美食杂志。”

虽然火锅店上过美食杂志，可许愿的吸引力明显要比火锅大。看到许愿，扬言要吃穷许愿的苏微微忘了点菜，怔怔地看着许愿。林浣瞪了她一眼，可苏微微毫不理会，张牙舞爪地说道：“我靠，真有能卷起火柴棒的睫毛。”

林浣怕她还会说出什么语不惊人死不休的话，一边咳嗽一边拿菜单说：“点菜，点菜。”

可苏微微眼皮都没有抬一下，看着许愿，手指胡乱地点道：“这个，这个，还有这个。”

这样厚颜无耻，真拿她没辙！林浣只好偷看许愿，还好他并没有感觉尴尬，笑得很欢。

“许愿，你是不是？”苏微微看着对林浣一脸纵容的许愿，面带怀疑地用手指指他的头。

“我身体健康，无病无痛，没有中蛊也没有被下降头，是我追的林浣。”许愿知道苏微微想说什么，一张口就堵住了苏微微的话。

“凭什么啊？”

“凭我喜欢她啊！”听到这一句赤裸裸的表白，不仅是苏微微，连一边沉默不语的肖豆蔻也被吓到了。

林浣的心怦怦狂跳，要不要这么夸张啊？虽然作为男朋友，保全女朋友的名声是有必要的，但是也不用这么张扬。

直到菜上了桌，苏微微才停止叹息。

林浣原本想塑造端庄淑女的形象，可是看着这满桌子美味，她无法淡定。更何况苏微微还在旁边不停地惊叹：“果然是上了杂志的店，牛肉丸子好Q啊！”

“香菇好滑啊！”

“……”

罢了罢了！淑女不争朝夕，林浣英雄赴死一般地提起筷子往火锅里戳去。

许愿看着林浣狼吞虎咽，腮帮子被牛肉丸子撑得圆滚滚、肉乎乎的，他想起第一次看她吃面的样子，忍俊不禁：“慢点吃，像猪一样。”

“你才像猪，你全家都像猪。”

许愿并不恼，看着她温柔地笑道：“智商低，骂人都不会！我全家以后不也是你全家吗？”

真是随时随地都能占她便宜啊！林浣无奈地翻了个白眼，看着他面前的空碗问：“你怎么不吃？”

“我不喜欢吃牛肉。”

原来他不吃牛肉。林浣想到上次收到的那些牛肉干，自己还自作多情地幻想过是他送的，真是花痴啊。

“你在想什么？”许愿给她夹了一大块羊肉片。

“没什么，就是想你可以吃点羊肉、青菜什么的啊，我可不喜欢瘦子，抱起来一点手感都没有。”林浣岔开话题。

许愿妥协：“如果你夹给我，我就吃。”

意识到大家纷纷看向自己，林浣尴尬地说：“我真是怕了你了。”

肖豆蔻不可置信地看向许愿，发现他正似笑非笑地望着林浣。

豆蔻第一次发现许愿竟然有那种眼神，像是带着魔力，令人心里一片柔软。

他的眉毛，他的眼睛，连他那高挺的鼻梁此时都是温柔的。与林浣斗嘴的时候，他目光柔软，眼睛亮闪闪的，像天边的星子。

原来除了对猫，他对人也可以是微笑的。

肖豆蔻怕被发现异样，埋头苦吃起来。苏微微和林浣原本就喜欢美食，几个人都吃得很嗨。

不大一会儿工夫，满桌子食物都清了盘。

“要不要再点一桌？”许愿体贴地问道。

再点一桌？

一桌？！

看着许愿认真的表情，林浣真想捂住自己的眼睛。许愿一直嘲笑她像猪一样能吃，遇到这帮饕餮大食的舍友，他一定会嘲笑自己的宿舍是猪圈的。

还好苏微微这个猪队友这次没有助攻，她满意地揉着肚子：“吃饱喝足了，回家！”

几个人走出火锅店，许愿拿出了车钥匙。

吃人家的嘴软，苏微微急忙说道：“我们已经叫车了，你带林浣走就好。”

许愿心花怒放，一句客套话都没有就拉着林浣上了车。苏微微目瞪口呆地愣在原地，虽然许愿在学校一直高冷，但也不要这么直接啊！

林浣被塞到副驾驶位上，等她反应过来要坚持送苏微微她们时，许愿已经把车开动了。

“就这么走了？”

“不然呢？”许愿索性把车窗也摇上了。

“最起码也要把她们送回去。”林浣轻声抗议道。

许愿抿嘴一笑：“我喜欢二人世界。再说，我真的已经让服务员给她们叫车了。”

这还差不多！林浣坐在车内，看着车窗外霓虹绚烂，感叹着夜色真美。

一路上净遇上红灯，车子停停走走，林浣偷偷去看他。

他专心的样子很好看，眉头微蹙，目光专注。

“对不起，害你没有吃饱。”想到刚刚餐桌上苏微微和自己毫不收敛的吃相，她有些后悔地说道。

“谁说我没有饱？我已经饱了。你没有听过一个词吗？”

“什么词？”

“秀色可餐！”

她知道他在夸她，虽然吃得像头猪一样，他还这样宽慰她。她心口微微一暖，微笑道：“怎么办？我觉得我好像流氓，我突然好想亲你。”

正在开车的许愿突然不说话了。林浣定睛一看，原来他耳朵红了。她就喜欢挑战他的定力，她得逞地笑了起来：“哈哈，你脸红了，原来你这么没有定力。”

红灯一亮，许愿停下车。林浣正准备取笑他，可她还没有开口，许愿像是早有预谋一样，把她整个人拉了过去。

“你……”林浣的话被他堵在了喉咙里。

他温热的唇像是带着魔力，她的脑中一片空白。

“浣浣。”他声音沙哑，喃喃道。

“嗯。”

他却不说话了，只是望着她，那眼神和平时很不一样。就在林浣不明所以时，许愿已经俯身过来，慢慢靠近，她鼻间全是他的气息，带着薄荷香皂一样清新的味道。他是不是跟她一样，喜欢用薄荷味的香皂啊？林浣心里正乱七八糟地想着，许愿的嘴唇已经覆上了她的嘴唇。

强吻，她被强吻了。

林浣这时才反应过来，她心跳加速，下意识要逃。可是已经没有机会了，许愿已经抢先一步按住了她的头。

他轻咬了一下，她吃痛，“啊”地张开了嘴。开始许愿吻她时，她还有意识胡思乱想，但这一秒，她张开嘴，许愿把舌头探进来时，她整个人像团棉花一样飘到了半空。

这才是接吻啊，让人四肢瘫软，让人一片茫然。林浣的手不安分地抚上他的脸，她的手指温柔滑过那张俊脸，慢慢地、一点点地下滑。他有长而卷的睫毛，它们在颤抖。他有笔挺的鼻子，它在喷着粗重的气息。他还有好看的下巴、完美的锁骨、结实的胸膛……

等等，她都摸到哪里去了呀？

好像快要摸到禁区了。

就在林浣意识不清的时候，后面的车不停地按着喇叭，他这才心满意足地放开她，说："以后不准逗我，这样会令开车的人很危险。"

开车的人很危险。

想到刚刚她的举动，明明不开车的人才是最危险的，只差一点她就被吃了。不过她似乎忘了，刚刚她才像是要"吃"人的样子。

林浣到底是不敢反驳了，只能乖乖地坐好，一言不发。

等林浣回过神来时，却发现许愿并不是开车送她回家，而是开往城郊的方向。

"你带我去哪里？"

"回家啊。"

"错了，错了，我家不是这个方向。"林浣以为他走岔了路，急忙更正道，"我家在北边。"

"你忘记了在火锅店我说的话啦？"

火锅店？林浣想起来了，许愿看着她温柔地说了句："智商低，骂人都不会，我全家以后不也是你全家吗？"

他这是要带她回他家吗？林浣吓得条件反射地从副驾驶位跳了起来，好在安全带绑着，动静不大，没有造成危险。

"今天我妈妈生日，我答应陪她一起吃生日蛋糕。"许愿看到她慌乱的样子，微笑着说道。

"那你今天还出来陪我室友吃饭？"林浣愧疚地说道，"这么重要的日子，你怎么不早说！”

“别那么愧疚，我妈在外面有聚会。”许愿笑眯眯地解释道，“每年生日我妈都要和朋友聚会，我只要陪她切蛋糕就好。今年我想带自己喜欢的人陪她一起切蛋糕。”

虽然林浣没有准备好去见许愿的家人，但是许愿的话让她很感动。

“我没有准备礼物。”

“你自己就是最好的礼物。”

林浣傻笑了起来。

车子驶进了一片别墅区，林浣激动地叫道：“幸福满庭，豆蔻就住在这片别墅区。”

豆蔻？是她那帮朋友中的一个吧？虽然对她那帮朋友没有印象，但许愿还是宠溺地笑道：“很好啊，结婚后你还可以跟她继续友情，可以约出来喝个茶，聚个会，反正近。”

结婚后？！

反正近！

林浣的嘴变成了一个“O”形：“你在胡说什么啊？”

许愿一本正经地回道：“我在规划人生啊。”

林浣反应过来了，原来他把自己也规划了进去。

她脸红得快要烧起来了，还好，不等他察觉，车子很快就驶进了车库。

第六章·心事

我愿意做你的老师，示范着执子之手如何解释。

跟着许愿走进客厅，一个和蔼的中年妇女迎了过来：“许愿，你妈在里面等你切蛋糕。”

林浣拘谨地跟在许愿后面，看到一个衣着华贵的女人坐在沙发上，她面前的水晶茶几上搁着一个大蛋糕。

那女人抬起头来，贵气十足。她虽然知道许愿不是普通人家的孩子，但没想到家世这么好。

在林浣拘谨不安的时候，姜程程也在打量她：“你带朋友了？”

“不是朋友。”

林浣愣了一愣，不清楚许愿葫芦里卖的什么药。

许愿接着说道：“女朋友。”

这么直接霸道的介绍，惹得林浣的心怦怦直跳，简直要跳出嗓子眼了。

“我们许愿也知道带女朋友回来啦！”先前在门口迎接他们的和蔼的中年妇女端过来两杯热奶茶，说道：“天气凉，先喝点奶茶暖暖。”

“谢谢阿姨。”林浣看出来这个阿姨是真心喜欢自己的，看她的时候眉眼里都带着浓浓笑意。她同时觉得许愿的妈妈似乎就不怎么喜欢自己，眉眼淡淡的。她宽慰自己，也许有钱人都是这样，不轻易表现出情感来。传言里的许愿不也是面瘫吗，现在不也成了话痨？

林浣想用自己的热情化解尴尬，所以她勤快地帮姜程程插蜡烛，看着两支写着 5 和 0 字样的蜡烛，她惊叹道：“阿姨真年轻，看不出来五十岁了，比我妈看着要年轻多了！”

“那你妈妈是干什么的？”姜程程顿了两秒，为了不扫兴，她淡淡地问道。

“我妈妈是警察。”林浣笑眯眯地说道。

姜程程有些诧异地看了她一眼。

林浣浑然不觉：“我妈以前很厉害，只不过在一次行动中连累得一位证人遇害，我妈十分内疚，后来就调了工作。”

姜程程优雅地吃着蛋糕，仔细地听着林浣的话，末了，她微笑着问林浣：“这些事情你跟许愿提过吗？”

林浣看着许愿，后者正若无其事地吃着蛋糕，她甜蜜地点着头：“我跟许愿说过。”

“那许愿没有告诉你，我不喜欢警察？”姜程程放下蛋糕，还是一副优雅的样子，只是语气里的冰冷让林浣确认她不是在开玩笑。

林浣以为自己勾起了姜程程的伤心事，毕竟许愿的父亲是殉职，在这个特别的日子她似乎不该提“警察”这个敏感的词，她不安地说道：“我是不是说错话了？”

姜程程坐在轮椅上一句话都没有说。

气氛再一次变冷，林浣想补救，可姜程程扶额：“我头疼，先上楼去睡了。”

“那我先回去了。”等姜程程上楼之后，林浣满怀歉意地看着许愿。

“我送你。”

走出了大门，她终于忍不住眼睛泛红：“我是不是很令人讨厌？”

许愿看了她一眼，说：“谁说的？”

“你妈妈不喜欢我。”

“我妈这人比较冷漠。”许愿实事求是地说道，“如果你觉得不高兴了，以后可以搬出去住。”

“你要搬出去？”林浣脑袋里一时装满了糨糊，反问道。

许愿笑道：“我是说以后，我们两个一起搬出去。”

原来是这个意思。林浣不再说什么，虽然心情得到了短暂的舒缓，但心里还是很闷，她默默地上了许愿的车。

两个人各怀心事地坐在车里，快要到家时，林浣的手机响了，是妈妈的号码打过来的。

林浣接通了电话，却是妈妈同事的声音：“浣浣，你快到医院来，你妈住院了。”

“我妈怎么了？”林浣着急地问道。

“你妈值勤时晕倒了，一时半会也说不清楚，你快点来医院。”对方报给她一个地址。

林浣心情复杂地挂掉电话，许愿担心地问道：“怎么了？”

“去医院。”

许愿看她神情恍惚，知道一定是对她来说很重要的人住进了医院，他急忙加速飞驰在马路上。

她赶到医院时，妈妈已经住进了病房。林浣在走廊上抓住妈妈的同事，着急地问道：“我妈怎么了？”

“你妈今天在出勤的时候晕倒了，住院手续已经办好了，现在住进了病房，具体的病情要等明天检查结果出来之后才知道。”

“医生，我妈妈是什么病？”林浣转头抓住来查房的医生再次追问道。

“到等明天才会有结果。不过可以肯定的是，病人身体比较虚弱，要多注意休息。”医生安慰她道。

“谢谢医生。”

她推开病房的门，见谢婉清正躺在床上睡觉。在林浣的记忆里，谢婉清一直是铁打的妈妈，从小到大她从来没有见她生过病、进过医院。

林浣不敢相信躺在病床上的那个瘦高的女人是谢婉清，在林浣的心目中，谢婉清是个英雄，除了抓小偷，还特别有爱心，弟弟林希就是妈妈从街上捡回的。

在林浣的心里，谢婉清一直是超人一样的存在，可现在超人也倒下了。林浣走上前给谢婉清掖被子，她发现谢婉清漂亮的脸上已经有了深深的皱纹。原来，英雄也会老，超人也有倒下的那一天。

林浣默默地流着泪，想到自己之前在网上看到的一组照片，标题是《妈妈是个美人，岁月你别伤害她》。时光是不会为谁停驻的。她唯一能做的就是以后少让她操心，毕业出来找一份好工作让妈妈过好日子，帮妈妈养大林希，一家人幸福安康。

谢婉清本来睡得并不安稳，再加上林浣在旁边弄出的动静，她醒了过来，睁开眼睛就看到了林浣脸上的泪。谢婉清吃了一惊，在她的记忆里，林浣虽然是女孩子，可是一直以来她有种近乎执拗的倔强，从小到大，除了她的宠物死去那次，还真没有见她流过泪。

“你哭什么！妈妈没事，妈妈可是警校毕业的十佳学生！”谢婉清挣扎着要从病床上起来。

林浣嘴角微动，想要说什么，可是最后什么都没有说，只是站在那里，默默流泪。

“你可不要吓妈。”谢婉清狐疑地看着林浣，“出什么事了？”

这个时候，她不能再惹妈妈伤心了，她揉揉眼睛：“没事，刚刚上楼的时候被猫吓到了。”

“被猫吓成这样，没出息。”谢婉清很大声地笑道。

“妈，你多休息，我先出去，这几天我会去托儿所看林希的。”

谢婉清微笑着点点头。

看着谢婉清重新睡下，林浣退出病房。

许愿还在走廊那头等着，看到她出来，他焦急地冲过来：“妈妈怎么样？”

林浣并没有听出他话里的语病，轻轻说道：“医生说她要多休息，检查结果要明天才会出来。”

“放心，妈她是警察，大风大浪都闯过来了，这点小病痛难不倒她。”许愿温柔地安慰着她。

林浣这才听出他话里的语病，她纠正道：“什么妈？你说话主客不分，很容易让人误会的。”

“哦。”许愿轻轻咳了一声，他懒得再解释，像林浣这种智商的女朋友，多说无益，只有等她慢慢去琢磨、领悟了。

初冬的夜晚有些冷，再加上身处医院这种环境，林浣微微地哆嗦了一下。看见她打了个寒噤，许愿不由分说就抓起了她的手，握在一起放到自己的口袋里取暖。他的手很大，掌心暖暖的，令她的指端一点点温暖起来。这么一个小小的细节他都注意到了，林浣心里一暖，微微一笑，并没有抽出自己的手。

看着林浣脸上的红晕，许愿心神荡漾：“浣浣，有我，别怕。”

两个人站了几分钟，林浣等手暖了起来才挣脱：“谢谢你，许愿。”

“不管发生什么事，我都会一直陪着你。”

“我爸当年也说会对我们不离不弃，可他最后还是离开了我妈。”听到许愿的话，林浣突然想起了小时候的伤心事，为了不让许愿尴尬，她边转身边说，“我爸那时也说过永远不离开我妈，可最后他也爱上了别的女人。”

许愿将她扳过来，一字一顿地说道：“可我是说真的。”

“一辈子那么长，以后的事情谁能猜得到。”

许愿微愠，他看着林浣的眼睛，认真地说道：“我若离开你，只有一种可能，除非我死。”

说完，许愿紧紧地拥住她。他的声音很轻，却特别清楚，那大概是林浣这辈子听过的最美的句子：“浣浣，我曾经以为我很难喜欢一个人，可是当我遇到了你，我便知道你就是我要等的那个人，我想和你一起看花开，雪落，云生，潮起。”

“要不要这么肉麻啊？”

“你不喜欢？”许愿淡定地反问道。

林浣闻言脸上烧了起来，没敢扭头看他的表情。虽然她嘴里不承认，心里却甜蜜极了，像小时候偷吃了奶奶藏在柜子里的云片糕，甜到每一个呼吸都似乎加了蜜糖。

许愿回到家时，姜程程并没有睡。她坐在落地窗前，轮椅前面的烟灰缸里满是烟头。姜程程有一个习惯，每次遇到烦心事就会抽烟。她知道是他，却没有回头，只是一字一句分外清晰地问道：“为什么你会找一个警察的女儿？”

“因为我喜欢她。”

“可你知道，我绝不会允许你喜欢一个警察的女儿。”姜程程厉声说道，“我绝不允许。”

“是我自己喜欢，不用你的允许。”许愿不卑不亢地说道。

“你现在连我的话也不听了？”姜程程气得发抖了。

许愿不想再回答，每次跟姜程程说话，他觉得自己像个小孩子一样无力。他噔噔噔地跑上楼梯，坐在花园里。

他翻开了自己的手机相册，全部是林浣的照片，每一张上的她都在开怀大笑，她似乎没有什么烦心事。

“很可爱。”给他送点心上来的陈姨站在身后夸赞道。

许愿的脸一下子红了，他慌乱地把手机放好。

陈姨笑着递给他一杯热茶：“眼光不错哟，这个女孩子看起来很善良、很可爱、很讨人喜欢。”

“可我妈不喜欢。”许愿轻轻地叹了口气。

陈姨疑惑地问道：“谈恋爱不是自己喜欢就好吗？”

许愿感激地看着陈姨。

陈姨温柔地说道：“你妈她只是暂时想不明白。”

“陈姨，你的意思是，我妈会接受她？”许愿听到陈姨的话，突然又感觉到了希望。

“你父亲当年的事是意外，如果他在世，也一定很高兴你变成现在的样子——正直、善良，像他一样充满正义感。”陈姨坐在了许愿对面，说道，“只是你妈她心里苦，过不了这道坎，你给她时间，她会想明白的。”

许愿皱起眉头：“时间已经够长了，我妈就是走不出来。”

陈姨多多少少有些疑惑：“你为什么突然就把女朋友带来见你妈了？”

为什么？

只因喜欢，所以坦然。

林浣一直没心没肺的，不过几天，在许愿家受委屈的事她就忘到了九霄云外。

这天，阳光灿烂，万里无云，是个出行的好天气，许愿打电话给她，让她到学校门口去。

林浣出了校门就看到许愿在车里打电话，她看着他的侧影，鼻子俊挺，握着手机的手指纤长白净，这还真是她平生见过的最漂亮的手了，她不禁念道："指如削葱根，口如含朱丹，纤纤作细步，精妙世无双。"

不对，"指如削葱根"是形容女孩子手的。

她盯着他的手注视了好长时间，直到许愿叫她："浣浣，快上车啊。"

"你刚刚盯着我看什么？"上了车许愿打开驾驶座前的化妆镜，狐疑地检查自己的脸。

难道告诉他，她在痴迷他的手吗？林浣若无其事地摇了摇头："没看什么呀，我在神游。"

检查完毕的许愿不疑有他，发动车子朝市中心开去。林浣心花怒放地问道："是不是要带我去吃大餐啊？哎呀，多不好意思，前几天吃的大餐还没消化呢。"

许愿看着她，嘴角挂着笑意："你真的想多了。"

一听到不是去吃大餐，林浣整个人失望地瘫在副驾驶位上。

许愿看到她失望的样子，忍不住"扑哧"笑出了声，他宠溺地刮了一下她的鼻子："你呀，办完正事带你吃大餐。"

办正事？林浣一脸警惕地双手抱胸看着他："办正事是什么意思？"

许愿并不看她，自言自语地说："我倒是想，但现在不是时候。"

听到他这样说，林浣反倒不好意思了，她打了个哈哈，这事就算翻篇了。

等到了目的地，林浣才发现是热闹的认购活动现场。林浣在电视里看过这个楼盘的广告，打的是学区房名号，名字非常有书卷气——书香名邸，再加上位置极佳，又是准现房，所以看房现场人潮汹涌。

他们走进了售楼部，立刻有置业顾问热情地迎了上来。

“你带我来这里干什么？”林浣狐疑地问道。

许愿简单明了地回复：“当然是买房啊。”

“你一个学生要买房干什么呀？”

谁知他却说：“迟早要买的。”

售房小姐听到许愿这样说，马上机灵地把宣传单递给他们，林浣看着上面的价格，瞠目结舌：“好贵啊。”

许愿对价格一点都不觉意外：“这地方配套设施好，我们女儿以后从幼儿园到中学都不用担心上学问题了。”

一般天才型的人都有自己的理财方式，迷迷糊糊听到许愿说到上学，林浣指着一个两房房型一本正经地说道：“嗯，投资倒是不错，地段好，离学校和医院都近，两房这种陪读房应该很好出租。”

“这位小姐的眼光不错。”置业顾问立刻逢迎道，“我们这里主推的就是两房户型，房型南北通透，公摊面积小，今天开盘认筹还有九八折优惠。”

对于置业顾问的热情，林浣只有一个想法：你白费了那么多口水，买房投资的不是我呀！听置业顾问热情地说了一分钟，并且还有继续说下去的意思，林浣不好意思地打断了她的话，指了指许愿：“是这位先生买房，我只是陪同的，做不得主。”

一边的许愿目光暖暖地看着她，道：“谁说你做不得主？这是我们俩的家。”

他们俩的家？售楼小姐觉得他俩很年轻，看起来像是学生。但是现在的人都保养得好，又喜欢萌萌的穿着，她想两人或许是新婚夫妇，于是更加热情地推荐道："我们这儿的两房户型很经典，双阳台设计，其中有赠送一半面积的景观阳台，可以改成婴儿房。"

许愿很有兴趣地接过置业顾问的话："如果改成婴儿房，应该要贴粉色的墙纸，我喜欢女儿。女儿漂亮温柔，老了以后还是贴心小棉袄。"

林浣觉得有点好笑，这个医学天才怎么这么傻啊？才刚刚大二，就想到生孩子。她看着热情的置业顾问，轻轻说道："我们两个是学生。"

学生？置业顾问心伤地牵了牵嘴角，但很快心情就变好了，因为许愿说："其实时间很快的，你再有两年就毕业了，我不想让你受委屈住我家。反正迟早要买房，到时候房价上涨，地段又差，那就糟了。"

听到许愿的话，置业顾问认可地点点头，林浣的脸羞红得如二月桃花。

"我们去看看现房吧？"许愿提议。

"两位这边请。"置业顾问见许愿是个靠谱的客户，更加热情。

之前看图纸还只是一般般，真正地站在现房里面，林浣一眼就认定了这个房型。真是南北通透，站在景观阳台上还可以看到花园，花园已经初步建好了，大片的绿色围绕着一个景观喷泉，绿树成荫，空气非常清新。

"喜欢吗？"许愿挨着她站在阳台上，他靠得近，身上有一股清香。

以后这里就是自己家了吗？想到这个可能，林浣心里一暖。

见林浣满心欢喜地看着花园不说话，许愿那双黑如墨的眼里带着浅浅的笑："如果把这里改成婴儿房，以后我们女儿就被百花围绕了。"

许愿这句关于女儿的话林浣显然没有听到，否则她一定会羞得想找个地洞钻进去。

当天，许愿就付了一部分定金认筹。

回到宿舍，林浣还觉得像做梦，她看着苏微微，试探性地问道："你说，如果我一毕业就结婚，会不会很 Low？”

“你们家许愿求婚了？要不你干脆先结婚再毕业，很时髦啊。”苏微微不愧是八卦姐，她凑近林浣问道，“求婚戒指呢？你藏在哪里了？几克拉呀？”

林浣瞪她：“你想多了。”

“那你还说一毕业就结婚？”苏微微“嘁”了她一声，转而去看韩国综艺节目了，留下林浣一人躺在床上，还处于做梦的状态。

婚房？

幸福要不要来得这么突然？

肖豆蔻书包里揣着两千块，蹲在许愿回家的必经之路上等许愿。

虽然许愿从没有提让她还钱的事，但她思来想去，还是觉得不能占许愿这个便宜，不能让许愿看不起。

她蹲在那里两个多小时，许愿并没有出现。

如此好天气，想他应该是和林浣约会去了。

提到约会，她就想到了之前在火锅店里许愿和林浣两人的温情互动，突然心寒地想，人家谈恋爱，你却在这里等着飞蛾扑火，肖豆蔻啊肖豆蔻，你真是又笨又傻又可怜啊！

肖豆蔻正准备离开时，却被人拦住了去路。肖豆蔻没好气地看着拦路的人，发现竟然是上次在酒楼找她麻烦的光头。

只是这次他并没有很嚣张，反而很狗腿的样子指着她：“海哥，就是这妞。”

肖豆蔻这才发现他身后站着一个男人，那人一身黑衣，神色冷淡凶狠，无端令人生畏。他望了望肖豆蔻，问：“你就是许愿的女朋友？”

这简直就是往肖豆蔻的心上捅刀子啊！

想到林浣和许愿之间的甜蜜，肖豆蔻自嘲地说："女朋友？你见过只说过四句话的男女朋友吗？"

那人脸色微微一动，语气有几分生硬："这到底是什么情况？"

"我不是许愿的女朋友。"肖豆蔻严正声明。

那人看着光头，脸色更加难看了："我很忙，没闲工夫陪你瞎玩。"

"陆海哥，你听我解释。"光头看到陆海脸色变得阴骛起来，不禁慌了，不甘心地问肖豆蔻，"那上次在地下通道，你亲口说许愿是你男朋友的，还有在酒楼那次，也是那小子冲出来帮你解围的！"

"你还真是很傻很天真。"肖豆蔻凄然一笑，睁着一双无辜的大眼睛看着光头，"我们是校友，他只不过是帮我忙而已。"

比起光头，那个叫陆海的人显然聪明得多，他看肖豆蔻的样子不像是骗人，于是冲光头骂道："蠢货！"

"陆海哥，你听我解释。"

陆海抬起头来，看着肖豆蔻，瞧不出眉目间是什么神色："既然你们是校友，那他女朋友你一定认识吧？"

肖豆蔻沉默了一秒，脱口道："那个女孩叫林浣，也是这个学校的学生。"

"想不到你外表清纯，"光头突然笑了笑，伸手摸了摸她的脸，"出卖朋友倒是挺狠的。"

肖豆蔻死死地咬着嘴唇，一言不发。

陆海瞥了一眼光头，光头立刻噤声。

陆海瞥了肖豆蔻一眼，语气里有几分冷冽："你喜欢那个叫许愿的小子对不对？"

他一句话就说到了肖豆蔻心里的隐痛，她的神色不禁有了几分阴郁，像怕被人看穿一样，她倔强地合上双眼。

陆海满意地看着肖豆蔻的反应，突然笑了："有些事情自己不去争取，就永远没有机会。我这里有一个机会给你，你要不要？"

肖豆蔻知道他不是好人，可想到许愿和林浣在一起的场景，她突然觉得万念俱灰，哑声问道："什么机会？"

陆海从身上摸出一袋带颜色的药丸，递给肖豆蔻："找个机会把这些东西放在那个叫林浣的丫头身上，然后再叫警察，我保证结果会让你满意。"

虽然陆海这句话说得很含糊，但聪明的肖豆蔻已经猜到他手上的东西是什么了。她心里有几分紧张，但也隐隐有几分兴奋。她沉默了良久，问道："我有些事情想不明白，既然得罪你的是许愿，你为什么要找许愿的女朋友麻烦？"

听到肖豆蔻的问题，陆海阴郁地一笑："许愿害了我最亲爱的弟弟，我想看看他最亲近的人被伤害了，是不是像我这样痛不欲生。"说罢，陆海再次看向豆蔻："对你来说，这是一个和我共赢的游戏，就看你敢不敢玩了。"

肖豆蔻想了一下，还是接过了陆海手中的塑料袋。

林浣，对不起。我只是不想太早失去他，我只是还想搏一把而已。

有时候人就是因为太在乎什么，所以才会这样不择手段。

肖豆蔻握紧手上的塑料袋，她暗暗下定了决心。

学校组织了一场辩论比赛，肖豆蔻拿到了特等奖，拿着两千块奖金，肖豆蔻在宿舍提议道："今晚我们去唱歌吧。"

除了肖豆蔻，林浣的心情也不错，医院那边说谢婉清的病恢复得不错，初步检查也没有什么大问题。听到要去唱K，林浣开心地说道："那我把许愿叫出来，我们一起为你庆祝。"

肖豆蔻心虚得直点头。

“秀恩爱，死得快！”苏微微看着满脸甜蜜的林浣咬牙切齿地说道。

“嫉妒可耻！”林浣一边拨号，一边取笑苏微微，“你这是吃不到葡萄就说葡萄酸。”

“好吧，好吧，我说错话了，祝你和许愿永结同心，天长地久。”

林浣嬉笑着把手中的枕头砸向苏微微。那时候，她真心以为她和许愿来日方长，会永结同心，天长地久。后来她才知道，愿望有多美，跌得就有多疼。

许愿应林浣的要求，带了束花来到KTV，一进门就被苏微微调侃：“林浣，你男人给别人送花了。”

“是她让我带的。”许愿并没有看肖豆蔻，而是笑着看向一边正在唱歌的林浣。

“真听话。”林浣把花递给豆蔻。

“师傅之命，本妖孽不敢不从啊！”许愿挨着林浣坐下。

林浣顺势把话筒对着他，两人一起甜蜜地唱了起来：

春暖的花开带走冬天的感伤，

微风吹来浪漫的气息，

每一首情歌忽然充满意义，

我就在此刻突然见到你。

……

听我说手牵手我们一起走，

把你一生交给我，

昨天不要回头明天要到白首，

今天你要嫁给我。

……

苏微微等人在火锅店就见过两人秀恩爱的功力，虽然身受一万点值的伤害，但还是安静地听两人唱完了这首甜得发腻的情歌。唯有肖豆蔻捧着花，垂下笑得弯弯的嘴角，极力敛起眉眼间的嫉妒。

和许愿唱完了歌，林浣把话筒塞给苏微微："你们唱，我去上个厕所。"

"我陪你。"许愿也搁下话筒。

"妹夫！"苏微微喊道，"女厕哦，你也去？"

林浣被这个称呼弄得着实尴尬，提醒道："别乱叫。"

"哪里是乱叫？刚刚不是都唱了，今天你要嫁给他嘛！"

林浣尴尬得差点扶墙而出，却见某人面不改色地跟着她出了包厢。

"你别介意，她们就喜欢乱开玩笑。"林浣解释道。

"这不是迟早的事吗？"许愿从容地反问道。

真是败给他了！林浣默默扭头，抚额走进了厕所，剩下许愿一人在外面细细品味着刚刚的称呼。

妹夫！下次跟她们说喊姐夫！称呼这种事可不能按年龄来，得按谈恋爱的先后顺序。

与两人甜蜜幸福的心情不同，肖豆蔻脸色阴沉地坐在 KTV 里，她冷静地打开林浣搁在沙发上的书包。她只是迟疑了几秒钟，最终还是把塑料袋扔进了林浣的书包里。

几个人一直玩到零点左右才出来，许愿被苏微微灌了酒，有些醉意，脸上还微微有些绯红。

看着许愿绯红的脸，林浣温柔地说道："你今天喝了酒就不要开车了吧，我们打车。"

"先说好，今天打车我请客。"林浣一边在路边叫计程车，一边说，"我不能每次都让你破费，不然她们会说我找男朋友是找饭票。"

“我乐意当你的饭票。”

“可我不乐意。”

“那你当我的饭票。”许愿宠溺地看着她摸钱包。

她摸了一会儿，摸出了一个袋子，见里面装着一些药丸，她嘻嘻地笑道：“是哪个马大哈喝醉了，把药都放在我包里了。”

许愿却没有笑，他的脸色微微一沉，一把夺过林浣手上的塑料袋。果不其然，里面是一粒粒五颜六色的药丸，他突然暴躁地吼道：“你是猪啊，被人栽赃了都不知道！”

医学生都知道小袋子里的那些药丸是什么，所以此时林浣也吓傻了，她呆呆地看着许愿，茫然地问道：“怎么办？”

“你就是一头猪。”许愿从不曾这么恼怒过，恨不能暴揍她一顿。这么危险的东西被人塞进了自己包里，她竟然浑然不觉。

林浣的眼眶一下子热了起来。

看到林浣哭，许愿的世界霎时安静下来。许愿揉了一下太阳穴：“你好好想一想，今天有谁靠近过你，或者你得罪了谁？”

“进进出出那么多人，我怎么记得谁接近过我？而且我一直平易近人，连蚂蚁都不会踩死一只，我会得罪谁啊！”林浣委屈地说道。

他把林浣从地上拉起来，轻轻地揽着她的肩，一只手轻轻地拍着她的脊背，像在安慰一只委屈的小猫：“别怕，有我，会没事的。”

许愿的话还未说完，远处突然传来一阵警笛声。

这边刚刚发现可疑药丸，那边警察就过来了，显然林浣书包里的东西不是平白无故出现的，是被人算计好的。

“不要慌，我来处理。”他的手臂加重了力道，无声地告诉许浣，他能抵挡住一切。

两个人被带到了派出所。

值班的片警认得林浣，问道："浣浣，你是认识了什么坏人吗？你书包里怎么会有药丸？"

"叔叔，我是真的不知道谁把药丸放到我书包里的。"林浣泪眼婆娑地说道，"我在KTV和同学一起唱歌，我不知道药丸是谁放的。"

"浣浣，这个情况有点严重，你们今天要做一个检测。"

"做完了检测就可以走了吗？"

"还不行，我们还要调查取证。你们两人要暂时待在所里，不能出去。"

"叔叔，别告诉我妈，她病情刚刚稳定。"

谢婉清在医院，林浣给她打电话说这几天有选题要做，谢婉清只以为她要和小男朋友吃饭、逛街，并没有疑心。

林浣和许愿被关在一间小小的房内，里面有张桌子，两人分开坐着，房间里亮着昏黄的灯，门口有片警在值勤。

许愿握住林浣的手，柔声问道："害怕吗？"

林浣本来是极怕的，可是许愿这样一问，她好像又不怕了，而且还有了睡意，很不文雅地打了个哈欠。

"靠在我肩膀上睡。"许愿的语气霸道极了。

林浣欣然接受这霸气的温柔，她靠在许愿肩上睡着了。

第二天一早，许愿给姜程程公司的林律师打了个电话，林律师很快就来了。

这林律师原本是姜程程的大学同学，毕业后一直和姜程程有联系，可以说是看着许愿长大的，他的品行她一直很清楚。

她详细地问了许愿事发经过，许愿头脑清晰，叙述事情有条不紊。林律师很快就弄清楚了关键性的几个问题，再然后就是一堆烦琐的程序。

一直到了下午四点多钟，两人才离开。

林浣走出警局，轻松地伸伸懒腰，重重地吸了一口新鲜空气，感叹道：“做纨绔子弟真好，这么大的事都可以清白脱身。”

“那是因为我们本来就什么都没做，清者自清。”

“你敢说没有林律师的帮助，我们能这么快恢复清白？”

许愿略有些不满：“难道不是我的功劳？如果不是我把事情说得清楚明白，林律师纵然有通天本领也使不出啊！”

呃！这算不算邀功？林浣嗤之以鼻：“以前我怎么没有看出来？你脸皮怎么这么厚！”

咳……许愿皱眉笑道：“你骂我岂不是连自己也骂了？”

林浣一头雾水：“我怎么听不明白？”

许愿敲了敲她的头：“没有听过一首诗吗？我泥中有你，你泥中有我，损我不就是损你？”

听着某人的无稽之谈，林浣翻了个白眼：“累死了，回去要好好睡一觉。”

林律师的车停在路边等许愿，看到打闹的两个年轻人，她笑着冲许愿挥手：“许愿，一起回家。”

许远嬉皮笑脸地跑过去，靠在林律师的车窗上，手还不时往林浣的方向指，林律师不时瞧林浣两眼，最后笑着把车开走了。

“你怎么不跟着林律师的车走？”林浣明知故问。

“先送你回家。”

送她回家？她可是有一种短时间把家里弄得一团糟的超能力啊！林浣略一迟疑，就被许愿塞进了出租车。

林浣忐忑不安地打开家门，乱是乱了一点，但还算不上很糟。沙发上没有零食袋，地板上没有她乱丢的玩偶，厨房里也没有没有洗的碗筷。

她放心地请许愿进去坐，许愿坐在沙发上，林浣去给他倒了一杯果汁。

许愿淡淡地说道："自己家，就不用对我这么客气了。"

什么时候成了他家了？林浣惊得弹跳了一下，手一抖，果汁全泼在了许愿身上。

许愿无可奈何地摊手说道："全湿了，我去洗手间弄干。"

许愿进了洗手间，林浣虽然心里认为他是活该，但还是怕他感冒，在衣柜里翻出一件谢婉清平时的警服给他。

林家平常就只有两个女人，所以林浣横冲直撞惯了，拿着衣服也没有敲门就径直冲进了洗手间："我妈的衣服，很大，你先穿着。"

正在脱衣服的许愿双手护住自己身体："你怎么不敲门？"

林浣嫌弃地看了他一眼："遮什么遮，又不是我的男神吴彦祖！"

说完，她毫不理会许愿脸上哀怨的表情，关上了门。

许愿穿好衣服出来，坐在沙发上看着杂志的林浣淡定地说道："衣服可以丢在洗衣机里烘干。"

许愿一动未动，就那么安静地望着林浣。

"你怎么啦？"林浣愣住了。

许愿突然夸张地抚了抚胸口，仿佛受伤般道："全看到了，要负责。"

林浣默默地用手里的杂志盖住他的脸，替他哀叹："是啊，我全看光了，你节操尽失，你要不要以身相许？"

"我也是这么想的！"

林浣看着他那纯净的小眼神，突然觉得自己就像个女流氓。她只得低下头掩饰自己的脸红，因为低垂着头，所以林浣看不清他脸上的表情，但她听到他的声音很温柔："我是真的准备好了。"

"准备好了什么啊？"林浣有些迷糊。

许愿正色道："以身相许，余生都和你一起过。"

林浣默默无言。

和高智商又腹黑的人斗智、斗勇、斗嘴，她总是毫无疑问地处于下风。

好在许愿没有为难她，他见她不说话，温柔地道："好好休息，我先回去了。"

"不送。"

但是林浣还是将许愿送出了楼道才说："我先回去了。"

许愿站在楼下，回头望了望林浣，林浣已经关上了窗，应该是缩回床上睡觉去了。

其实许愿刚刚那句话不是开玩笑的，林浣她不明白，因为她，他第一次想到了余生。

他想到了有她的余生，睁开眼睛就能看到她脸红，那样的日子应该柔软美好得像麦浪吧。

第七章·抛弃

时光太慌张，令人来不及老，心已经沧桑。

他回到家时，姜程程正坐在客厅等他，听到他推门的声音，她回头疑惑地问道："怎么才回来？林律师说你下午早就出来了。"

"去朋友家了。"

"你那个小女朋友家？"姜程程顿了顿，面无表情地盯着他，"那你知不知道你那个小女朋友是谢婉清的女儿？"

姜程程的话让许愿愣了一下，只不过下一秒，他墨色的眸子便恢复了镇定。他并不笨，林浣的身份他早就知道，那又如何呢？他从来不认为父亲的死是旁人害的。他喜欢她，所以愿意带她来见姜程程。

可是姜程程并不这样想，她用陌生的眼神看着许愿："你忘了你爸的死，你必须离开她。"

许愿摇摇头。

姜程程愤怒地看着他："你明知道这么多年我是怎么过的！"

"这些都和林浣无关。"许愿平静而缓慢地说道。

"什么叫无关？如果不是她妈妈，你爸会死？"

“那是意外。”许愿丢下一句话，跑上了楼梯。

看着许愿上了楼，姜程程的脸色阴沉得非常可怕。

药丸的事总算是有惊无险，灾难成功化解。

第二天，林浣要求和许愿一起去吃大餐压惊，许愿对她的提议从来没有异议。

林浣在校门口等许愿，远远地就在人群里看到了他。他今天穿了一件米色开衫，整个人英气逼人。

等许愿走近了，她问道：“你怎么才来？”

“导师说我今天解剖做得特别棒，他让不懂的同学有问题问我，结果我在解剖室被几个女同学堵住了。”

“那你怎么出来的？”

“用你的办法——假装肚子疼，逃出来的。”

一想到许愿捧着肚子弯着腰的情形，林浣眉开眼笑：“我看你就是穿得太好了，要不以后穿树叶来上学？”

“好吧，只要你喜欢，穿什么都可以。”

“可是，你穿树叶会露出迷人胸肌，那样子会更迷人。”

许愿听到她花痴的话，嘴角扬了一下，大步朝前走去。见她没有跟上来，他反手就抓住她的手，慢慢地紧握住。他习惯性地用拇指轻轻摩挲着她的手掌心：“再迷人都是你的。”

“你说什么？”林浣只觉得口干舌燥，连耳朵都不灵敏了。

他指着自己的唇：“这里不是被某人打上烙印了吗？我是你的，生人勿近。”

居然放电！

有没有天理？他这不是逼她耍流氓吗？林浣脸涨得通红。

“你怎么了？”许愿故意问道。

林浣克制住想要强吻他的冲动，轻轻咳嗽了两声：“感冒了。”

“吃药了吗？”许愿停下了脚步。

林浣的反应总是慢半拍，结果她额头撞到了许愿的下巴上，脚下一滑，差点跌倒。幸好许愿扶住她的腰，他倒吸了一口气，说道：“你怎么这么笨啊？”

“是啊，是啊，智商低，吃药都没有救了。”林浣赌气地说道。

“我又没有骂你……”许愿的语气有些委屈。

“你就是嫌弃我……”她“笨”字还没有说出口，就被许愿堵住了嘴。

这可是学校外面啊，虽然是在小巷子里，但也会有人经过的啊！林浣慌得一颗心都要跳出来了，可是她好喜欢这种感觉。最终，她的理智还是战胜了欲望，她推开许愿。

两个人靠得很近，林浣听见他的心也怦怦直跳。林浣不确定自己的脸有没有红，她责怪地看着许愿：“你这是欺负我。”

许愿看着她红得像番茄的脸，轻轻勾起嘴角，哑着嗓子说道：“你知道我每次都说不过你，我只有这招可以对付你。”

林浣再次哑口无言。

“要过年了。”

“是啊，今年过年要陪我妈在医院里过了。”林浣接过许愿的话。

“我会想你。”许愿像是没有听到她的话，自言自语道。

“嘿嘿……不是有电话吗？”林浣安慰道。

“古人说，一日不见如隔三秋。你想一想，一整个寒假见不到你，隔了多少个秋啊。”他这话说得很慢，也很郑重，更是情意绵绵。

林浣一脸黑线，传言里这人可是高冷范儿的，怎么现在时时刻刻都这么肉麻啊？

不过这肉麻的话听起来真顺耳。

江城过年气氛特别浓，大街小巷都会挂满红灯笼，到处播放着喜庆的新年歌。

只是林浣家的年就过得特别冷清，母亲谢婉清因为身体原因只能在医院里待着，弟弟林希则被送到了乡下外婆家。

早上吃了一些饺子，谢婉清睡着了，林浣靠在床边看书。这时候许愿来了电话，她就知道一定是给她拜年的，林浣看了一眼谢婉清，走到了窗口压低声音说道："新年好！"

"下来吧，我在医院门口。"

"什么？你到了医院门口？"原本压低声音说话的林浣尖叫起来。

"浣浣，谁的电话？"

"宿舍姐妹打来的。"林浣的目光微微一闪，低头间的一抹嫣红再真实不过。

谢婉清看了一眼林浣，女孩子的心事就是藏不住，在楼下等她的一定是男生吧？谢婉清温柔地笑道："既然有朋友在等你就下去吧，妈这里有护士陪着。"

"妈，那你有事打我电话。"林浣手忙脚乱地穿好鞋子和外套。

她飞身冲出医院，见许愿已经等在了住院部楼下。看到她，一抹笑意从许愿的眸光里闪过，他随即把她拉到身边："外面天气冷，你的外套没有扣好。"

楼上的谢婉清披着外套，看着楼下正替林浣扣外套的男生。她对他第一印象特别好，一看就知是优秀善良的年轻人，彬彬有礼，斯文得体。

"你怎么来了？还好我妈没有打破砂锅问到底。"坐在许愿的车上，林浣侥幸地说道。

“想你了。”许愿冲她笑，眉眼里都是温情。

“才不过十来天没见。”她声音低低地说。

“你不想我？”

林浣刚想说话，就被人托住后脑勺以迅雷不及掩耳之势强吻了。舌尖好像知道主人的意图，第一时间就急切地攻城略地。林浣再也说不出话，她已经被这个诱惑深切的吻弄得整个胸腔都被抽空了。

正当某人浑浑噩噩的时候，对方理性地收敛了。林浣坐在副驾驶位上，眼神迷离地看着许愿。对方冲她轻轻地笑，仿佛春风拂面，她感觉心里酥酥麻麻的。

“去哪里？”林浣急忙岔开话题。

“听你安排。”

林浣突然想起前几天看到的电影海报，又想着好像还没有和许愿一起看过电影，不如今天就请他看电影吧！她脱口报出一个地址。

许愿把车开到林浣说的地方，因为过年的原因，广场上车满为患。

“要不你先去停车，我先下车，等下电话联络。”林浣心里盘算着要给许愿一个惊喜，她让许愿先停车，自己再偷偷去买票，神不知鬼不觉地安排一场浪漫之约。

“好。”许愿把车停下来让她下车，其实早就从她的表情里猜到了她一定安排了活动，他并不点破她，乐意让她搞得神秘一点。

林浣下了车，冲进了电影院，买好了电影票，给许愿打了个电话，他已经到了楼下。

林浣摇着手上的电影票，只是许愿的表情看起来好像已经洞悉了一切。

“不用管我。”林浣抽着鼻子，“我马上就好了，再过一分钟。”

“怎么个不管法？”他微微地叹息了一声。

林浣继续流眼泪。

许愿实在是忍不住，把她的头按在自己肩上："林浣啊，在这里卿卿我我实在不是我的风格，可是你哭成这样，我再不表示安慰，又好像不是男朋友的作为。"他的声音有些低沉，又柔又软。

他什么意思？

林浣还没有意识到他在说什么，她整个人就被圈进了一个温暖的怀抱，下一秒，一阵天旋地转。

"这里可是电影院，被人看着，多难堪。"林浣嗔怪着挣脱他的怀抱。

就在林浣脸发烫的时候，后座有人体贴地拍了拍许愿的肩，为难地说道："兄弟，可不可以照顾一下单身狗的感受？"

这下丢脸丢大了！林浣捧着脸，内心发出哀号。

许愿目光柔柔地看着她，他可不在乎丢不丢脸，他所在乎的，不过是某人看着他时的微笑。

出了电影院，林浣的尴尬症总算好了，她小心翼翼地把电影票收进了小包，甜蜜地说："我们两个第一次看电影，应该留个纪念。"

"还好上次在沙滩上没有工具店。"

"啊？"

"如果有工具店，你岂不是要去买把刀？"

他的话总是令她费解，林浣叹了一口气，如实说："我听不懂。"

"用刀把我的唇割下来啊，那不是你的初吻吗？做纪念啊。"许愿倒是沉得住气，一本正经地说道。

想到沙滩上那次人工呼吸，林浣举手投降："你就会欺负人。"

许愿的眼里有明显的笑意："我只欺负你。"

林浣又想到刚刚在电影院的一幕，满脸通红，她眼含哀怨地抬头岔开话题："我肚子饿了。"

“上车吧。”

“去哪里？”林浣忍不住偷瞄他，只见他气定神闲地开着车，嘴角微微地上扬着，像是一只找到食物得意忘形的小兽。

“你不是饿了吗？给你吃啊。”

不会是去旅馆吧？要不要这么直接啊，她可是一点心理准备都没有啊！还有，她今天出门没有换衣服，她里面穿的可是普通的、旧旧的保暖衣，上面都洗出毛球了。早知道这样，她就应该换上美体的保暖衣或者是可爱一点的内衣。

像是猜到她的心思，许愿从后视镜看她：“放心，现在不是时候，带你去吃饭。”

呃，林浣总算脑子快了一次，她瞪着许愿英俊的侧脸，反驳说：“是去吃饭啊，不然你以为我想什么啊？”

许愿偏头看着她，那目光比往常肆意了一些，他笑了笑：“想你所想的一切。”

林浣心里狂汗，一脸张皇之色。有个心思细腻、洞察力一流的男朋友，真是一点“坏坏”的想法都不能有。

送林浣回了医院，许愿才开车回家，姜程程还没有吃饭，丰盛的菜肴摆满了整张桌子，可是主人的脸上没有一丝过年应该有的喜气。看到许愿进来，姜程程劈头盖脸问道：“你去哪儿了？”

“陪女朋友。”许愿实话实说。

姜程程不敢置信地看着许愿：“你还和林浣在一起？”

许愿默默地点头。

“可她是谢婉清的女儿。”姜程程锐利的目光冷飕飕地直直地朝许愿射过去，“谢婉清是谁？那是害得你失语两年、害得你失去爸爸的元凶。”

许愿的目光微微闪烁了一下：“那只是意外。”

“你敢把这话讲给你那个小女朋友听吗？”姜程程冷笑道。

见许愿突然沉默，姜程程更加咄咄逼人：“你不是怕你那小女朋友有负担才一直瞒着吗？如果有一天，你那小女朋友知道是她妈害死了你爸，她还会如此坦然地和你在一起？”

姜程程的话像是一把利刃，在这喜气洋洋的日子里都不放过他。

和林浣在一起，他的确是说了谎话，他爸爸不是警察，只是个商人。有一次他爸在银行取款时目睹了一起抢劫事件，给警方做了证人，抓到了首犯，自己却死在了首犯同伙的枪下。

虽然林浣不记得了，可是他记得。

那段时间他活得昏天暗地，遇到她，他的心才变得柔软起来。后来他偷偷去墓地等过林浣，可再也没有等到过她。此后这些年，他也就再也没那样笑过了。

直到那次在图书馆再次遇到她，他就知道，她又回到了他的世界。

大年初五的那天，谢婉清的复查报告出来了，并没有多大的事，只是医生还是建议切片检查。

“我自己的身体自己还不清楚吗？我能有什么病，就是累着了，回去休养一段时间就好了。”谢婉清吵着要出院。

林浣没有办法，给她办了出院手续。

林浣叫了一辆出租车，出租车缓缓地驶进小区。小区里非常安静，这大过年的，人们基本上都外出游玩或者是走亲戚去了。

林浣把谢婉清扶上了楼，把谢婉清安顿到沙发上后，又下楼去拿日用品。

“小妹妹，原来你住这儿啊？”她听得身后突然传来一个刺耳的声音。

林浣这才发现有人跟踪她，是上次以多欺少的光头，她慌张地问道：“你要干什么？”

“我要干什么？报仇呗！上次被你逃脱了，这次就没有那么容易了。”

林浣发现他是有备而来的，她害怕地问道：“你堵我干什么？不会是想劫色吧？我跟你讲，我可是跆拳道黑带！”

“就你，还有色劫？”光头“呵呵”冷笑了一声，“跟你沟通真是困难。”

听到对方不是劫色，林浣思考了一秒，随即问道：“那你跟踪我干什么？”

“领赏啊！”

林浣一头黑线：“领什么赏？我又不是通缉犯。”

“我老大的弟弟死了，我要带你去领赏。”

别人死了，关她什么事？现在的黑社会是不是跟她一样缺智商啊？林浣无奈地说道：“人死不能复生，您节哀顺变。”

“他是因为你男朋友才死的。”光头提到许愿时咬牙切齿。

“许愿他杀人了？”林浣更加糊涂了。

“你那男朋友自以为是，不好好学医，瞎掺和警察破案的事。”光头朝地上“呸”了一口，“拿自己当正义之士是要付出代价的。”

林浣想起来了，前不久那个故意杀人案许愿确有参与破案，而且主犯被判了死刑。想到许愿帮警察破案的样子，林浣顿时花痴了起来。许愿真是又帅又很正义，让她这颗少女心燃烧得不要不要的。

“你笑什么？”光头郁闷极了。

“关你什么事？”

光头无语：“你不怕？”

不提倒还好，现在小区里面冷冷清清的，林浣真有点怕了：“你们报复一个女孩子算什么本事？”

光头放声大笑：“我们可是混混。我们老大说了，有些人自己哪怕粉身碎骨都不会觉得疼，可是一旦伤害到他身边最爱的人，会比刀子扎在他们身上还疼。反正我是不懂！不过我们海哥可是说了，这是报复的一种乐趣。如果今天把你带回去，以后我就飞黄腾达了。”

趁光头高谈阔论，畅想他的黑社会生活顺风顺水的时候，林浣拔腿就跑。

“不要跑！”光头扯住她的头发，从腰上摸出了一把瑞士军刀，用刀子抵住林浣的脸，“再跑就在你脸上划两刀。”

划两刀？那花容月貌岂不是要被毁了！林浣心急地大声喊道：“劫色啊！”

在家里刚刚躺下的谢婉清听到林浣的呼救声，立即冲下楼梯，看到林浣被一个光头箍着脖子，脸上抵着一把明晃晃的瑞士军刀。

谢婉清虽然做过刑警，但是仍生着病，身体很虚弱。光头也经常打架斗殴，所以两人实力不相上下。经过一番激烈的搏斗，她总算是夺过了光头手里的刀。只是谢婉清忘了自己穿着拖鞋，刚刚夺刀的时候用力过猛，再加上地上有积雪，她脚下一滑，刀锋对着光头刺去，一起意外就这样发生了。

林浣愣在了原地，她从来没有见过那么多血。以前见谢婉清杀鸡，她都会吓得腿发软，可这次她妈妈杀了人。

谢婉清见她像傻了一样，冷静地说道：“浣浣，快报警。”然而谢婉清的冷静坚持了仅仅两秒，她就晕倒在了地上。刚刚出院的谢婉清，在和光头的搏斗中用光了体力。

林浣拿出手机，她下意识地拨通了许愿的电话：“许愿。”

许愿听到她声音不对劲，急切地说道：“怎么了？”

电话那头并没有说话，林浣挂断了电话。许愿再拨过去时，听到电话里传来“嘟嘟嘟”的忙音。

许愿冲出房间，冲进了车库，发动了引擎。一路上他闯了好几个红灯，不到十分钟，他就到了林浣所在小区的楼下。他看见林浣抱着谢婉清，她身上沾着血，地上扔着一把军刀，旁边还躺着一个光头男人。

看到他下车，林浣神情呆滞地叫了他一声：“许愿。”

“出什么事了？”许愿只觉得头顶嗡嗡作响。

“我们杀人了，上次的那个光头，被我们杀了。”她神志不清地喃喃道。

许愿握住她的手：“慢慢说，出了什么事？”

被他的手紧紧地包握着，林浣平静了一些，她把刚才发生的事大致讲了一遍，提到谢婉清不小心把军刀插进了光头的胸口时，她突然就哭了起来。

“这不是杀人，这是自卫。”许愿拉着她，把她的头紧紧地贴在他胸口。

她听得到他心跳的声音，他的气息非常陌生，夹杂着雨水与瑞脑香的气息。她突然觉得心弦一松，整个人便松懈下来。

许愿看着她，他不敢说话，时间仿佛停滞了，又仿佛过得飞快。他一直搂着林浣，直到耳边传来响亮的警笛声。

许愿一直搂着她，直到警车到来，把他们带到了警察局，光头也被救护车拉走了。

在派出所，许愿把他知道的事情经过说了一遍，许愿做完笔录后给林律师打了一个电话。

在电话里，他梳理了一遍事情的经过，并交代她不要告诉姜程程。林律师温和地说："我十分钟后就到。"

不到十分钟，林律师就拎着公文包出现在了派出所。林律师替他办好手续，见他脸色苍白，神情倦怠，疼爱地说道："已经办妥了，你先回家吧，他们有事会再找你的。"

"林浣呢？"许愿担心地问道。

"她暂时不能走。"林律师顿了一顿，说，"她是当事人，警方暂时是不会让她走的。"

"我想见林浣。"许愿恳求道。

"你暂时是见不到她的，别让我为难好吗？"林律师为难地看着他。

许愿见林律师一脸为难，他想，与其在这里胡搅蛮缠，还不如先回家冷静一下，想一想对策。只不过，他刚踏进客厅，就看到电视新闻上在播放有关谢婉清的新闻。许愿看着新闻上滚动的字幕，确定自己没有看错，光头抢救无效，死在急救室了。

死了！

许愿没有想到情况会这么严重，谢婉清不过是夺刀自卫，脚下一滑，扎了那一刀，那个光头竟然死了。

许愿没有进门，他转头又准备去派出所，他要陪着林浣。他的脚还没有迈出，姜程程冷冷的声音从背后传来："你要去哪里？"

"找林浣。"

姜程程盯着他："谢婉清现在是杀人犯，你见得到林浣吗？"

"谢婉清没有杀人，她是自卫。"许愿争辩道。

"不管有没有伤人，我相信这是报应。"姜程程冷笑，"报应啊！"

许愿没有说话。

姜程程幸灾乐祸道："你们能拿得出证据证明她是自卫？身为执法人员却知法犯法，我看谢婉清这辈子完了。"

"我可以帮谢婉清证明清白，不会让她坐牢的。"

姜程程大声笑道："你以为比常人聪明一点就可以帮谢婉清吗？你有证据吗？你有人脉吗？"

许愿知道姜程程说的是真的，毕竟没有人证，那个旧小区也没有装监控设备，光头又确是死在谢婉清手上的，刀上除了留下了光头的指纹，还有林浣和谢婉清的指纹。而且今天的雪特别大，就算有证据，也被雪掩盖了。

看着许愿突然神色暗淡的脸，姜程程心中的戾气并没有减退多少，她的脸色越发阴郁："其实我可以找人帮谢婉清。"

听到姜程程这样说，许愿反而愣住了，他不敢置信地看着姜程程。

"别那样看着我，我当然是有条件的。"姜程程顿了一顿，"你出国念书，离江城远远的，离谢婉清的女儿远远的。"

姜程程的要求倒是在他的意料之中，他怔了片刻，突然摇头道："我是不会离开的。"

"你自己想清楚，机会只有一次。"

"我不要这个机会。"许愿非常认真地回答道。

"如果你肯听我的，谢婉清也许还会有一线生机。"姜程程毫不留情地说，"你应该清楚，如果没有人帮她，以现在的舆论情况，谢婉清怕是很难获释的。"

许愿自然清楚，因为谢婉清的身份特殊，这个案件迟早会被推上舆论的风口浪尖，舆论的导向肯定会对谢婉清不利。许愿知道姜程程的厉害，当年失去了父亲，她把公司一样经营得非常好，她自有她的办法和人脉，如果她说她可以帮谢婉清，那她一定可以。只是如果要用他和林浣的未来去换，他宁愿被林浣责备，也不愿意离开她。

许愿觉得和姜程程这场僵持的谈判没有必要再进行下去，他走出了别墅。外面还在下雪，风夹杂着无数雪花拍在脸上，像是成千上万柄尖利的刀子戳在脸上。

他赌气没有开车。原来他和林浣之间的路程竟然这么远，仿佛永远也走不到尽头。等他走到派出所时，已经是深夜一点多钟了。

许愿进不去，只好坐在外面等，天还在下雪。第二天早上，来上班的人远远看到许愿，特别惊喜：“哇，那边是不是雪人？”

雪人移动了一下，雪人搓一搓手，哈了一口气。大冬天站在雪地里，不是流浪汉就是神经病，那些人慌忙退开。

许愿活动了片刻，身体才渐渐暖和。可他并没有走进派出所，而是沿着原路走了回去。

大雪覆盖了他来时的路。

没有人知道他曾经来过，而他走过漫漫长路却无法见喜欢的人一面。

林浣一直记得当天的情形。她被带进了一间小小的房子，里面只有一扇小小的窗子，上面挂着黑色的窗帘，一盏大灯开着。穿制服的女警把那盏大灯移了一个方向，白晃晃的灯光照着她，被强光一刺激，她下意识用手挡住眼睛。

她被带到了拘留室，没有窗的拘留室里非常阴暗。

女警看着她像个婴儿一样蜷在一角，其实不是不可怜她。

林浣不知道自己是怎么熬过那一夜的。第二天早上，终于有人来看她，她以为是许愿，不想坐在桌子那一头的却是许愿的妈妈。

林浣心里很紧张，没有想到再次看到许愿妈妈是这种场景。对方丝毫不在意她的紧张和小心翼翼，只是咄咄逼人地看着她：“我有办法帮你和你妈妈。”

“这是许愿的意思？”林浣以为是许愿求了姜程程来帮忙，轻声地问道。

“许愿没有求我。”姜程程坦诚地看着林浣，“是我自己想和你做笔交易。”

就算林浣再笨，她也听出了姜程程的潜台词，姜程程是带着目的前来的。

林浣并不善于与人谈条件，她怔在了那里。姜程程目不转睛地看着她。江城正是隆冬，林浣只觉得格外冷，她缩了缩脖子。

看到她拘谨的样子，姜程程薄薄的唇微微一弯，竟是笑了：“其实我的条件也很简单。”

可林浣知道事情不会像她说的那么简单。

果然，姜程程正色道：“我要你离开许愿。”

虚伪，真虚伪！让她离开许愿，这难道是简单的条件？林浣咬着嘴唇没有说话。

“就算你现在不离开许愿，总有一天他也会离开你的。”姜程程见她不说话，笑了笑，“都怪我，没有照顾好他。许愿小时候亲眼看着他爸被人开枪打死。他一个人孤单了太久，有点寂寞，有点孤独，而你恰好出现了。其实你不出现，也会有其他的女生出现，只是你占了个先机。”

林浣僵在原地，她的判断果然没有错，姜程程不喜欢她，所以她逼自己离开许愿。

“你不愿意？”姜程程面带嘲讽地笑道，“那我也没有办法了。毕竟我是个商人，在商言商，没有利益的生意我是不会做的。”

林浣咬着嘴唇不说话。

姜程程推开椅子，故作惋惜地说道：“你妈妈，如果没有出色的律师和有力的证据，她这场官司，恐怕……”

林浣果然沉不住气站了起来：“我妈妈会怎样？”

姜程程看她的眼神中有一丝怜悯：“你自己清楚。”

林浣心里一恸，绝望地看着她。那双眼睛无波无澜，人生仿佛已经走过了绝境。过了好久，她终于缓缓地说道：“我都答应你。”她的声音里透着凉意，抬起眼睛，失神地看着姜程程，缓缓地说道：“你刚刚说的条件，我答应你，我会离开许愿。只要我妈妈平安，我什么都答应你。”

“那你从今天开始永远不要再和许愿联络了。”

“我答应你。”她语调机械地说道。

第二天，林律师就将她保释了出去。在门口，林律师对她微微一笑：“许愿的妈妈想见一见你。”

林浣没有料到姜程程还会再找她，大概是怕她反悔。

车子到许愿家的时候，姜程程正在喝下午茶，看起来气色不错。不知是不是因为林律师在场，这次姜程程见到林浣并没有生气，反而雍容大方，亲切地笑道：“出来了？这两天在里面没有吃好睡好吧？这是上好的红茶，要不要喝点？”

茶和点心都很精致，只是林浣并没有胃口。

林律师笑吟吟地说道：“这孩子怕是没有胃口。”

听到林律师这样说，姜程程亦微微笑道：“对了，我忘记了你妈妈还在里面……”

听到姜程程提到谢婉清，林浣眼中盈盈一闪，隐约是泪光。

“你也别太担心，我既然答应帮你忙，就一定会帮你的。”

林浣没有想到姜程程会这样安慰自己，她有点手足无措：“阿姨，谢谢你。”

“谢我干什么？”姜程程笑起来，“就算没有这件事，我也会去找你的。你知道的，为人父母，哪怕孩子再大，一辈子都得操心。”

林浣点头。

“所以我迟早会找你的，不管用何种方法，我都会让许愿离开你。你和许愿根本就没有可能，身份悬殊，我还是喜欢门当户对。”

姜程程的话像一根鞭子抽在她的身上，但只是一个恍神，她还是站稳了，她想让自己看起来不那么卑微。可她到底是一个没有经历过世事的女孩，哪里比得上在商场历练多年的姜程程厉害。这次会面，她一下子就输了。

末了，姜程程点头说道：“你妈的事我会办得很漂亮，但你必须答应我，离开许愿，离得远远的。”

林浣沉默了一会儿，姜程程又说：“终究是不配的，就算强绑在一起，日后也会分开。”

林浣脸上泛起苦涩的笑。

姜程程盯着她有些僵硬的脸说：“现在这样最好不过了，你可以和许愿分开，你妈妈也能得到帮助。”

林浣为了让自己看起来不那样可怜，睁着眼睛，努力地撑着，几秒之后，她才能讲一句完整的话：“阿姨，您别再说了。”

姜程程却继续说道：“你还有一个外婆和一个弟弟吧？除了你妈妈，你一定也想让他们幸福。如果你不遵守约定，我想以我的个性，我肯定不会放过和你相关的每一个人。”

这算是警示，也算是最后的交易筹码。

林浣麻木地退出许愿家的院子，她的眼泪终于掉下来。

林律师坚持要开车送她回去，林律师温柔地说道：“我跟你一个姓，看你其实倒像是看自家的侄女一样。你跟许愿是没有结果的。”林律师大概是怕伤害到她，摸了摸她的肩："与其以后受伤更深，不如趁现在还没有爱得很深及时抽身出来。"

"您怎么知道我现在爱得不是很深？"林浣微咬嘴唇，刚刚藏起来的锋芒与桀骜在刹那间又回来了。

林律师当她是孩子气，并没有被这个少女竖起来的刺刺伤，她无所谓地笑道："如果我是你，就算爱得再深也会假装不深。没有什么比保护好自己更重要。"

没有姜程程在旁边咄咄逼人，林浣情绪几近失控，她转身抱住了林律师。

林律师轻轻地拍了拍她肩："别难过，人有时没有办法，必须做出选择。"

从林律师的车上下来，林浣才知道又下雪了。她答应了姜程程要离开许愿，家里是不能待了，她要快点离开。

她一进家门就忙着收拾行李，脑子里乱七八糟的，一会儿是姜程程的话，一会儿是林律师的话。

就在她胡思乱想的时候，手机忽然响了。她看到的是一串非常熟悉的号码，她思索了十几秒，然后挂断了。

电话那头的人还是不死心，继续打，她又挂断了。

就这样持续了十几次，手机终于静了下来。

过了一分钟，有短信提示音响起。

她点开短信，上面只有一句话："林浣，妈妈的事别着急。不管出了什么事，你在哪里，我就在哪里。"

是不是年少才无畏？这样的话也敢写！这世间事每天瞬息万变，你在哪里，我就在哪里，谈何容易！

林浣没有觉察到有一滴水落在了手机屏幕上，然后，是第二滴……

那一夜，从许愿家里出来后，林浣信守承诺没有再和许愿联络，并且关掉了手机。

把林希送到了外婆家，一直到庭审那一天，她才看到许愿。

他坐在旁听席的一角，谢婉清坐在被告席上。

“那是一个拐卖团伙，专门诱拐妇女儿童，我可以断定他那天对我的当事人意图不轨，我的当事人是自卫。”辩护人显然是在努力地为谢婉清开脱罪名。

虽然辩护人极力帮谢婉清开脱，可是伤人致死是事实，即便她是自卫。最后她听到法官说：谢婉清犯过失致人死亡罪，判有期徒刑三年……

走出法庭的时候，林浣经过许愿的身边。

她并不知道许愿的神经绷得紧紧的，也不知道许愿心里有无数个想法翻来覆去。

他想，没关系啊林浣，就算你答应了姜程程，但是我愿意原谅你啊。

尽管许愿心里飙了无数场内心戏，她却一句话都没有对他说，她缓慢地、绝情地从他身边擦身而过，仿佛他只是个陌生人。

许愿颓然坐着，直到所有人陆续离开了法庭，他才幡然醒悟过来：林浣舍弃了他。想到这一点，许愿心里猛地一沉。他和林浣这几个月发生的事像是海浪，铺天盖地地朝他翻滚过来，压得他喘不过气来。他曾以为他会成为林浣生命中最重要的人，可现在他感觉自己像林浣小时候玩过的洋娃娃一样，一旦她有了更重要的东西，他就被抛弃了。

许愿走出法庭，林浣正在路边叫车。他脑中“轰”的一响，他几乎想都没想，扑上去，拽住林浣的胳膊用力一拉。林浣猝不及防，一个踉跄坐在了地上。

许愿拽着她：“林浣，你没有话要跟我说吗？”

有，除了有话要说，林浣还想摸一摸他，像每次亲吻他时那样胡乱地摸一下。

只是她的手抬到半空又垂下来，她语气很生硬地说："许愿，经过这件事，我突然发现我其实没有那么喜欢你。你看，我为了帮我妈妈就能轻易地放弃你。"

"我知道你是因为阿姨的事才冷落我的，我并不怪你。"

她微微有些动摇，但想到姜程程的警示，她故意冷冷地说道："许愿，对不起，我想我们并不是很合适。"

"为什么不合适？"漫天雪花中，传来他低沉的声音，"就是因为我妈和你谈了条件，你就不要我了？"

"是的，你妈和我谈了条件。她给的条件很优厚，如果她早给我这么优厚的条件，我早就离开你了。不过现在也不晚，所以我现在通知你，许愿先生，你听好，我不要你了，请你不要再纠缠我。"她说得很干脆，心里却十分悲怆。

我不要你了。听到这五个字，许愿踉跄了一下，但他很快稳住了，轻轻嗤笑一声："林浣，我曾经有多喜欢你，现在就有多恨你。"

"是吗？要恨就恨吧，毕竟我欺骗了你的感情。"她的声音慢慢低下去，终于没有了。

倒是许愿不敢说话，怕一开腔自己反倒要哭了。

见许愿没有说话，林浣头也不回地钻进出租车。

许愿围着围巾，悲伤地站在人来人往的街头。

他就像小时候失笑时一样，再也说不出一句话，他转头望向身后的长街。雪覆盖了整条长街，多少寂寞心事，多少伤感情怀，仿佛都变成了这皑皑白雪。

回去之后他就病倒了，高烧不退，昏昏沉沉，时梦时醒，梦里林浣一直没有走远，就在前面慢慢地走，他却怎么也抓不到。他从梦里惊醒后，拨她的电话，里面清冷的女声提示他，机主已经关机，机主不要他了。

他又拨陈诺的电话，却说不出话。

陈诺着急地骂他："许愿，她又不漂亮，又不可爱，又不善良，甚至还有点傻乎乎的，你何必吊死在这一棵树上！甩了这棵树吧，以后还有大把的女生倒追着你跑。"

他终于可以开口说话："可那些都不是她啊。"

"许愿，你哭了吗？兄弟，你英俊、多金，智商又高，要什么样的女人不行啊？你不会为了一个女人哭了吧？"陈诺抱着电话机问道。

"很丢人吧？"许愿的声音仿佛十分遥远，"可我真的是哭了。"

陈诺原本是想缓和气氛，结果气氛更加低沉了，他想了想，说道："你就哭吧，就当我是空气，反正我俩的号码是集团号，不费钱。"

他欲言又止，最后也只是无奈地挂了电话。

离开江城前，林浣去看了谢婉清。

谢婉清瘦了一些，不过依然很开朗，她看着泪眼婆娑的林浣说道："别怕，不过三年，在里面表现好一点就可以早点出来了。你替妈妈照顾好林希。"

林浣把林希送到了外婆家，托付给了年迈的外婆，然后像机器人一样刷了票，上了飞机。

林浣的旁边坐着一位神采飞扬的小女生，她望着林浣，惊奇地问："你去H市干什么？"

林浣敷衍说："工作。"

“我去H市找我男朋友，他在那里工作，我们异地恋。这不，快要到情人节了，我想给他一份惊喜。”

林浣不禁多看了女生一眼，她眼睛里有光，那是从内心散发出来的喜悦。

到了H市，林浣找中介租了一间地下室。工作比较难找，在网上投递的简历都如石沉大海，家里的钱留给了外婆和林希，她带的钱也快花光了。

有一天晚上她去应聘，主持面试的是一个油头粉面的男人，见她一个人来的，对她动手动脚。她丢下简历落荒而逃。外面是滂沱大雨，她没有撑伞，一路逃到了地下室。坐在阴暗的地下室，又冷又累的她实在忍不住偷偷上了QQ。许愿灰色的头像并没有闪动，倒是苏微微的头像一直在闪：“林浣，你去了哪里？”

“林浣，你对得起许愿吗？你知道许愿他是怎么跟我说的吗？”

从苏微微的叙述里，林浣才知道，原来在她离开江城后，有一天苏微微在学校门口碰到了他。苏微微是个急性子，她拉住许愿问：“许愿，林浣离开了，你不生气吗？”

比起苏微微的气急败坏，他倒没什么似的，一副漫不经心的样子：“不生气。”

“为什么？”苏微微莫名地问道。

为什么？因为他觉得爱一个人就应该像他一样，不管遇到什么事情都不能舍弃。林浣只是不够爱他，他没有告诉苏微微理由，只是轻声说道：“因为相爱不相轻。”

苏微微听到这句话很难过地问：“你还爱林浣？”

“我想这世上再也没有一个人会像林浣一样，我看到她笑会轻扬嘴角，看到她皱眉就会担心伤感。但是，有多喜欢大概就有多失望，我不知道我还有没有爱她的能力。”

看着苏微微大段大段的留言，林浣的眼泪一下子就掉了下来。

在遇到许愿以前，她从来没有经历过爱情。

遇到许愿以后，她以为爱一个人就是这样，倾尽所有，深情到这世上任何事物都插不进来，任何人都无法分开相爱之人。

可终究是她不够勇敢和坚强。原来她的爱是这样脆弱，不需要任何武器，只需要一个小小的意外，就土崩瓦解。

第八章·孤单

是岁月宽容，恩赐反悔的时间。

往事已经很遥远，就像初冬天边的月光，模糊又遥远。

初冬的傍晚，窗外天空暗淡，外科手术室里却灯火通明。许愿正在做着紧急手术，干净的手术服衬得他眉目如画，清俊异常。

“许医生，病人出现了血压不稳的情况。”看着血压仪逐渐跳升的数字，手术室里值班的小护士紧张地叫道。

“安静。”许愿的眼眸不带一丝惊恐，坦然自若。

大约是被他疏淡冷静的气质所感染，小护士乖乖地闭上了嘴。许愿淡定地说道：

“钳子。”

“剪刀。”

“……”

整个过程，许愿镇定自若，这场手术很快就完美地收了尾。

看着病人逐渐稳定下来的血压，小护士终于放松紧张的心弦，正想借此机会多和许愿说几句话，却发现手术室中已经没有了许愿的身影。

小护士闷声问道："许医生呢？"

"出去了。"

小护士一推门，果然就看到了许愿。他正在走廊外的饮水机上接水，穿着白大褂的他看起来非常憔悴，大概是这两天连番的手术让他非常疲惫。

小护士心疼地去茶水间泡了一杯茶递给他："许医生，喝口大麦茶，提神醒脑。"

许愿并没有接她的茶，他冷漠地看了她一眼："你的职责是照顾病人，不是替我泡茶。"

他的话像是一盆冷水，浇得小护士浑身冰凉。

小护士尴尬地看了他一眼，他拿着纸杯兀自出神，那张俊脸不带任何情绪，没有人猜得到他在想什么。

小护士抱着水杯，怏怏地离开了走廊。

"怎么了，献殷勤失败了？"途中遇到熟人，那人问她。

小护士失落地点点头。

"别郁闷，我们医院的小护士哪个没有失败过？并不是你不好，也许许医生另有隐情。"

"难道许医生真的喜欢男人？"小护士想到医院同事的传言，说道，"事业有成，温文尔雅，最要命的是帅得一塌糊涂，不会真喜欢男人吧？"

对方微微一沉吟："这可是个人隐私，被许医生听到就麻烦了。对了，许医生人呢？"

"刚刚做完手术，应该是去巡视病房了。"小护士说完，发出一声叹息。

巡视完病房，许愿脱下了白大褂。

十一月末的江城有些许寒意，他又折回诊室套上了一件薄薄的开衫。

他再次走出诊室的时候，旁边几个小护士飞快地停下了手里的工作，对他行注目礼。

几个人正在犯花痴的时候，人群里突然冲过来一个护士向他求救："许医生，今天收的那个癌症患者不配合治疗，闹自杀。"

"李护士长，这种事情不归我管。"许愿停下脚步，漠然地看着护士长说，"我只是医生，不是救苦救难的菩萨。"

李护士长看着许愿，医院的人早就议论说许医生冷漠，她也难得求他，今天实在是没有办法了，结果还是碰了壁。护士长顿时没了好脸色："许医生，如果没有医德，医术再好又有什么用？"

许愿没有接话。

"许医生，也许你时间金贵，可开导开导病人花不了你多少时间的。"

他依旧没有接话，径直从护士长面前走了过去，脸上没有任何表情。

"许医生。"护士长不甘心地说道，"那病人还很年轻，才三十出头，如果真的过不了这道坎，那就太可惜了。"

"人没有过不去的坎。"他的话略带讽刺。

"不想帮就算了，过不过得了这道坎你怎么知道？"他的话引起了护士长的讽刺。

他怎么知道？因为他就是这么过来的。传闻里，身为这家三甲医院最年轻的医生，他有最好医学院的博士文凭，恃才傲物，孤傲冷漠。可他二十岁时也曾经发疯一样地喜欢过一个人，以为没有她会活不下去，可没有了她，他也活下来了。

只是他并不打算解释，他转头斜睨了护士长一眼。护士长以为他要说点什么，他却像什么事情都没有发生一样，神情淡漠地离开了。

看着许愿的背影，护士长不禁摇头冲望着他一脸花痴状的几个小护士骂道："你们这些女孩子究竟喜欢他什么呀？傲慢，自负，又没有同情心！”

“但是他医术精湛啊！”小护士们反驳道。

“真的只是因为医术精湛？”护士长一副打死不相信的表情。

“当然还有一点点英俊。”

护士长停了三秒，讽刺道：“肤浅，这人明明就是‘金玉其外，败絮其中’。”

几个小护士自然不敢跟护士长争辩，默默地低下头。待护士长走后，几个人又开始叽叽喳喳起来。

“什么‘金玉其外，败絮其中’？太难听了！”

“我看护士长就是嫉妒许医生的帅气，听说护士长的老公长得可难看了。”

一个小护士说得正带劲，被人碰了碰脚。

“碰我的脚干什么？”

“许医生……”同伴用口形说道。

小护士的心口猝然一颤，下意识地抬起头看向护士台前站立的人——正是一脸严肃的许愿。

……

现场一片沉寂。

小护士一副生无可恋的表情。

许愿皱眉，却并没有发火，将手中的资料递给那个双眼发直的小护士道：“留心观察那位闹自杀的病人，这里是他同类型患者康复的实例，拿给他看看，让他知道癌症并不是无药可救的。”

小护士受宠若惊，舌头都打结了，半晌说不出话来。

他走远了，小护士才开始结结巴巴地说：“许、许、许医生，我家的许医生刚刚是跟我讲话吗？”

“许医生什么时候成你家的了？”

“真不害臊！”

“呸！”

几个护士正调侃笑闹的时候，许愿已经坐电梯来到了三楼。

医院的重症儿科设在这一层，许愿推开其中一扇门，李医生正在看CT，见他进来对他点点头，打了个招呼：“林希这次的化疗效果不明显，这种情况你要有个心理准备。”

许愿接过CT，看着上面那个越来越大的阴影，他的心不由得一颤。他不是没有想过这种结果，他原以为自己已做好了心理准备，可到了这一刻，他仍然觉得天崩地裂。

“还有办法吗？”

“听说H市有家医院在用一批新药，这种药也许对林希的这种病有所帮助。”

许愿脱口而出：“可以联系转院吗？”

“不清楚，不过听说那家医院的儿科医生是你在国外的校友。我可以给你他的资料，你自己可以尝试跟他联系下。”

接过李医生给他的资料，他把CT还给李医生，匆匆朝儿科病房走去。

走出十几步，他看到医院设的抽烟区，疲惫地靠在墙上点了一支烟。过了两分钟，许愿掐灭烟头，挤出一丝笑容朝走廊的另一个方向走去。

他推门进去的时候，病床上有个八岁左右的光头小男孩正在看书，他弯起嘴角笑道：“这么入迷，看的什么书啊，林希？”

被唤做林希的小男孩读的是一本童话书，正好看到了《睡美人》那一篇，听到许愿叫他，他合上书本抬头望着许愿，一对宝石似的眸子透着古灵精怪：“许愿，你说我有没有机会吻我喜欢的女孩子啊？”

“傻瓜，当然有机会啊。”许愿坐在床角，温柔地摸着他的头。

“接吻是不是很美好呀？”小男孩点漆似的眸子，迅速地蒙上一层好奇的光。

“咳，咳，这个，等你长大了就知道了。”

“那你还记得你第一次接吻吗？”

听到这个问题，许愿仿佛被雷劈中，焦化在那里。

见许愿愣住，林希鬼灵精样替他解释道：“那些护士姐姐都说是你女朋友，你肯定是女朋友太多不记得了。”

怎么会不记得了？他当然记得。他第一次接吻就是在医院里，对面那个叫林浣的女生傲娇地把嘴唇凑过来，扳住他的肩：“接吻这种小儿科，你不会我会啊，你先闭上眼睛。”

他真的听话地闭上了眼睛，他什么都看不到，只感觉到那温热的唇像闪电一样劈了过来，他耳根迅速地发热，热到心里，热到了血脉里。

见许愿依旧发呆，林希像只树袋熊一样挂在他的脖子上，小大人一样地拍着他的肩：“许愿，我们不讨论这么深奥的问题了，我问你一个简单的问题吧。”

许愿哀号：“你是好奇宝宝吗？”

“你到底是不是我爸爸呀？”林希丝毫不理会他的哀号，一本正经地盯着他的眼睛，墨黑的眸子里面有一丝期待。

“你又听谁胡说八道了？”许愿突然加重语气，脸色铁青地瞪着他。

林希委屈地咬着下唇，嘀咕道：“那为什么我们这么像？”

见许愿答不出话来，林希又突然开心起来，他狡黠地问道：“是不是因为你不方便透露我的身世，所以你才不敢承认？”

“我不是亚洲首富，你想太多了。”许愿打击着林希脆弱的心灵。

“那是因为做我爸爸很丢脸吗？”

"怎么会？我们林希是最受欢迎的宝宝，上幼儿园被女生亲得一脸口水回家，老师们叫你小粉团，在医院每天都有那些护士姐姐给你买礼物，怎么可能丢脸？"见林希生气，许愿立马拍起了马屁。

林希不满地看着许愿，说的什么呀，又绕开了话题。算了，反正这个问题已经问了十次，每次许愿都不会正面回答他。林希心中觉得挫败，又读起《睡美人》来，把一边的许愿作为透明气体对待。

过了片刻，许愿发现身边静了下来，原来是"好奇宝宝"睡着了。或许是累了，他睡得很沉，蜷起来的样子像个长手长脚的婴儿。许愿替他拿开童话书，半蹲下身体，轻轻地抚摸着他脑袋上那道因手术留下来的疤痕。他的手指抚过林希头上那道硌手的疤痕时，心中一阵刺痛，他下意识地闭上眼睛。

静静的病房里，天才医生许愿呢喃着："林浣，对不起。"

天色已经很晚了，姜程程仍坐在落地玻璃前。

时针指向"11"的时候，窗外车灯的强光直直打进了落地窗里。她转过头，知道是在医院上班的许愿回来了。她凝视着刚进门的儿子，逼问道："你今天怎么没有出去约会？"

许愿似乎并不想回答，他只是上前默默地替她捏着腿。

"你张阿姨今天来电话了，说你对她侄女不搭理，电邮不回，电话也不接。"

"医院最近忙，手术时间不能打电话。"

姜程程瞥了他一眼："怎么啦，跟霜打的茄子一样？"

"就是太忙了，累的。"

"哪有像你们医院这样的，整天没有休息，没日没夜地值班，工资又不见涨，简直是剥削压榨。"

“妈，工作上的事你不懂。”

“我不懂，我看你压根就没心思和人家见面。”姜程程眯起眼睛，打量了儿子一眼，“你到底有什么事？”

“没事！”

“你放屁！”姜程程眉毛一挑，“你是我养大的，你有几个心眼我会不知道？”

许愿默不作声。

“你看你像什么样子，刘阿姨的儿子这个月就要结婚了，请柬都发来了！你倒好，连女朋友都没一个，每次聚会我都要被人笑话。”

“下次她们再笑你，你就说我喜欢男人。”

姜程程一直按捺着的脾气终于发作了，她将腿上盖着的毛巾被朝许愿丢了过去：“喜欢男人，我让你喜欢男人！”

许愿扭头上了楼梯。

姜程程被他气坏了，第二天早上索性没有起床，一直躺在床上听着外面的声音，一直到汽车驶出去，她才起床。

等姜程程吃完早餐之后，陈姨把报纸平铺在姜程程面前：“姜姐，今天的报纸。”

姜程程边喝牛奶边漫不经心地翻着报纸。突然副刊一个小版块引起了她的注意，那是专门推荐江城本土作品的版块。

这版块这次推荐的是一本漫画，小小的一帧作者头像马上吸引了姜程程的注意力。

时间竟然流逝得这么快？

已经过去快六年了。

而她又回来了。

人生最残忍的事有哪些？

在林浣看来不过如此：

1. 作为一只单身狗，好不容易休假一天，躺在被窝里都要被微博和朋友圈全方位、无死角地打击：初中同学在马尔代夫度蜜月，高中同学正在埋怨老公对她花钱太厉害，大学同学正在晒收到的求婚钻戒……

2. 准备起床煮早餐却发现停水了。

3. 打开购物网站，发现等了两天的快递还在派送中。

正当她准备研究一下星座书，看看是不是流年不利时，门铃突然响了。

俗话说得好，寡妇门前是非多，宅女门前快递多。林浣赶紧丢下星座书冲过去开门，门外站着的，却不是她期盼已久的快递员，而是一个多年不见的贵妇人。

该来的迟早是要来的。

姜程程打量着开门的林浣，六年时光过去，她的气质、品位全变了，倒是一双眼睛没有变，盯着人看的时候，水波潋滟，楚楚动人。

姜程程决定先发制人："我以为你信守承诺，不会再回江城了。"

林浣没想到一见面姜程程就这样咄咄逼人，她愣了几秒，才争辩道："事情不是你想的那样。"

"不是我想的哪样？"姜程程轻蔑一笑，"你敢说你回到江城，不是为了许愿？"

听到这个久违的名字，林浣眼神一暗。

姜程程把她的失态看在眼里，从提包里拿出一部手机，屏保是许愿和一个女生的照片，说道："看到这个女生没有？我好朋友的女儿，只是现在还在国外读大学，等她今年一毕业，许愿就会结婚。"

"那恭喜您。"林浣的脸上没有什么表情。

见自己的话并没有刺激到林浣，姜程程冷笑道："你以为许愿会原谅你？"

林浣的身子一僵，她脸上挤出一丝涩涩的笑意，说："阿姨，您不要激动，我不是来找许愿的。我只是和这边的出版社签了一套漫画出版合同，完成了手上的工作，我就会走。"

她的冷静让姜程程觉得很意外，可是姜程程毫不让步，嘴角勾起冷笑："我怕你见到我家许愿就忘了自己曾经说过的话。"

林浣的神色微微变了变，但是她忍住了，什么都没有说。

姜程程反而变本加厉，语气有些不善："像你妈那样的家教，我还真不敢相信你的承诺。"

林浣不敢置信地看着姜程程，她还是笑得那样恶毒，林浣心里的冷一丝一丝地沁上来。林浣原本想着不管她说什么都不计较，可是她居然扯到了谢婉清，林浣瞬时恼了："我跟你之间的事别扯我妈！"

姜程程眼睛直勾勾地看着她："你妈本来就是个犯人啊，作奸犯科的人哪有什么诚信可言？"

听到姜程程出口伤人，林浣胸腔里有一股憋不住的火，她"砰"的一声把门关上了。

虽然把姜程程关在了门外，可世界并没有清静下来，姜程程那些话不断在林浣耳边回响。林浣一个恍惚，脚下一滑，整个人往前摔了出去，膝盖磕到了电视柜角上，刮到了一个铁片，瞬间鲜血淋漓。

就在她想爆粗口的时候，茶几上的电话响了，她咬着牙接起电话，刚要开口就疼得倒吸了一口冷气。

电话那头是大学室友苏微微，听到她的声音不对劲，苏微微焦急地问："你怎么啦？昨晚纵欲过度？"

被前男友的妈妈找上门叫嚣并不是一件幸事，所以林浣撒谎说："昨晚赶稿没睡好，摔了一跤，膝盖摔破了。”

“严重吗？”

“没事，摔破了皮而已。”

“那你还不马上去医院消炎？”

“没那么娇气。”

“摔破膝盖是小事？我跟你说啊，我有个同事有次摔破了皮没有引起重视，后来伤风发烧可是在医院待了大半个月。还有，我一个老邻居，不小心被钉子戳到了没有打针，然后就去见上帝了。”

林浣不自觉地撇了撇嘴，这个苏微微啊，总是夸大其词，弄得人心惶惶的。她可不能生病啊，刚签了合同，新稿连载一天都不能停呀。

她换好衣服赶到医院的时候，已经是中午休息时间，导诊台的工作人员让她直接去护士站处理伤口。

护士站的小护士让她去临时窗口缴了费，她拿着缴费单回来时，小护士正拿着针筒说：“你这伤口打针消炎就没事了。”

听到“打针”两个字，林浣的脸色都变了：“一定要打针吗？”

小护士很不耐烦地瞪了她一眼：“很快的。”

“我不打针。”

“不打针会感染。”

“可以吃消炎药啊。”她固执地将手藏在背后，说什么也不肯让护士扎针。

小护士急得团团转，嘴里嘟囔着：“许医生呢？许医生去哪里了啊？这个病人我没有办法啊。”

“许医生去儿科病房了。”护士站另一个正在整理资料的护士说道，“许医生人真好，这么关心小患者。”

这个许医生好像挺厉害，一提起他来，好几个护士立刻放下手中的工作加入了讨论。

“我家许医生就是个机器人，什么问题都能解决。”

“真不害臊，整天你家、你家地念叨。”

“怎么着，嫉妒了？我今天发了工资，我还要请许医生去吃饭呢。”

“你那点钱留着自己买A货吧，许医生能陪你吃路边摊？”

林浣皱眉看着自己的伤口，这几个小护士似乎忘了她这个病人，叽叽喳喳闹得正欢。

“别吵了，许医生过来了。”

这个许医生到底是几头几臂啊？

林浣笑眯眯地顺着护士们花痴的眼神望了过去，忽然一下子愣住了，原来她们口中那个许医生是她在最澄澈的年华里遇见的那个人——许愿。

林浣忍不住再次看向许愿，他穿着一件白大褂，从远远的走廊那端走过来，柔和的灯光映在他的身上，像罩着一层光环，那光晕衬得他头发黑得发亮，那身白衣衬得他温文儒雅。

时间待他还真是温柔至极。而她呢，膝盖上血迹斑斑，多像二十岁那年的某一天那样狼狈。

小护士看到许愿，立马叫道：“许医生，帮帮忙，这里有一个大姐怕打针。”

听小护士这样一叫，林浣终于体会到什么叫生无可恋。

不知道许愿是不是同样生无可恋，毕竟许愿的声音听起来吃惊又兴奋：“是你？”

“哇，许医生和这位大姐认识？”小护士看着林浣，眼神却仿佛一把刀子划过林浣的脸。

许愿看来是不太愿意提到从前的事，敷衍道：“老同学。”

许医生一直这么冷漠，护士们早已经习以为常。

“许医生，这位大姐不肯打针。”小护士趁机向许愿告状。

大姐？林浣有些错愕。

是啊，在这些年轻的护士眼里，她岂不就是大姐！

“可以不打针吗？”

听到她说话，许愿觉得有点透不过气来，有一刹那，他几乎想要伸出手去抱抱她。可他什么也没有做，他接过护士手里的针筒：“让我来吧。”

“我们许医生打针技术可好了。”护士花痴地说道。

她当然知道。上学的时候，他是医学院最出色的学生。他们系的女生都很崇拜他。听说他做解剖实验动作非常利落，从来没有出过差错，让他打针，几乎感觉不到疼痛。那时候她很好奇地问过他：“你打针真的不疼吗？什么时候让我试试。”

他就敲她的额头，语气却是非常宠溺：“傻瓜，有我在，我会把你保护得好好的，怎么可能让你有机会打针！”

正在胡思乱想的当口，她听到熟悉的声音低低说道：“好了。”

“就好了？”

许愿收好针看着她，眸光冷静：“消炎针而已，难道你认为要很久吗？”

林浣有点窘：“我以为要很久。”

“一点皮外伤能要多久？”

林浣听出了许愿话里有针对她的意思，尴尬地微微一笑。

许愿却没有这么轻易地放过她：“这是小伤，有些人心被剐了都能活下来。”

林浣不知如何接话，倒是旁边的小护士一脸惊讶地问：“许医生，你说的是你以前的案例吗？真的有人心脏没了还能活下来？”

许愿从容不迫地点头，声音缓慢却波澜不惊：“真实案例。”

“那他是怎么活下来的？”小护士好奇心很重。

“自愈。”

“真的吗？”

再这样下去一定会没完没了，许愿故作深沉地说：“当然是假的，若是真的，那这世界还要医生干吗？”

林浣听着两人的对话有点想笑，不知不觉就笑出了声音。

许愿抬眼看了过来，她毫不在乎的样子让许愿顿时难受得如鲠在喉，吐不出，咽不得。

过了片刻，小护士走开了，许愿才缓过劲儿来。他看着她，意味深长地问道：“刚刚说的话，你好像并不相信？”

林浣一怔，随即想到多一事不如少一事，既然已经打完了针，还是不要接话，直接走人比较好。

看她想走，许愿向她挪近一步，林浣下意识往后退了一步。

林浣的背后是墙。被许愿逼到了墙角，这让她处于一个很尴尬的局面中。许愿的眼神牢牢地锁住她：“你说，那人是不是应该庆幸？”

林浣缓缓抬起头，淡黄的灯光照着他的脸庞，他的睫毛很长。那睫毛下就是他的眼睛，他正盯着她看，表情看不出什么喜怒哀乐，那眼神却高深莫测。

她只想逃。只是他已经意识到她的想法了，又向她逼近了一步，声音更加冷漠傲慢：“不相信？”

“我……不知道。”

“不对，你应该知道的，因为就是你在那人心上剐了一刀。”

“你，我……”林浣语塞，此时她心里只恨苏微微危言耸听。如果不是苏微微吓唬她，她就不会来医院，也就不会碰到许愿。

“你的记性真是差啊，不过六年而已，就毫无印象了。”

林浣感觉自己完全是站在了审判台上，对他的一次次挑衅竟无言以对。她强迫自己恢复平静，淡淡地道：“我记性一直不好，这些没有意义的事情早就不记得了。”

许愿一怔，缓慢地看向她，他的眼睛再也没有开始时的凌厉，竟变得有些暗淡。他一边靠近，一边自言自语道：“是这样啊，原来那些事情在你心里都是没有意义的事呢。”

看着他不断靠近，林浣伸出手，想挡住他。

许愿皱眉，语气恢复了开始时的傲慢，道：“你别想歪了，我没有任何企图，只不过是你伤口还要处理。”

她哪里有多想？明明就是刚才的气氛很古怪！见他说得这样理直气壮，她只好又坐了回去，等着他取来碘酒和纱布。

他蹲着替她处理伤口，露出一截后颈，她可以看见他颈上那一层茸茸的细毛。

那些茸毛仿佛带着温柔的触感，她像是被蛊惑了一样，叫了一声：“许愿。”

他本来正蹲在地上替她处理伤口，她这一叫，一刹那，回忆排山倒海而来。仿佛是那时候，她穿着亮丽的衣衫在校门口等他，看见他时笑容灿烂，温柔地唤一声“许愿”。他站起来，手里的纱布应声而落。

看到他失态，她方如梦初醒，尴尬地偏开头。

他依旧呆呆地望着她。

“不用包扎了吗？”

许愿这才回过神来。他只觉得冷。过了这么多年，迈过了万水千山，当他们重逢，此时的关系却和普通医生与病人，并没有什么两样。

他记起曾看过的一句话：当日子完了，我站在你的面前，你将看到我的疤痕，知道我曾经受伤，也曾经痊愈。

写那句话的人一定没有爱过。

许愿不再跟她说话，处理好伤口后，他把碘酒和纱布交给一个小护士，又从诊室里拿出一沓资料交给小护士，跟护士说道：“这是新来的病人建档资料。”说完，转身离开。

许愿以为自己很镇定，小护士却突然叫住他：“许医生，你给我的资料袋拿错了。”

看了一眼资料袋上的名字，许愿扯出一抹十分难看的笑容，转身走进办公室重新去拿资料。进了办公室，他紧绷的身体才放松了下来。不管他装得多好，身体本能的反应还是轻易地出卖了他。原来，年轻有为，事业有成，一切都能自己扛下来的许医生，只要遇到有关于林浣的一切，就跟没长脑子似的。

许愿心里波涛汹涌，林浣却并不知道。许愿的冷淡让她觉得又尴尬又难过。她站在人来人往的医院走廊里，难受得喘不过气来。他一定还在恨她，恨她当年的背叛和决绝。

他的沉默仿佛一把利剑，一下子戳中她的痛穴。

林浣只觉得冷，连心都是凉的。

第九章·难过

难道互相隐藏，就能避免失望？

两个人就这样完成了六年后的第一次见面。许愿转身之后，林浣默默地走出医院。

走出医院，她才觉得心里的防线似乎一下子塌了。

他们明明曾经那么熟悉和甜蜜，刚刚看到了却只能装作漠不关心。

这几年来，她一直都不敢轻易地想许愿，毕竟是她放弃他的。因为负罪感，她在心里给往事焊了个牢笼，不允许自己去想他。可是今天晚上有点失控了，六年，时间竟然过去了那么久，她以为自己可以坦然面对，原来一切都只是自己的假想而已。

林浣慢腾腾地在马路上走着，突然一声急刹车惊醒了她。

她抬眸，停在路边的是那辆熟悉的低调的黑色辉腾，车里面是许愿。他穿得很随意，简单的开衫，却硬是穿出了一种俊逸。

她一直知道他是个衣架子，以前常常夸他，弹他的头："你穿什么都好看，怎么办呢？要不要弄个麻袋给你套上？这样，那些女生才不会多看你一眼。"

每次许愿都好脾气地回答："好啊，只要你喜欢，我当原始人穿树叶也可以。"

"呸，你想得美，那样岂不是被那些女生看光光了！"

林浣觉得自己真是没有出息，动不动就想起以前。她定了定神，狐疑地看着许愿。他刚刚在医院里表现得那么冷漠，又为什么停车呢？

两人都没有说话。

良久，许愿开口："腿有伤不宜多走路。"

然后呢，他是要载她回去吗？

可是许愿并没有接着说下去，林浣在心里无声叹了一口气，为什么还要抱有幻想？一切都已经结束了，从六年前她放弃他那天开始，她的爱情就被遗落在这个城市了。

两人沉默无言。少顷，她故作轻松地笑道："那些护士不是算计着要和你一起吃饭吗？你是怎么冲出重围的？"

"假装上洗手间溜出来的，这一招还是跟你学的。"

林浣再次失语了。以前在医大时，系里的一大半女生都喜欢他。上公开课时，他常常被人堵住，围着他问各种问题。林浣给他出主意，让他装肚子疼跑厕所，从厕所的窗口开溜。她没有想到，这种幼稚的手段他还在用。

许愿却没有发觉她的尴尬，打开车门道："载你一段。"

他这是什么意思？是觉得她可怜，还是刚刚在医院冷嘲热讽还不够？不管是哪一条，林浣都不敢再和他单独相处。她咬了一下嘴唇，调整了一下自己紊乱的思绪，撒谎道："我男朋友已经来接我了，就在路上，很快就到了。"

男朋友，这三个字如同惊雷一样在许愿的耳边炸响。过了好一会儿，许愿才呆呆地问道："什么时候结婚？记得发请柬给我啊。"

要结婚的那一个是他吧？等他的小女友从国外一毕业就结婚啊！姜程程的话犹在耳边。

她静默不语。起风了，路边的银杉树发出沙沙轻响，簌簌有声。就在这簌簌声中，林浣娇媚地笑道：“结婚的事哪有这么快，起码也要等到他休假啊。”

“哦，他很忙吗？是干什么的？”

“我妈那件案子的助检员。”

“那他一定脾气很好。”许愿小声地说道。

“嗯。”林浣算是承认了男朋友很包容。

许愿低下头，刚活跃起来的气氛一下子又冷了下来。

过了好久，林浣才说道：“你先走吧，他就要到了。”

林浣的话音一落，许愿的车已经冲了出去。林浣站在那里，没有动弹一下。她曾经想过无数次，如果可以重逢，她要说些什么？

嗨，好久不见。

对不起。

或是在他怀中，她失声痛哭，诉说这些年的苦楚。

真正的重逢从来不像故事，可以随意编排。

许愿的车一路飞驰，开到路口的时候，亮起了红灯，许愿控制不住自己，一巴掌用力地拍在喇叭上。

长长的鸣笛声吓到了旁边的司机，他把头伸出车窗，朝许愿吼道：“你有病吧？”

他有病吗？大概是有的吧！如果不是有病，他会这么久都只记得这一个人？六年前，她分明那样决绝地说出：“我们分手吧。”

足足六年时间，为了逃避自己那很容易就会露馅的感情，他疯了一样地学习，出国交流，不分昼夜在医院忙碌。而她呢，刚刚的见面，她看起来心中毫无波澜。爱情如同启悟，他突然觉得那个人并不够爱他，只有他还笨笨地把她刻在自己的生命中，任她浸入血脉，深入骨髓，此生都无法遗忘。

那些小朋友和护士不是说许医生很厉害，什么病都能医吗？

可是他们不知道医生也不是万能的，什么都能医，偏偏医不了自己。

回到家，林浣像挺尸一样瘫在床上，去医院时忘在床上的手机不停地震动着。

林浣拿起手机，一条接一条，全是苏默白的短信。

“你在干吗？”

“忘了今天要会面吗？”

“我在咖啡厅，你在哪里？”

“我在等你，你不来我不走。”

林浣这才想起和苏默白的约会。她打了个电话给苏默白，他还在约定的咖啡厅等她。她换了套衣服，洗了个脸，匆忙赶往约定的地点。

苏默白坐在靠窗的位置，看她脸色苍白，蹙着眉担心地问道：“怎么回事？”

“没有睡好，新漫画在连载，熬了几个通宵。”林浣坐下来尴尬地笑道。

他停下手上的动作，关心道：“工作还习惯吧？”

“若不是你推荐这份工作给我，我现在可能还是无业游民，所以这顿我请。”林浣岔开话题。

“报纸上的推荐我看了，好多粉丝都喜欢你的漫画。”

林浣轻轻“嗯”了一声，并没显得有多开心。

苏默白斜睨了她一眼："有心事？"

林浣淡淡地说道："我想离开江城。"

苏默白一向稳重，此刻也焦躁起来，他反问道："离开江城？连载怎么办？漫画改编影视剧的计划怎么办？"

"我会尽快把工作处理完。"

苏默白截断她的话："出版社那边新连载反响那么好，他们肯定还想和你续约。你确定要抛弃好不容易才闯出来的这片天地？"

林浣咬着嘴唇，倔强地说道："离开江城一样可以画漫画。"

"那能一样吗？江城可是娱乐之城，比别的地方机会多多了。"苏默白气极，冷笑两声，"你是头被门板夹了吗？"

这是大实话，林浣无话反驳。

苏默白最头疼的就是她的倔强，他想起第一次见到她的时候，她也是这副倔强的神情。

那时他是助检员，第一次接触到大案，是一起意外伤人案。主犯是一位片警，他去收集资料的时候，遇到主犯的女儿，也就是林浣。第一次看到林浣的时候，她穿着一件大棉衣，整个人被包在里面，又瘦又小，大大的眼睛空洞无神，没有打理的短发露出茸茸的细毛，他真疑心她还是个没长大的孩子。这样一来，他对她又多了一层怜惜。

他接下案子之后，这个瘦小又倔强的姑娘让苏默白想起了自己的年少时光，于是尽心尽力地调查，最终谢婉清被判有期徒刑三年。

只是这件案子一判决，林浣就离开了当地。

谢婉清入狱不过三个月便病情复发，切片检察是癌症末期。当时谢婉清身边亲人很少，老母亲受此事打击，患上了老年痴呆，儿子年少，偏偏女儿林浣又失去了联系，十分凄凉。

保外就医三个多月后，谢婉清就离开了人世。作为当时案件的参与者，他知道这件事之后，拼命地在网上查找林浣的消息。整个公检系统都知道他是个老好人，于是都帮他用各种途径寻人，最后在一家求职网站上找到了林浣的资料。

得知林浣在H市的消息后，他去了H市。当时正是林浣最落魄潦倒的时候。因为她没有学历，没有人脉，找工作频频被拒之门外。他到H市那天下着大雨，林浣租住的地下室进了水，她正在用扫帚拼命地扫水，他放下公文包也加入了扫水的行列。

两个人扫完水已经是下半夜了，林浣认出了他，红着脸说："检察官同志，真不好意思，这地方就是这样子，一下雨就会进水。"她顿了顿，然后问，"您找我什么事？"

他墨色的眼睛里有淡淡的哀伤。

林浣很聪明，她下意识就觉得一定是发生了什么事，什么大事……刚开始被雨淋湿的时候都感觉不到冷，此时她突然觉得有些冷。

"你妈她走了，不过走得很安详。我们一直联系不到你，你外婆又得了老年痴呆，最后是在慈善机构的帮助下替你母亲找了墓地。"他的声音很轻，他不想带给她太大的痛苦。

或许是他的声音轻重恰到好处，没有吓到她，她并没有当场号哭出来，只是垂头看着湿漉漉的地板："地上怎么还这么湿？真冷。"她一边说话，一边转身蹲在地上用抹布擦拭地板上的水渍，苏默白看着她的背影，看不出她是不是在哭。

可他总觉得她在发抖。

后来，他们偶尔发过一两次信息。她一直没有回江城，直到她的漫画渐渐在圈内有了一些名气，江城有家报社找她合作一套漫画连载，更是替她接洽了一家影视公司。种种机会摆在面前，她才再次回到江城。

那已经是她离开后的第六年了。

回到江城那天，他陪她去了谢婉清的墓地。她蹲在地上一寸一寸地仔细擦拭墓碑，始终一言不发。一直到傍晚亮起了路灯，将她的影子缩成小小的一团，她仍蹲在地上，开口说了第一句话：“有没有烟？”

他递给她一支烟，她重重地吸了一口，居然没有被呛到。最后走的时候，她灭掉烟头，然后掸了掸衣服上的烟灰，轻轻地说道：“妈妈，你放心，我学乖了，以后会好好重新开始。”

想起她以前的境况，苏默白不禁又生出了几分怜惜。他给她的苦咖啡里加了一点糖，用他一贯的语气说道：“做人最重要的是要学着跟自己和解，或是和以前告别。”

跟以前告别？

林浣想，以前的自己是什么样子的？大概被宠得无法无天了。为了一点小事就可以闹得天翻地覆，也可以为了一点高兴的小事笑得像个孩子。

这样的以前，六年前不是已经告别了吗？

她现在想走，不过是害怕自己没有定力，害怕重新跌进旋涡。

一上午连着做了两台手术，许愿累得瘫在椅子上。

他刚想眯一会儿，护士推开门喊道：“许医生，儿科的李医生有急事找你。”

一定是林希有事，他飞快地跑往儿科。

李医生在办公室等他，一看见他便说道：“林希昏迷了，刚刚给他用完药。林希的情况在逐步恶化，你有什么打算？”

“我这几天一直在跟那家医院的儿科主任联系，他们的确在试新药，而且效果不错，也许……”他疲倦地说道，“我先去看看林希。”

“这个时候林希最需要的或许是家人的关心。”在他关门的瞬间，李医生突然大声地说道。

许愿没有答话。他知道整个儿科的人都很好奇：他跟林希是什么关系？这大半年来为什么一直都不见林希的家人来看望他？

甚至很多护士和医生私底下八卦，他到底在扮演什么样的角色？救死扶伤的正义医生，还是赎罪的年轻的爸爸？

许愿从来不出声，不表态，任大家在私底下各种猜测。

走进林希的病房，许愿看到他脑袋上还扎着针管。许愿搬了一把椅子坐在他的床畔。

昏睡了大半天，傍晚时候，病床上的小人儿才醒过来。林希像是普通的小孩子睡着后醒来一样，伸伸小手，吃惊地看着许愿：“许愿，又来看我了？给我带玩具没？”

“疼吗？”许愿心疼地抚摸着他额角的针管。

“许愿，你忘了我是Superman吗？”林希笑着挂在许愿的脖子上，“Superman是不怕疼的，以后我还要拯救地球，拯救医院里其他跟我一样的小朋友。”

许愿看着脸上还带着稚气的林希，捏了捏他的小脸蛋：“哇，现在这么厉害！我还记得刚来医院时，你天天都哭着要出去，说这里只有白白的墙和消毒水的味道，没有蓝天、白云和林希喜欢的游乐场。”

以前的糗事还提！林希嘟着嘴：“那是以前我年纪小，不懂事。现在我不觉得医院很差啊，有睡不完的觉，有一群小朋友，还有各种颜色的药片和美女护士，简直太棒了。”

许愿会心一笑，这孩子分明就是口是心非。

林希瞥了他一眼：“倒是你自己的事要多上心。”

“我有什么事？”

“医院的护士这么多，你到底喜欢哪一个呀？那些护士天天给我送吃的，送玩的，我也不知道该帮谁了，纠结得我头都大了。”

见林希故意岔开话题，许愿静静地低下头。这么可爱的小人儿，他不哭不闹，乖乖吃药、打针，还帮护士姐姐说好话……他那么乖巧，从不惹事，可是他的生命可能非常短暂。

许愿本来是医生，见惯了死亡，应该对此麻木才是。

可是这一刻，他感到很无助。其实，刚刚和李医生的那番谈话只不过是一种希冀，这半年来他查过的资料足够写一本论文了。

林希的肿瘤，因为耽搁得太久，进医院前就已经失去了最好的手术机会。转院，试新药，不过是想最后放手一搏。

许愿一直陪着林希，直到很晚才离开医院。出了医院大楼，头顶一片星光，他发现夜色如此美丽。

路边，有一对情侣坐在花坛的边沿说着情话。他想起林希最喜欢的睡美人，不知道他的林希，以后有没有机会和喜欢的姑娘在这璀璨星空下接吻？李医生的话回响在他耳边，格外刺耳：“这个时候林希最需要的或许是家人的关心。”

要不要现在就把林希还给林浣？

他原本是想还一个健健康康的林希给林浣，可是现在这种想法成了奢望。林希也许是属于火星的小孩，只不过是来此游玩罢了，随时都可能离开这个星球。

在医院待久了，他应该明白从火星来游玩的人太多。他是医生，本应该清楚，他们都只是他生命中的过客。

他这一次却过不了这关。

请了一上午假，许愿找到了新晋漫画家林浣所在的出版社。

一进大厅，他又赢得了一大片的注目礼。

因为不是在医院，他今天穿了一身比较随意的便装，气质格外卓然。听说他找林浣，前台的女生一脸的羡慕。她替他拨通了电话，告诉他林浣在二楼的会客室等他。

他转身的瞬间，两个小女生叽叽喳喳议论起来。

“虽然林浣的漫画画得好，可她毕竟那么大年纪了。”

“好白菜为什么都要给猪啃？”

好白菜都给猪啃了。这句话也很熟悉，在医大那会儿，时常有学妹在背后这样说。那时候林浣常常气得跳脚，还作势要咬他的手臂和唇，说道：“被猪啃，说我是猪吗？那我就啃给她们看看啰。”

以前那般甜蜜，而如今林浣看到他时却是一副公事公办的样子。她站在会客室非常平静地问道：“找我有事吗？”

许愿眉头微微皱起：“没事就不能来找你？”

林浣闭口不语。

“你怎么会突然回来？我还以为你永远都不会回江城了。”见她沉默不语，许愿开口嘲讽。

“……”林浣竟无言以对。

“你难道不知道自己当年给别人造成了什么样的伤害？你怎么就能做到这般云淡风轻，想走就走，想来就来？”许愿脸色平静，声音却在颤抖。

“许愿，我没有想打扰你，我忙完了手头的工作就会走。”林浣着急地解释。

“你还要走？”许愿瞬间提高音量，眼中闪着冷光。

林浣以为他在气自己的出现，一个要结婚的人应该是不想见到前女友的吧。她咬了一下嘴唇，随意应了一声：“很快就走。”

许愿的目光落在她身上，审视般徐徐地从头看到脚，慢慢说道：“既然是要走的，为什么还要回来？你为何这么任性，你这么做有没有想过别人的感受？”

胸口像被人狠狠揍了一拳，林浣万万没有想到许愿会说出这样的话。她心口一颤，嘴唇动了动，却是一句反驳的话都说不出来。

许愿大概也意识到了自己的失态，皱了皱眉看了林浣一眼，终于不再恶言相向。

林浣心里清楚，情商和智商双高的许医生找上门来绝不会只是来讽刺她的。

她沉默不语，静等下文。

果然，过了十几秒，冷静下来的许愿看着她，克制地说：“我来找你，是想告诉你关于你弟弟林希的事。”

虽然她料到许愿有事找她，但还是吓了一跳。林浣有点恍惚，怔怔地看了他好几秒钟，才结结巴巴说道：“你……你……林希在哪里？”

“当年你失踪后，我就把他从外婆那里接了过来找人照顾。半年前他感冒发烧一直不退，到医院检查发现是肿瘤，已经在我们医院待了大半年了。”

许愿的话刚说完，林浣就哭了：“我找过林希，可外婆说林希没了，她把林希弄丢了。我发了很多寻人启事，我以为再也找不到林希了。”

许愿想起接林希出来时，林浣外婆的老年痴呆已经比较严重了，两岁多点的林希被她照顾得并不好。一定是老人家不记得他接走了林希，以为是自己弄丢了他。

她一哭，人人都佩服的许医生突然就手足无措了：“你别哭，我带你去见林希。”

离开公司的路上，林浣一直都在哭。

进医院的时候，许愿领着个哭哭啼啼的女人，更加引人注目。好在此时是医院最忙的时段，所有人都忙碌着，倒没有人直接上来八卦。

许愿领着林浣到了林希的病房，林希用了药，正在睡觉。

林浣坐在床边，看着病床上的小孩子。他躺在洁白的病床上，额头上布满针孔，皮肤上没有一点小孩子该有的光泽，面颊凹下去了，四肢瘦骨嶙峋，这是林希？她记忆里的林希只有一点点大，总喜欢伸出胖胖的小手让她抱，奶声奶气地喊她姐姐，现在已经像个小大人了。

林浣一边掉眼泪，一边替林希盖好被子："我经常做梦见到林希，他伸着胖乎乎的小手朝我扑过来，叫我姐姐，要我抱。"

胖乎乎的样子应该是林浣离开江城时林希的样子，想到以前，许愿心里有些刺疼。

"他的病怎么样了？"

"脑子里的瘤子是恶性的，手术无法割除。"

"还有没有什么别的办法？"

许愿难过地摇了摇头："没有什么办法了。"

林浣本来在给林希盖被子，听到许愿的话，整个人一个踉跄，摔倒在地上。她穿着裙子，膝盖磨破了一块皮，隐隐渗出血丝。

他心痛地看着她，安慰道："听说有家医院在试用新药，如果新药效果好的话，林希也许有希望手术。"

"那手术需要多少钱？"林浣问道。

"钱的事你不用担心。"许愿说，"我来想办法。"

"谢谢你。"林浣犹豫了半秒，平静地说道，"以后林希治病的钱我自己来想办法。"

"连这一点瓜葛都要断了是吧？"许愿受了刺激，脸色变得苍白，他突然激动地说道，“你以为我跟林希就没有感情？你以为我帮他全是因为你？”

林浣怔住了，他生气的样子令她手足无措，她解释道：“我就是不想再麻烦你。”

“怕麻烦我？你给我的麻烦还少吗？”他声音极淡，语速极慢，“你不过是怕和我再有瓜葛吧？”

林浣没有解释。

第十章·留下

当一潮一汐苍白地埋葬，只有你可以写入归期。

病房瞬间归于死寂。

气氛降至冰点。

“你放心，我只是担心林希的病情。”

“……我知道。”

“你知道？”他的语气听起来很不满。

林浣觉得自己这时候说什么都是错的，她索性不说话了。是谁说过，一个人若是讨厌一个人，连沉默都是错的？

“你怎么不说话，被我说中了？怕和我再有瓜葛？”

“不是。”她急了，脱口而出。

“那是因为什么？”一直温和的许医生这时候提高了音量。

她被吓得一怔，抬眸看着许愿。他俊秀的脸突然失去了温柔的神色，瞬间变得冷峻起来。那双以前装满星辰的黑眸突然凛冽如冰。他目光灼灼地看着她，像是她脸上有什么东西一样。

林浣尴尬地转过头，避免和他对视。

可是下一秒，她被一双手突然扼住了手腕。

是许愿抓着她。

她急了，脱口而出："放开我。"

"就不放。"他像小孩子赌气一样说道。

林浣刚想说话，他的手一用力，她被他圈到怀里。他的声音充斥着一种悲戚："林浣，你为什么要回来？为什么要出现在我面前？"

她愣了一下，做梦也不会想到，许愿会抱住自己，会说出这样的话。

"……"

该怎么回应？

不等她回应，他手中的力道加重了一些，声音更加低沉了一些："你为什么要出现在我面前，当初不是走得很决绝吗？"

林浣心头一颤，这个怀抱很僵硬，让她感觉浑身冰凉。

"为什么？"

许愿还在自言自语，过了这么久，林浣惊觉自己竟然没有挣扎抗拒。

"我问你为什么要回来？不是走得很潇洒吗？"

"……"

没有答案，她的心脏在怦怦猛跳，这个时候她发现自己有点像等待宣判的犯罪嫌疑人。

"不负责任……你是个对待感情不负责任的女人。"即使她不说任何话，他依旧在审判她。

"不是。"除了这两个字，她好像失去表达能力了。

许愿果然有了脾气："不是什么？不是不负责任，不是不辞而别？"

林浣脸色发白，再次沉默。

"你以为不说话就可以当什么事都没有发生过？"

他显然是恨她的，他恶狠狠地说完这句话后狠狠地咬住了她的嘴唇，腥甜味混合着微微的痛刺激了林浣的神经。

她皱眉轻呼了一声："痛。"

"你也知道痛？"许愿嘲笑她，看着她的那双黑眸充斥着复杂的情绪，"这点小痛算什么？刀割心脏的痛你试过吗？"

林浣苦笑了一下，她试过，她试过……可这个时候说再多都是徒劳的，她只想赶快逃离。

她伸手推许愿，可他这一次没有再挖苦她，反而用手掌覆盖了她的脸。他的声音有几分痴迷，又有几分凄凉："林浣，你知道这六年多我是怎么过的吗？我睁开眼睛是你，闭上眼睛也是你，开始的时候我每天都想你千万遍。后来我知道这样不是办法，于是我当自己是台机器，想你的时候读书，恨你的时候也读书。大家都说，嘿，你看那个学霸，除了读书就不会别的了。什么学霸？只不过是感情里无处可逃的可怜虫而已。"

这样谦卑的语调，这样痛苦的话语，这样深邃的眸光，令林浣心口猛然一痛。

见她不答话，他不由得抬头看了林浣一眼。医院里的白色背景衬得她非常美丽动人，他加重手掌摩擦的力度："你为什么又回来了？"

脸上微痛的触觉让林浣突然惊醒，她伸手去抓他的手："别这样，许愿。"

"既然不想让我这样，为什么又要回来？"他扼住她的下巴，这一次手中的力度更加重了，他另一只手扣住她的腰，使她动弹不得。

唇舌相抵，熟悉的、炙热的气息，似乎带着秋露般的清香扑面而来。

容不得她思考，他深切地、肆意地缠吻着。林浣浑身发烫，脑子里一片空白，她不再挣扎，闭上眼睛，任由自己在这陌生又熟悉的气息中沉沦。

仿佛过了一个世纪，走廊突然传来一阵哭声。

重症病房就是这样，每天都有生离或者是死别。

林浣被这哭声惊了一跳，许愿也听到了，他松开了她。

许愿这时候神志恢复了正常，他转头看向林浣，她什么都没有说，淡定地坐在林希的床边。她的淡定给了许愿一种错觉，仿佛刚刚发生的一切都只是梦境。

“林希刚用了药，估计一时半会儿醒不了。”他平淡的语气里听不出任何情绪。

林浣没有接话，她只想等林希醒过来。

许愿略微有些歉意，他低着头，看着手中的玻璃杯，无聊地把玩着。

相顾无言到了午后，林希才悠悠醒转。

刚起床的林希神清气爽，眼睛闪亮闪亮的，没有一点病态。他看着一身便装的许愿，咧嘴笑道：“许愿，你怎么穿得这么花哨？”

“为了好看啊！”许愿也跟着恢复了温柔。

林希嘴一撇：“自恋！”

“林希嫉妒了是吧？”

“才不呢，我长大了比你更好看。”

林浣看着他俩笑语不断，就像是关系很好的亲人。哪像她，明明她才是亲人，却和他并不热络。

林浣十分伤感，忍不住叹了口气。

听到叹气声，林希才看到她，一双眼睛突然睁得圆溜溜的：“许愿，你有女朋友啦？这下惨了，医院的那些护士姐姐再也不会给我买好吃的啦！”

许愿捏了捏林希的鼻头：“又在胡说八道。”

林希一脸狐疑地看着林浣："姐姐，你真的不是许愿的女朋友吗？可你是许愿带来的第一个异性呢。"

人小鬼大的林希把"异性"两个字说得又响又脆。

"她其实是……"

林浣打断许愿的话："我是许愿的同学，听许愿说你喜欢读故事书，姐姐是画故事书的。"

"真的吗？那你会画超人的故事吗？"

"当然是真的，你看过报纸上新连载的漫画吗？就是我画的。"

"姐姐真棒，那姐姐可以教林希画超人吗？"

"当然可以，但林希要答应姐姐，一定要好好治病。"

林希嘟起嘴："我一直都好好配合医生治病，可是我的脑袋不配合。"

林浣再也不敢说话，她默默地退出病房，一直避到休息区，她才终于捂住脸号啕大哭起来。她可以画超人拯救世界，可偏偏救不了自己的亲人。

她再次回到病房时，林希又睡着了，许愿在给他掖被子，听到她的脚步声，他狐疑地问道："你为什么要逃避？"

是的，她在逃避！

林浣其实也不想逃避，她只是胆怯而已，她不敢跟林希解释她当年为什么抛下他玩失踪？

从医院回来，林浣觉得身体沉沉的，她灯都没有开，就把自己抛进沙发里。

"林浣，你吓死人了！"与她合租房屋的好友苏微微开门进来，看见躺在沙发上的林浣吓了一跳，"出了什么事？"

林浣省略了和许愿碰面的事，只告诉苏微微："我找到林希了。"

苏微微在原地蹦了起来："找到林希了，好事情啊！那你怎么还这个鬼样子？"

"他在化疗，脑子里的肿瘤已经恶化了。"

"化疗？"苏微微惊叫起来。

林浣点点头："才八岁就没有头发了，额头布满了针孔，我都不敢抱他，怕把他弄疼。"

"你有没有问医生，还有什么办法？"

"医生说也许有一种新药会帮到他。"林浣靠在椅背上，突然想起许愿的话，说道，"希望这种新药会有疗效。"

"要多少钱？你说个数，姐去想办法。"

"不知道。"林浣眼神涣散，却又非常坚定地说道，"不管要多少钱，我都不能让林希有事。"

苏微微喷出一个大烟圈："你说命运这个王八蛋怎么这么怀，它就不能给你消停消停？"

"你都说了它是王八蛋，王八蛋怎么会有好心？"

为了避开这些沉重的话题，苏微微快快地打开电视。

电视里正在放一部偶像剧，里面的女主角正享受着几个男生无微不至的关怀。苏微微指着女主角，冷笑道："是肖豆蔻，现在红得不像话。那朵白莲花，亏得当初你那么信任她！我怀疑是她嫁祸你，你还不相信，现在知道是助纣为虐了吧？"

林浣抬手关掉电视。

"当初那么坏，居然陷害你，我们居然把她当朋友！"苏微微愤怒地说道。

见苏微微不服气的样子，林浣笑道："都过去那么多年了，还生什么气啊。"

“你就是蠢，若不是在你妈进监狱后白莲花喝醉了酒，酒后吐真言，我们永远都不会知道真相。”苏微微恶狠狠地说道，“你咽得下这口气，我可咽不下去！”

咽得下，咽不下，又能怎样？

江城影视城的个人休息室里，助理端给肖豆蔻一碗绿豆冰：“肖姐，来解解渴。”

“肖豆蔻！”

肖豆蔻正准备接过绿豆冰时，一个咋咋呼呼的女声吓了她一跳。助理准备去赶人时，肖豆蔻却示意她出去。来的不是别人，是她大学时的宿舍好友苏微微。

“微微，好久不见。”

“哈？”苏微微咧嘴一笑，轻蔑地看了她一眼，“不是不见，是我们高攀不上你。”

肖豆蔻也不恼，一脸和气的样子：“你又在取笑我。”

苏微微大大咧咧地坐了下来，看笑话一样地说道：“你可真红呢！都知道你是最有实力的‘傻白甜女王’啊，我们哪敢高攀你啊。”

傻白甜！这分明是黑子们给她取的外号，肖豆蔻感觉到苏微微话中的恶意。

“微微，坐。”

苏微微不依不饶地说道：“不过也挺贴合你的形象的。你不是最会演吗？读书时把自己演得天真烂漫，背地里却使各种小手段。”

“苏微微，有话就明说，大学时你可不喜欢这么拐弯抹角。”肖豆蔻瞬间变了面色。

苏微微直勾勾地看着肖豆蔻：“我要钱，一大笔钱，否则我就把你的黑历史爆料给报社。”

“你威胁我？”肖豆蔻笑了，一副风情万种的样子，“可你真没有唬住我，我的那些小料早被黑子们扒得干干净净了。你来威胁我之前也不先做做功课，要我怎么拿钱给你？”

苏微微被气炸了，她指着肖豆蔻的鼻尖骂道：“这个世界真是黑白不分！林浣那么好的人沦落到弟弟的医药费都支付不起，你这种口是心非的女人却拥有一切。”

送走苏微微，肖豆蔻走进片场。

接下来的是一场告白戏，男主角握着她的手，说着戏里千篇一律的台词：“你以后一定会幸福。”

她想起十九岁时，自己许过的愿：“我希望以后能拥有很多，名气，幸福。”

那个男孩子说：“一定会。”

她的确拥有了这些。可如果有人愿意帮她，用她拥有的这全部去换一个人，那她也愿意。

可就算她愿意，她最喜欢的那个人永远都不会喜欢她。其实有很多次她都想放弃去喜欢那个人，可是有些喜欢已经渗透到身体里的经络，一牵扯到就会隐隐作痛。都说时间可以治愈一切，现在她已经二十几岁了，却依然忘不了他。

有些人的情伤可以被时间治愈，而有些人一旦爱上，就注定痛苦一生。

结束了拍摄，肖豆蔻没有回自己的住所，怕被跟踪，她换了一身普通的便装，独自一人开着助理的车来到了一座公寓前。

这里的一切她都很熟悉，因为她跟踪许愿来过这里，这里是林浣的住处。这半年来，许愿常常来这里。在车里坐了十几分钟，林浣提着一大包东西出现在她的视线里。她打开车门走下去，挡在林浣面前。

林浣有些失魂落魄，一直到快要撞到她时才睁眼看到她。林浣的脸色很难看："你怎么来了？"

肖豆蔻不紧不慢地拉开自己的背包，从里面拿出一沓红色的钞票："今天苏微微找了我。"

听到这句话，林浣心如明镜，苏微微一定是把林希生病的事告诉了肖豆蔻。林浣拨开肖豆蔻的手："收回你的钱。"

"因为自己的自尊你连林希的性命都不顾？"肖豆蔻像看怪物一样看着林浣。

"肖豆蔻，我不需要你的施舍。"林浣忍住内心的怒火，咬牙看着肖豆蔻。

"事情已经过去六年多了，你还在记恨我？"

林浣暗暗咬住唇，是的，她永远都无法原谅肖豆蔻，无法原谅她玷污了最纯粹的友情。当初苏微微怀疑肖豆蔻时，自己还替她辩解，最后的结果却赤裸裸地讽刺着自己。她望着肖豆蔻举着的那沓钞票，扬起手把它们拍在了地上："是的，我还在记恨你。"

肖豆蔻看着撒在地上的红红的钞票，一张一张犹如秋叶，她蹲下来一张张捡起来，说道："当年我是陷害了你，可那件事对你并没有任何影响，也不是我害得你妈坐牢的。"

"你还不知道自己做错了什么？"林浣嗤笑了一声，拎着塑料袋头也不回地走进了公寓大厅。

"你弄得自己好像很清高的样子，其实你并不是那么爱许愿！"肖豆蔻的声音冷冷地响起，"如果你爱他，当年就不会离开他。"

林浣依旧没有回头。她知道肖豆蔻的意思，她当年的不告而别的确伤害了许愿。可是这些并不能和当年肖豆蔻背叛友情相提并论。

直到林浣消失不见，肖豆蔻才捡起那些钱，悻悻地坐进自己的车里。

大概半小时后，一辆她非常熟悉的车出现在她的视线里。她坐在车里，看着那个人熄火下车，看着那个人安静地坐在引擎盖上。如水的月光下，他坐在那里，非常动人，挺直的鼻梁让人想伸手摸一摸，他随意皱一皱眉都让人心软。

可是肖豆蔻知道他不快乐，他的眼神分明比月光还要清冷。他一个月总会有那么几天来这个地方，在车里坐一坐，或是静静地站在那里看着十二楼那间小公寓亮灯又熄灯。

那一刹那，肖豆蔻突然想起了一首歌：

我见过一场海啸，

没见过你的微笑；

我捕捉过一只飞鸟，

没摸过你的羽毛。

他这样胆小，她又何尝不是一样？

明明可以下去打一个招呼，明明以为自己已经变得无坚不摧了，明明告诉过自己，不管何处重逢，念起了谁，都要很自然地微笑……

可是看着许愿，她悄悄坐在车里，不敢发出一点声响，怕打扰他此时静谧的时光。

牛奶、面包、蛋挞、油条、豆浆，西式和中式餐点齐备。

许家餐桌上的早餐很丰富，可是许愿似乎并没有食欲。

看着日渐消瘦的许愿，姜程程担忧地问道："你这个月又没有轮休？"

"医院这个月有几个特别病患，我要跟着主任多学习学习。"许愿很自然地回答道。

姜程程没有再说话。

其实许愿有轮休，只是林希的状况让他不想回家休息。今天的轮休，他把电脑带进了林希的病房。

林希乖乖地躺在床上看书，他在回复电子邮件，两个男人在病房里各自忙着，突然门“砰”的一声被打开了，将他们吓了一跳。

许愿抬起头，有些不可置信地看着门口的女人：“妈，你怎么来了？”

“我就觉得奇怪，你怎么天天加班？若不是我今天打电话到医院了，我还不知道你瞒着我做的好事。”

“妈。”

“你眼里还有没有我这个妈妈？”姜程程失控地尖叫道，“你居然瞒着我收留谢婉清的儿子，你是要气死我是吧？”

许愿看到林希吓呆的样子，忙把姜程程推出了病房。一直把她推到医院的休息区域，许愿才停下来。

姜程程面无表情地盯着他：“你明知道我讨厌关于谢婉清的一切，结果你瞒着我收留她的儿子？”

“他只是个孩子，并且生了重病。”

姜程程冷冷地看着许愿，讽刺道：“我儿子是救世主。”

“我们之间的事和林希的病毫无关联。”

“可他是谢婉清的儿子，你敢说你帮他和林浣没有一丝关系？”

“大人的世界和小孩没有关系。”许愿皱眉看着姜程程。这么多年过去了，她还是这么冷漠无情。

姜程程凄然一笑：“看样子你准备管到底咯？可主治医生说，对于林希的病你们医院已经毫无办法了，你要怎么管？”

“听说有新药。”

姜程程的脸色一下变得非常阴沉：“看来你这是准备好了要和我公

然作对？”

许愿不敢和她继续对抗，放软了声音：“妈，就当我求你了，所有的事情我都依你了，这件事你别阻拦了行吗？”

他竟然求她？一向和她对立的儿子竟然求她？从小到大从不求饶的儿子竟然为了一个外人朝她低头？姜程程松开被自己咬得泛白的嘴唇，她痉挛一样地揪着许愿的衣服，咬牙切齿：“你胡闹够了没有？我那些好朋友的儿子都结婚生子了，而你非要气死我才甘心吗？”

许愿看着她，她全身都散发着凛冽的恨意，仿佛寒冬那呼啸而过的北风，透着彻骨的寒气。

许愿没有再说话。

姜程程也赌气进了电梯。

许愿没有跟过去，他知道这个时候的姜程程就像是一枚爆竹，一点就会燃。

林浣一进医院就看到了姜程程。她坐在人来人往的候诊厅，头上射下来的灯光把她的脸照得十分苍白，她半仰着头，神色疲惫。

在林浣的印象里，姜程程一直都是贵气的，每次见她时她都是头发梳得很整齐，衣服穿得很精致。可是这一刻，她显得那样绝望和悲恸。

林浣原本想避开姜程程，可是她已经看到了她。

姜程程朝她走了过来：“你来看林希？”

林浣一怔。

姜程程虚弱地一笑：“医生说林希的病已经毫无办法了。”

林浣不想和她说话，正想走开时，姜程程又说话了：“这是报应啊，谢婉清的报应。”

“你说什么？”林浣脸色大变。

姜程程却不答话，转动轮椅就要离开。

林浣抓住姜程程："话还没有说清楚，你不许走。"

"你自己去问许愿。"她淡淡地说。头上的白炽灯照着她的脸，她脸上挂着冷冷的笑，连眼神也是冷的："不要拿病重的弟弟当挡箭牌，你和许愿之间永远都不可能。"

听出了姜程程话中的羞辱之意，林浣也一字一句地说："我这个人很有自知之明，对于得不到的东西，向来不夺不抢。"

姜程程盯着她，眼神突然变得凌厉起来："你的话我敢信吗？毕竟你有一个罪犯母亲。"

听她提到母亲，林浣的嘴唇微微发颤："如果你再侮辱我妈，我会对你不客气。"

不出所料，她激怒了姜程程。姜程程将牙齿咬得嘎吱作响，声音从牙缝间挤了出来："你说什么？"

林浣蹲在她面前，两眼直勾勾看着她："我说再有下次，我会对你不客气。"

只听到"啪"的一声，姜程程的指印已经印在了她的脸上："只要我不死，你就永远得不到许愿。"

听到"许愿"两个字，林浣一怔。

等林浣清醒过来时，姜程程已经满意地走出了医院。摸着被打得火辣辣的脸，林浣也飞快地走出医院。

林浣回到公寓的时候，苏微微正在网上发帖寻求救助。

虽然现在网络上骗子横行已过早消费了大家的同情心，但是苏微微还是想试一试。她一个帖子还没有写完，林浣就推门走了进来。

苏微微看到她脸上的红印，惊呼道："你不是去医院吗？怎么带伤回来了？你遇到抢劫了？有没有报警？有没有被抢走东西？”

“不是抢劫，我遇到许愿的妈妈了。”

“她打的？你现在又不是许愿的女朋友，她凭什么打你？”苏微微看着她脸上泛红的指印心疼地说道。

“我并不怪她，我毁约在先，她也只是恨意难平……”

“她有什么恨意难平的？如果不是她故意为之，故意用你妈妈的自由和你谈条件，你和许愿会分开吗？”

她下意识地想回避这个问题，说道：“那也是我自愿的。”

苏微薇问她：“听说你想离开江城？”

“听苏默白说的吧？”

“他这是关心你。你在江城的漫画界刚刚立足，却又突然要放弃这一切，他觉得你脑袋被驴踢了，让我劝劝你。”

“我不会离开江城。”

“确定？”如果没有遇到那些人和事，苏微微还相信她说的话。可是她和许愿重逢了，还和姜程程正面交锋过，苏微微不相信她这么快有勇气面对江城的故人旧事。

“从今天起我要好好活着，变得强大，任何人都不要妄想欺负和打倒我。”林浣坚定地说道，“因为我要保护林希。”

苏微微对着她振臂高呼道：“我支持你！从今天起，和过去一刀两断，和男人一拍两散！男人是什么？就是一坨屎，为了一坨屎放弃自己的人生，不值！”

第十一章·演戏

只怕感情如潮水，远离我梦中的堡垒。

再去医院看林希的时候，林浣叫上了苏默白。推开林希的病房门，她看到许愿正在给林希讲绘本故事。

林希先看到她，高兴地说：“漂亮姐姐来了。”

林浣很自然地挽着苏默白：“我男朋友。”

正在讲绘本的许愿停了下来。他看着苏默白，虽有些清瘦，但是着装得体，不愧是检察院的明日之星。

苏默白也在打量着许愿。他早就打听过许愿，知道他的一些情况。他年纪轻轻就成了主治医生，多少有些家势的庇护。可是又不可否认，有他的地方，任何人都不会像他那样耀眼。

看着干净清爽的许医生，苏默白不禁想到了一句话：珠玉在侧，自觉形秽。

两个男人并没有过多寒暄，只简单点了个头，算是打了招呼。林浣蹲在地上给林希整理杂乱的书本和玩具。人精一样的林希偷偷地打量着许愿，见许愿握着绘本不说话，林希用小手扯了扯许愿的衣角：“许愿，你的书拿倒了。”

许愿这才发现，刚刚心里一慌书拿倒了。还好，林浣在给林希整理书本，没有看到他的窘态。他忽然想起来几年前情窦初开时，他也像现在一样傻，也是被陈诺取笑拿倒了书。

“许愿，我渴了，要喝水。”见许愿不说话，林希再次扯扯许愿的衣角。

正在发呆的许愿并没有察觉到林希的举动，倒是苏默白注意到了。

“没水了，哥哥去帮林希打开水吧。”苏默白拿着林希的开水瓶，对许愿说道，“你们医院的开水房在哪里？”

“进门处。”许愿的思绪终于回来了。

“进门靠左还是右？这个时间点的水是开的吗？”

“进门靠右，二十四小时都有开水提供。”许愿的声音尽量保持着平静。

等苏默白拿着开水瓶离开了病房，林浣故意抬头问道：“怎么样？”

“你开心就好。”

“他人很好。”

“我知道，还是青年才俊。”

“你怎么知道的？”林浣疑惑地问道。

许愿愣了一下，然后解释道：“笔挺的黑色西装，羊毛衫的颜色和外套很搭，一看就是精英分子。而且他做事很严谨，能观察到林希的需求，还将打开水的细节问得详细清楚，应该是律师或者是检察官。”

“你的洞察力还是这么好。”

“哦，这是当年自恋的说法。”许愿的思绪飘到了那一年。那时林浣死也不承认是去找他表白，他就非常自信地说道，他的洞察力一流。

他为什么要提当年啊？林浣一下子难堪得不行。

虽然她极力证明自己已经忘记了过去，可是他一提到从前，她就没有了定力。

气氛有些冷，许愿突然说：“还没恭喜你，结婚记得发请柬。”

“谢谢。”

又是一阵沉默，时间一分一秒就这么过去了。

苏默白提着一壶开水闯了进来，说道：“刚刚有好几个护士围着我问话，来迟了。长得帅的人基本上都是这样的待遇。”

“那也没有许愿帅。”林希替许愿出头。

许愿温柔地拍了拍林希的肩膀。

苏默白把开水瓶放在柜子上，林浣拖着他的手：“我们还有事要忙，先走了，林希就拜托你了。”

许愿没有送两人出去，他坐在林希的病床前没动。

是谁说过的，这世间千千万万人，总有一个会得到你得不到的幸福。

他得不到的林浣，终于属于别人的了。

走出医院，林浣看着苏默白轻声说道：“谢谢你。”

她是谢他当挡箭牌，还是谢他没有说出真相？苏默白温和地说道：“其实我不介意长期当你的挡箭牌。”

林浣还在神游，好半晌才反应过来：“哦，你说什么？”

“我说，你是不是要请我吃大餐啊！我这个业界有名的黄金单身汉租金可贵了。”苏默白并没有把刚刚的话再说第二遍。

林浣莞尔：“黄金单身汉只值一顿饭吗？”

“就当我屈尊了。”见林浣笑了，苏默白也笑了。

苏默白有时也佩服自己，做检察官久了原来涵养功夫变得这么厉害了，居然没有被林浣看出一点想法。这样似乎也好，不会造成她的困扰。

林浣找了一家西餐厅，服务生打量着她和苏默白，真是一对璧人啊！

出于私心，她给他们找了个能看到夜景的靠窗位置。

林浣准备点菜时才发现，隔了两桌的地方坐着肖豆蔻。她在陪一位制片人吃饭，经过这几年的沉淀，她更加美艳动人。

“认识？”苏默白见她眼神老往那桌瞟，好奇地问道。

“以前的老同学。”

“不去打个招呼？”

“不必了。”林浣收回眼神。

只是对方也注意到了她和苏默白，那个有名的制片人端着红酒朝两人走了过来：“苏检，好久不见。”

苏默白头疼地举起红酒杯：“世界真是小。”

“上次我跟您说的案子，可以行个方便吗？”

“最近忙。”

“林浣，想不到你跟苏检在一起了。”跟在制片人后面的肖豆蔻款款走了过来。

“豆蔻，你认识苏检身边的这位美女？”制片人吃惊地问道。

肖豆蔻微微笑道：“当然认识，我的大学同学。说到我这位同学，我之前讲的那个警察知法犯法的故事，原型就是她妈妈。”

制片人吃惊地看着苏默白，仿佛不相信苏默白这样的青年才俊会喜欢这样的女人，问道：“苏检察官，这位是你女朋友？”

“目前正在紧追不舍。”苏默白牵住林浣有些发冷的手，温柔地说道，“就看她给不给机会了。”

“苏检青年才俊，在业界名声赫赫，如果这位美女有眼光，一定会答应你的追求。”制片人谄媚地说道。

“那不一定，这位美女可是漫画界炙手可热的红人，追她的人排着长队呢。”

“那是，那是。”制片人很是客气地看着林浣，“美女有没有兴趣进演艺圈？我可以给你个角色，我们最近在筹拍一部大制作的电影。”

“她性子耿直，眼里进不得半点沙子，不会演戏。”苏默白默默地替她挡箭。

林浣瞟了一眼肖豆蔻，后者脸色明显不好。

亲者痛，仇者快。

林浣觉得这话一点都没有错，肖豆蔻脸色不好，她脸色就好了。因为苏默白的相助，林浣一扫心里的阴影，这顿饭吃得相当愉快，她一口气吃掉了两小份牛排。

“看你这么能吃，我都不知不觉吃了这么多。”苏默白的饮食习惯非常好，每餐都严格控制热量摄入，可今天他竟然也不知不觉吃掉了整份套餐。

“有句话叫近墨者黑，近‘猪’者吃。”林浣脱口而出。

“你说什么？”苏默白没有听懂，有些莫名其妙。

“没什么，胡诌罢了。”她岔开话题，“刚刚那个制片人找你走后门？”

“我早就看不惯那个制片人了，拿了人家作者的版权就胡作非为。跟着这种人混，你那同学迟早会有人品问题。”苏默白突然看着林浣，“你刚刚那句话是说你同学吧？近朱者赤，近墨者黑。”

“是的。”林浣应道，其实林浣是想起了许愿，他总是说她像猪。

苏默白把林浣送到公寓楼下面，他并没有要求进去坐一坐，他觉得还不到时候。他把林浣送到了门口，轻轻笑了笑：“那我先回去了。”

林浣上了楼，打开门，苏微微正躺在沙发上，茶几上搁着一个快递，已经被苏微微拆开了，里面是几袋真空包装的手工牛肉干。

“你的粉丝对你太好了，每个月都给你寄牛肉干。”苏微微羡慕地说道。

林浣把牛肉干拿出来，里面果然还有一张字条。

“是什么东西？情书？”苏微微好奇地问道。

她没有说话，把它拿进了房间。她打开床底下一个盒子，里面乱七八糟地塞着一张张字条。她一张张看着，每张字条都是从装牛肉干的快递盒里取出来的，从她回江城起一直在持续。

“好好工作。”

“多吃点，女生不能太瘦了。”

“这次的牛肉干加了新的调料，味道很好。”

“最近天气不错，出去走走。”

都是些简单的话语，可是这些话曾经给她昏暗的生活带来了阳光和温暖。她曾经幻想过这些字条是许愿写给她的，可是那上面的字明显不是他的笔迹。所以这些字条也不会是许愿写给她的，一切都只是她的假想。

见她久久没有出来，苏微微推开她的房门：“怎么了？”

“没什么，就是心里有点堵得慌。”林浣依旧把盒子放回了床底下，然后走了出来。两个人倒了一点酒，就着牛肉干开始喝酒。

两个人沉默地喝着酒，林浣喝酒很快，一罐啤酒一口就饮尽了。

医院里，林希躺在床上，看着许愿犹豫地问：“许愿，你是不是喜欢那个姐姐？”

“你呢？”

林希人小鬼大，说道：“我也喜欢那个姐姐，如果她能给许愿做老婆就好了。”

许愿用手指戳了戳林希的鼻子：“你呀，人小鬼大。”

两人正说着话，手机上设置的闹铃响了起来，闹铃提示着：接机。许愿这才想起来，是陈诺那小子要回国了，下午三点的接机时间。

“我要去机场了，乖乖吃药，听护士的话啊。”

“嗯。”

飞机场内人来人往，许愿站在接机处张望，突然听到一声熟悉的口哨声，正是轻佻的陈诺。陈诺发生巨变的身形让许愿忍不住笑了：“你这小子十七八岁的时候，虽然谈不上帅气迷人，但是鲜衣怒马，靠着显赫的家世也曾骗过不少少女心。可现在，身形巨变，不复往年啊。”

“黄油管饱，烤翅管够，哪里能控制得了身形！”陈诺把行李扔到了许愿的后备箱中，“回国第一件事就是要吃一顿好的，快点开车去面馆，银丝面走起。”

“你的格局就是一碗银丝面？”许愿取笑道。

取笑归取笑，许愿的车还是朝面馆开去。

“是你们两位。”老板认出了许愿和陈诺，忙招呼道，“毕业后好几年没来我这小店吃面了吧？”

“嘿嘿，这几年去国外啃汉堡去了。”陈诺流着口水道，“老板，今天的面分量给我弄足一点。”

“猪啊！”许愿脱口讽刺道。话一出口，他整个人一愣，但很快就恢复过来。

陈诺看得出他还没有走出失恋阴影，开解道：“别为了一个女人自暴自弃。”

许愿点了一支烟，没有说话。

“老兄，你什么时候学会了抽烟？”陈诺吃惊地问道。

“好几年了。”

“你若还喜欢林浣，就去把她追回来啊！说真的，我还真看不得你现在这副样子！当年意气风发的许愿哪里去了啊？”

许愿吸烟的动作慢了下来：“她已经有男朋友了。”

一直心直口快的陈诺这次犹豫了片刻，立马收起嬉笑表情，诚恳地说：“你也该走出阴影了。”

陈诺还想说什么，老板的银丝面已经端上来了。闻着熟悉的香气，陈诺立马噤声了。美食当前，他哪里还记得安慰许愿。

许愿挑了几根面条，却觉得难以下咽。这世上最难过的是什么？莫过于遇到了喜欢的，得到了，又匆忙地失去。

陈诺看他这副样子，也停下了筷子：“好好的食欲都被你整没了。”

他没有说话，也没有抽烟，很坦然地听陈诺抱怨：“别在这里装情圣！她还没有结婚，你还有大把机会啊。”

他给他一个难看的笑：“快吃吧。”

把食欲大减的陈诺送回家后，许愿去医院看了一眼林希，他已经打完针睡着了。

许愿回到家，在空中花园浏览起了邮件。那边的医院传来了消息，说新药的效果不错，林希只需再等两个月，过完农历新年即可排到号入院，试用新药。

这大概是这两天来最好的消息了吧！许愿关掉邮件，拿起一小块牛肉干放在嘴里慢慢地咀嚼着。

这么多年，他已经形成了一个习惯，每当他一个人独处的时候，总是会拿一包牛肉干，慢慢地咀嚼着。

起初他只是想习惯她喜欢的食物，可经过这几年，他突然醒悟，不管他怎么习惯，她都不会回来了。

“你从小就不爱吃牛肉，每次你妈要吃西餐你就在家里闹，想不到后来还缠着我学做牛肉干！看来人的习惯随时都会变的。”陈姨端着果汁走进楼顶花园，看到许愿在啃牛肉干，她温柔地笑道。

第一次做牛肉干是什么时候？许愿记得那次去文学社做采访，听到社长说林浣一口气可以吃一斤牛肉干，他偷笑了好久。

因为学医的原因，他很关注饮食，知道外面售卖的牛肉干会添加对人身体有害的防腐剂和化学物品。林浣食量大，吃太多那种牛肉干对身体不好，所以他就想到了自己做牛肉干。他去进口食品超市买了最好的进口牛肉，回家缠着陈姨一道工序一道工序地学，学了好久，其间还被牛肉酱汁弄得报废掉了一件羊绒衫。

陈姨看着他狼狈的样子，取笑他："想吃了陈姨给你做就是，你非得受这份罪。"

给喜欢的人做吃的怎么会是受罪？他觉得是甜蜜，温暖，心中百般柔软，像秋日的麦浪。真心喜欢一个人就是这样吧，想做最好吃的东西给她，即使她的吃相再难看，也会觉得她特别真实、特别可爱、特别美。

陈姨见他许久不说话，抬头望过去，却见许愿手上拿着牛肉干，脸上是浅浅的笑，阳光照在他的脸上，衬得他整个人温润如玉。

陈姨突然就明白了，也许这牛肉干他是想做给喜欢的人吃的。

过完了农历年，林希试用新药的医院那边陆续发来了各项申请表格，许愿细心地一项项帮林希填好。填完表格，许愿算了一下手术费和治疗的大概费用，他给银行打了一个预约电话。

第二天他取出了这一大笔钱，驱车来到苏默白住的地方。

苏默白料到许愿会来找他，但他没有想到会这么快，而且对方还带着一大笔钱。

"不好意思，我不受贿。"看着牛皮袋里扎成一捆捆的红色钞票，苏默白微笑着说，尽量表现得很友好。

"林希很快就会去试新药，需要一大笔钱，某人不会接受我的钱。"

苏默白很聪明地反问道："所以你想让我借花献佛？"

“她不会怀疑你。”许愿坦白道。

“你凭什么认为我会干这种事？我也可以给她这一大笔钱。”苏默白语带嘲讽地说道。

“我知道你要照顾家人，暂时还拿不出来那一大笔钱不是吗？”

“许医生，你也太自以为是了吧！你怎么就料定我拿不出这笔钱？”

许愿淡定地笑了：“我知道做检察官是有很多铤而走险的机会，但是林浣一定不想看到你这样。”

这不到十句话的交流暗藏机锋，苏默白心里清楚许愿对他进行过调查，知道他有一个长年服药的妈妈，同时也清楚眼前这个人十分关心林浣。

苏默白叹息着，明明许愿还关心林浣，他又是怎么做到六年多不跟她联系的？

当天下午，许愿跟探病的林浣提到了林希转院的事：“那边的医院我已经联系好了，申请表格也已经填好了，只等各项手续办完他就可以去了。”

“大概要多久？”

“快的话就是月底了。”

“钱的事我自己想办法。”没有等许愿说完，林浣抢先说道。

“好。”这次许愿没有和她争执。

“你帮我算一下，我大概要准备多少钱？”

许愿给她报了一个数。

回到家，林浣打电话商量预支稿费，出版商很豪爽，满口答应了。可对比她写在纸上的庞大的数字，那点稿费也只是杯水车薪。剩下的钱怎么办？她一整天都在计算能筹到的钱，在和苏默白吃饭的时候也在想着钱的事。

苏默白看她眉头紧锁，问：“有心事？”

“我弟弟的事，试新药的事情有眉目了。”

“是好事啊，应该喝点红酒。”苏默白打开了一瓶红酒。

喝着酒，林浣的眉依然皱着。

“到底是什么事？”

“医药费的事还没有着落。”林浣苦笑，“我真是没用，在暗礁险滩里摸爬滚打六年，居然连医药费都拿不出来。”

“我还以为什么大事。”苏默白递给她一张卡，轻松地说，“这张卡里有一百万，密码是我的生日。”

林浣紧张地笑道：“我不是找你借钱来的。”

“是我主动借给你的，等我结婚的时候再还。”苏默白看着她紧张的样子笑了，“这是我妈留给我的老婆本，而我暂时不会结婚。再说，我对一个当红的漫画家还是挺有信心的，也许某一天你就会版税过百万。”

“那岂不是要等到我过世？”林浣笑道。

苏默白沉默了一会儿，故作为难地说：“那怎么办？要不等我后人来收这笔钱？”

林浣莞尔一笑，接下卡说道：“谢谢你，我妈留下来的房子已经有人在看房，再加上我影视改编那边的稿费下来，可以先还你一部分。”

林浣说着写了一张欠条给苏默白。

苏默白没有推拒，接了欠条放进口袋。

见苏默白收好欠条，林浣长长地舒了一口气。

此时江城凯宾斯基大酒店里，肖豆蔻不顾人来人往，在大厅里厉声呵斥着经纪人：“这么一个合同都谈不妥？”

“肖姐，您消消气。”助理小心翼翼地给肖豆蔻倒了一杯银耳羹，说道，“你先休息一段时间，工作的事再安排。”

“再安排。”肖豆蔻冷哼一声，“你认为我有那么多时间再等一部这么大的制作。”

助理听出了肖豆蔻话里的不快，乖乖地闭上了嘴。

经纪人谄媚地说道：“也不是没有机会，对方还没有确定女主角，听说是投资方想带资入组。”

“你替我安排一下，我要见这部戏的投资人。”肖豆蔻冷静地吐出一个烟圈。

经纪人体贴地答：“已经安排好了，下午两点在西餐厅见面。”

不到两点，肖豆蔻浓妆艳抹走进酒店的西餐厅里。在助理所说的位置，那人背对着她坐着，他双手插在大衣口袋里，眼睛一直看着窗外，坐得笔直，显得格外冷峻。

肖豆蔻觉得这背影很熟悉，在她疑惑的瞬间，那人突然转过身。

原来是他。

对方见到脸色略显苍白的她淡淡一笑：“老朋友，好久不见了。”

虽然他身上穿着阿玛尼大衣，虽然他脸上挂着笑，可是肖豆蔻一眼就认出了面前的男人，正是当年威胁她的陆海。

肖豆蔻背后一凉：“你不是黑社会吗？怎么又变成了影视公司的老板？”

“我这是与时俱进。”陆海轻轻地吐出一个烟圈，说道，“这时代要靠脑子，光靠蛮劲是没有前途的。”

肖豆蔻转身要走说道：“我不跟黑社会打交道。”

“我现在是正经商人，规规矩矩做生意，一不触犯法律，二不坑蒙拐骗，你怕什么？”陆海认真地回答道。

什么正经商人？不过是换壶不换酒！肖豆蔻冷哼一声，拎着包大跨步往外走。

“我只是觉得可惜，为什么我每次看到你时，你总是缺一个机会，现在有这么好的机会摆在面前你却又不要。”

肖豆蔻停住脚步。她看着地面，静默片刻，再次迈步往前走。

陆海给自己倒了一点红酒，闻了一下，喝了一口，提高音量说：“肖豆蔻，这部3D科幻片你想做女主角吗？”

肖豆蔻心头一震，转身看着他。

陆海依旧喝着酒，头也不抬地说：“我可以给你这个机会，带资进组让你做女主角。”

“你是有条件的？”肖豆蔻问。

“你永远都那么聪明！”陆海猛地打了一个响指。

“这次的条件是什么？”

“我还没有想到，等想到了再告诉你。”

“如果我不答应呢？”

“你不会的。”陆海动作优雅地切着牛排。

肖豆蔻沉默了两秒钟，转身走了回来，坐在了陆海对面。

两个人各自吃着牛排，像寻常人眼里的情侣，谁也不知道在这平和的表象下竟然暗流汹涌。

林风姗姗起
lin feng shan shan qi
NO.9
他说过，若离开她
只有一种可能，除非他死。
许愿

第十二章·我们

毕竟只是太短的梦，我加上你，两个人并不等于我们。

“你这是干什么？”姜程程看着打包好的行李，表情僵硬地看着许愿，“你要搬家？”

“我新家那边也空了很久了，是时候住进去了。”许愿淡淡地说道。

“你就编吧，你们医院离家也不过三十分钟的路程，用得着大费周折搬家？”

“最近医院新收了一个特患，过几天要动手术，我要制订手术方案。”

“制订手术方案？你是因为容不下我了。”姜程程语带讽刺地笑道。

许愿没有答话，对姜程程的怒气，这些年已经他学会了冷处理。他把打包好的行李丢进了后备箱，然后对一直站在客厅一脸不舍却不敢上前帮忙的陈姨笑道：“陈姨，我妈就拜托你照顾了。”

“这像什么话！”陈姨答。

“妈，我走了。”

“滚！”

姜程程手里的茶杯飞了出去。

许愿偏头躲过了茶杯。

在许愿的亲力亲为下，林希的转院手续终于办妥了，他买了三张直飞H市的机票。

第一次出远门，林希觉得开心极了，在飞机上不停地叽叽喳喳：“许愿你看，云在我脚下，我要抓一朵。”

“许愿，飞机怎么可以飞这么高？”

许愿耐心地给他讲解飞机的原理。

林浣嘴角含笑地靠在椅背上，许愿眼睛的余光瞥见她的笑意，跟林希聊得更欢快了。

不过三小时，三人就到了H市。林浣第一次到H市，对转院什么的医疗程序一窍不通，幸好有许愿，全程都是许愿解释给她听。

林希的心情一点都没有受影响，到了新的病房，他依旧很高兴：“许愿，这家医院看起来还不错，你回去后我肯定会好好吃药的。”

许愿一怔，抬头就看见了林希一副小大人表情，他不禁莞尔：“我过两天才会回去。”

“真的？”林希立马大笑起来。

林浣看着大笑的林希，再转头去看许愿，他正在替林希整理那些带过来的绘本。因为他背对着她，她看不清他的脸，但毋庸置疑的是，他此时一定脸带笑意，温柔至极。

当天晚上，在林浣的强行要求之下，许愿回了酒店休息，她留下来陪床。只是林浣没有想到的是，这般平静的城市也会发生骚动事件。

骚动发生的时候，许愿已经离开了医院，正在回酒店的路上。林浣一个人在医院里陪林希。医院这一带正是骚动发生的中心地段，医生一间病房一间病房地巡视，安慰骚动的病人。

想起许愿也许还在去酒店的路上，她担心不已。看着熟睡的林希，她毫不犹豫地推开门，冲上街头。远远地，她就看到了许愿。他瘦高的身影在一堆人中间格外显眼，尤其他还这么英俊。他正熟练地帮医护人员给在骚动中受伤的人处理伤口、缠绷带，整个人仿佛都会发光。

林浣眼睛渐渐有点发热。还好，虽然六年多前她那样伤害他，他却并没有丢掉他的善良，还是那么热心肠，还是那样的朗眉星目，仿佛什么都没有变。

看他安然无恙，林浣放下心来。她没有喊他，一个人走回了医院。那一晚，她很坦然地睡着了。林浣也不知当时为什么什么都不怕，竟然睡得那样安稳。后来她才明白，那个时候她没有什么可以失去，因为最爱的两个人都在身边。

她一直睡到清晨，有光线射进来。她动了动身体，感觉到旁边有人。是许愿回来了，一直坐在旁边陪着她。

她惊奇地问："你什么时候来的？"

"昨晚警察封锁现场的时候溜进来的。"

"你不怕？"

"怕什么？"许愿反问她。

"他们说昨晚上全区都戒严了，大家都躲在家里，你就不怕遇到那些滋事的人？"

"我不怕。"许愿突然瞪大眼睛问她，"如果昨晚我们一起死在了这里，你会不会觉得可惜？"

林浣看着他那双明亮的眼睛，缓缓地说道："为什么要想到死，我们不是应该拼尽全力活下来吗？"

许愿淡淡地看了林浣一眼，只觉得那个问题问得傻气极了。她已经有了男朋友，每一个明天都值得珍惜。过了这么多年，她早已经穿过人山人海走远了，而他始终都等在原地。

许愿尴尬地搓了搓手，因为内心酸涩，他睫毛颤了颤，还好，眼睛和他很有默契，并没有出卖他。

林浣因为担心林希在H市得不到好的照顾，所以在买到返程机票的那两天，情绪很低落。

要回去的前一天，许愿突然带了一位胖太太到医院。许愿替她介绍那位胖胖的妇人：“这位是陈太太，在这边福利机构帮忙，平时也会替家长照顾小孩子，她会好好照看林希的。”

陈太太的普通话很蹩脚，她看着林希和许愿，和蔼地说道：“先森（生），太太，你们放心，我会照顾好你们的小孩子的。”

林浣突然笑了，她解释了好几遍，对方才相信两人不是夫妻。

陈太太惊讶地说：“我知道了，你们还没有结婚。你们都很漂亮，看起来很配。”

林浣忍俊不禁，陈太太真是太热情了，让她招架不住。她只好岔开话题，笑着和陈太太聊起了林希平时饮食的注意事项。

看到她笑，许愿也开心起来。

很快林希也加入了进来，三人一起开心地聊着天。陈太太和蔼健谈，林希也健谈，两个人很快就熟悉了，林浣和许愿竟然插不进话。许愿碰碰林浣的手，林浣会心一笑，两个人走出医院，把空间留给即将开始共同生活的这一大一小。

“别太担心，陈太太在护理圈子的口碑很好，她会照顾好林希的。等你处理好江城的工作，可以过来陪着林希。”

林浣微笑着看他，他永远都这么贴心，知道她的每一个想法，也总是能将她的一切烦恼处理得妥妥当当。

“谢谢你。”林浣实心实意地说道。

许愿这次没有呛她，他淡淡地点点头，转而看向大街。

H市和江城不同，古风尚存，林浣遗憾地说：“这么美的地方，明天早上就要走了，竟然没有好好看一看。”

许愿没有接话，走到一边打起了电话。过了一会儿，许愿才告诉她：“我租了一辆车，在我们离开之前，我带你逛一逛。”

许愿开得并不快，不知是H市本来就不堵车还是他们运气不错，一路上非常畅通。天已近黄昏，初春夕阳橙黄的光线淡淡地洒进车里面，许愿不由得感叹：“真美！”

林浣接口道：“是啊，果然很美。”

许愿认真想了想，然后说：“我不是说的风景。”

林浣不知道怎么接话，有些无措，她调了一下空调，然后说：“天快黑了，我们还是回去吧。”

许愿不说话，在路口转了弯，又把车慢慢地开了回去。

他们回到医院的时候，陈太太还没有走，正在给林希讲绘本故事。

林浣和许愿两个人也像孩童一样坐在旁边听着童话故事。两人订的返程机票是凌晨的，吃完晚饭就意味着到了要分别的时候了。

林浣摸了摸林希的小光头：“林希，我和哥哥要走了，等我忙完了手上的事情就请长假来陪你，你一个人要勇敢啊。”

林浣说着说着就哭了，许愿怕她的情绪影响林希的病情，将她拉出了病房。在走道里，林浣忍不住拽着他的衣角，头靠在他的肩上，情绪终于崩溃。

许愿什么也没有说，她的头发贴着他的脸，夹杂着淡淡的花香，弄得他鼻子痒痒的。六年多了，他再次闻到这种熟悉的味道。他一动不动，任她的泪水渐渐浸湿他的衬衣和皮肤。不知哭了多久，林浣才平静下来。此时两人都不知道林希已经下了床，他像个小大人一样在门口看着他们。

见林浣停止了哭泣，林希像个大人那样走上前，和他们两人握手："你们放心回去吧，有陈太太陪我，我特别不寂寞。"说完这句话，林希歪头思考了一下，又看着许愿："许愿啊，你要努力！如果下次你能带着请柬来看我，说不定我的病就好了。"

听了林希的话，林浣破涕而笑。

林希继续说道："许愿，我们一起加油。"

许愿胡乱地"嗯嗯"了两声，瞥了林浣一眼。她已经止住了悲伤，脸上挂着微笑。

把林希交给陈太太后，林浣和许愿两人就前往机场了。

飞机上有好多人都经历过H市的这次意外事件，都在谈论当时的心境。她和许愿反而十分平静，一路无言。到了江城机场，两个人并肩下了飞机。

许愿提议："坐我的车回去吧。"

林浣没有推辞。

相比起两人之间的冷淡，飞机场的另一角则热闹极了。国内首部科幻3D电影的女主角肖豆蔻刚从国外秀场走红毯回来。

说到肖豆蔻，国内小花无不艳羡，科幻大片项目刚刚启动，还没有开拍，公司就已经力捧她。各大电视台关于她的广告每天滚动播放，娱乐周刊的头条也时常被她占据。她社交平台上的粉丝数量不停地往上涨。

她刚下飞机，机场内就被粉丝和记者围得水泄不通，影视公司动用了六个保镖才让她全身而退。

"红的滋味不错吧？"陆海轻佻地笑道。

肖豆蔻并没有说话，眼睛茫然地看着远处。陆海顺着肖豆蔻的目光看过去，一眼就认出了人群里的许愿。

陆海看着肖豆蔻煞白的脸，笑着说：“滋味不好受吧？是不是像火灼一样？”

肖豆蔻不说话，拼命咬紧嘴唇。

她愈是这样隐忍，陆海愈发肆无忌惮地笑道：“其实他从来都没有喜欢过你，就算你力争上游，变成了万众瞩目的名人又怎么样？在他眼里，你还是当年的灰姑娘。”

肖豆蔻沉默地走着，走到机场的停车场，陆海把车钥匙扔给了肖豆蔻：“要不要发泄一下？你来开车。”

肖豆蔻咬牙接过钥匙，一脚油门踩下去，车子很快就飞驰在机场高速路上。

前方那辆熟悉的车是许愿的。

肖豆蔻心神不宁，陆海在边上打开收音机听歌，听的是一首老歌：“城里的月光把梦照亮，请温暖他心房，看透了人间聚散，能不能多点快乐片段？”

“肖豆蔻，这不是在说你吗？你看，前面两人比翼双飞，你却在这里暗自垂泪。”陆海关掉收音机，笑她。

肖豆蔻咬着嘴唇，陆海突然提高音量：“撞上去啊！如果我是你，我就撞上去了。”

“有病。”

陆海并没有生气，反而笑道：“肖豆蔻，女人不狠，江山不稳啊。”

肖豆蔻迟疑了一下。

她脸上一闪而过的表情被陆海看在眼里，他继续说道：“肖豆蔻，你并不比任何女人差，为什么一定要这么卑微呢？”

肖豆蔻也不知是怎么撞上去的，她只听到一声急刹车，许愿的车失控地朝马路边的栏杆撞了上去。

许愿完全没有料到在这么宽敞的马路上也会发生车祸，等他反应过来时，林浣已经倒在了血泊里，而那辆肇事车已经消失得无影无踪了。

林浣迷迷糊糊听到有人叫她："林浣，睁开眼睛，林浣，不要睡过去。"

然后就是救护车的声音。

整个城市都在沉睡，只有医院灯火通明。许愿坐在走廊里，听着杂乱的脚步声。头顶那无比熟悉的灯，此时亮得让人心慌，慌得许愿几乎窒息。

手术室的门终于开了，许愿慌乱地跑过去，抓着医生的肩膀："怎么样了？"

"许愿，病人已经没有生命危险了，但是脑子里有瘀血，仍然要注意观察。"

"谢谢。"许愿疲惫地说道。

出了手术室，林浣被送进了普通病房。许愿坐在床边看她。第二天早上，林浣才醒过来。许愿欣喜地抓住她的手："你醒了？"

林浣瞪着他："你是谁呀？是不是要占我便宜？我妈说了，虽然年纪小，但男女生是不能离太近的。"

许愿莫名其妙地看着林浣，摸了摸她的额头，他确定她并没有发烧。

"你看我干吗？再看我，再看我就把你吃掉！"林浣嘟着嘴，学着小时候最红的旺仔广告里小男生调皮的表情。

她难道不知道成年人做这个动作是很诱惑的吗？许愿握了一下拳，心里想道，冷静啊，她现在是个病人，而且还是个状况不明的病人。

退出病房，许愿找到了林浣的主治医生，将林浣的情况告诉了医生。然后林浣又经历了一系列的拍片检查。

末了，许愿拿到一张核磁共振的片子，主治医生一脸歉意地说："可能是瘀血压迫了脑部神经，所以她的神智出了一些问题。"

苏默白是最迟知道林浣住院的。若不是林浣好几天没有跟他联系，他忍不住打了个电话给林浣，他都不知道她已经回国了。

"你确定你适合做她男朋友？"看着突然出现在病房的苏默白，许愿嘲讽道，"女朋友出事居然最后一个知道。"

"不然呢？"苏默白反问，"难道你适合？"

许愿的脸一下子就冷了下来，但是又无法反驳他的话。他看着苏默白手上的蓝莓千层蛋糕，说道："她不能吃太多甜食。"

"我要吃。我要吃。"发出欢呼声的是已经醒过来的林浣，她冲许愿做了个鬼脸，"就是要吃。"

苏默白不理会许愿心里奔腾的那一万匹草泥马，他体贴地帮林浣切了一块蛋糕，朝许愿说道："医生，我并不接受你的建议。我觉得病人最重要的是心情，如果她心情不好，再怎么忌口也会影响病情。"

"我才是医生。"许愿不客气地打断他。

"那你作为医生应该知道心情不好时，大脑里需要一些血清素或多巴胺与肾上腺素，而甜食或高淀粉食物，可以快速满足这个需求。"

"你作为检察官，不在法庭上发挥自己的口才，到医院里来逞什么能！"许愿拿出一个苹果晃了晃，"拿走你的甜食，她现在只适合吃水果！再说，那些说法毫无科学依据。"

"我不要吃苹果。"林浣抢过苏默白手里的蛋糕，一边吃着，一边毫不害羞地对着苏默白表白，"检察官哥哥，我最喜欢你了。"

许愿切水果的手一抖，在自己手上留下了一道伤痕。

苏默白看了许愿一眼，那样冷静自持的人竟然也会把持不住。他心里简直是乐开了花，又切了一块千层蛋糕给林浣："喜欢就再吃一块。"

许愿顾不得在冒血的手指，一把抢过蛋糕，下一秒，蛋糕已经躺进了垃圾桶。

林浣看着垃圾桶里向她招手的蛋糕，抓着苏默白的手委屈地哀号："他为什么要丢我的蛋糕？"

苏默白忽然觉得心底掠过一丝温柔，哄道："下次再给你买。"

许愿铁青着脸拨开林浣的手，对苏默白下逐客令："探视时间已过，病人需要休息了。"

"检察官哥哥不要走。"

苏默白揉揉她的头发："下次再来看你。"

"下次还会带千层蛋糕吗？"

"嗯。"苏默白温柔地应承她，林浣这才爬上床满意地睡了。

许愿发现一个事实，对这个神智相当于孩子的林浣来说，讨好的最佳手段就是各种好吃的。苏默白一走，林浣就躲进了被子里。见林浣不跟他说话，许愿觉得无趣，闷声走出了房间，刚好碰到护士过来打针。

"许医生。"护士客气地跟他打招呼。

"打针？"

"嗯。"

"我来吧，她最怕打针。"

这话让护士微觉讶异。她早就听到医院里流传的八卦传闻，说病房里住着的是对许愿很重要的人，今天一见，八卦果然不是空穴来风。

护士把托盘递给许愿，许愿轻轻推开门。

"检察官哥哥你回来啦？"

听到开门声，躲在被子里的林浣从床上爬起来。只是来的并不是她喜欢的检察官哥哥，而是"白衣恶魔"，手上端着一个托盘，里面放着针筒。

林浣藏起自己的手："你是不是要给我打针？我不要打针，不要打针！"

"乖。"许愿哄她。

可是并不奏效。林浣委屈地看着他，从口袋里掏出一颗糖果，讨饶道："请你吃糖，不要给我打针可以吗？"

许愿狠心地摇摇头。

正在这时，门被撞开了，是苏微微。她怒道："许愿，你带我们家浣浣去H市，怎么回来就在医院里了？你是不是对她做了什么坏事？"

许愿翻了个白眼，不屑于回答。

苏微微转头问林浣："你是不是被许愿欺负了？你告诉姐，姐给你做主。"

林浣平静地问："你是我姐？"

苏微微吃了一惊，用手拍林浣的头："你傻了吗？"

"你真是我姐？我有这么俗气的姐？"看着苏微微红发黑裙的装扮，林浣继续发问。

苏微微丈二和尚摸不着头脑："林浣怎么啦？她好像不认识我了？"

"脑部神经受到压迫，智商可能受了一点影响。"许愿解释道。

"这可怎么办啊？"苏微微急得直跳脚，"我们家林浣本来智商就不高，现在撞伤了脑袋，会不会变傻啊？"

"压迫脑神经不等于傻，在后期治疗中可能会慢慢恢复。"

"据我的推测，她现在的智商不会超过八岁。"许愿很专业地回答苏微微。

"八岁？"苏微微抚额，完全是幼稚无知的年纪啊，怪不得许愿在跟前，林浣都能做到面不改色心不跳。八岁能懂什么呀？

"她什么时候可以出院啊？"

“她必须留在医院，接受观察。”许愿细心地替林浣盖好了被子。

“真想抽你这个浑蛋，都是你没有照顾好她。”

没等苏微微咆哮完，林浣“啪”地一巴掌拍在了许愿的脸上，她非常开心地冲着苏微微笑道：“姐姐，我帮你抽这个浑蛋了，你现在开心了吗？”

苏微微张着嘴，不可置信地看着许愿。

许愿并没有生气，说道：“你不就是想着报我扔掉蛋糕的仇吗？你大仇报了，开心吧？”

林浣孩子气地点着头。

这什么情况？苏微微这个旁观者的嘴张得可以塞一个大鸡蛋了。

“热闹看够了吗？现在是非探视时间，病人要接受治疗了，麻烦先出去。”许愿淡淡地看着苏微微。

怕被报复，苏微微尴尬地说：“就走，就走。”

苏微微走后，林浣还是没有逃过打针的一劫。许愿抽出针筒，和颜悦色地说：“把手伸出来，我打针很轻的。”

“我不要打针。”林浣往被子里躲。

许愿伸手抓她的被子。

看来他要动粗啊！

林浣情急之下伸手就去抓他的手。许愿毫无防备，就这么被她扯了下来。她躺在床和许愿的胸之间，她的手撑着许愿的胸口，她摸了摸许愿的胸肌，早就忘了要打针的事：“哈哈，你被我胸咚了。”

“胸咚？”许愿皱眉。

“网络用语啊，你不知道？”

许愿摇摇头：“你在哪里学的啊？”

“跟那些护士姐姐们学的啊，她们一聊到你，就说想壁咚你、胸咚你，还有睡你。”林浣嘲笑他的“无知”。

听到她的话，许愿一头黑线。

林浣还沾沾自喜：“她们都说你是学霸，你居然连壁咚和胸咚都不知道，要不要我教教你？”

许愿狂汗，看来她这一病，原形毕露啊。

林浣看不到他一脸的尴尬，她嘿嘿笑着站起来，把刚刚站好的许愿圈在了墙壁和自己中间，说道：“这就是壁咚。”

她离得这么近，微微低一低头就可以看到她的睫毛。真漂亮啊，真想伸出手摸一摸，许愿踟蹰着，手抬起又放下。

林浣并没有注意到他这些小动作，双手袭上他的胸，摸着他结实的肌肉：“这就是胸咚。”

许愿胸口一颤，他忍住成年人本能的冲动。

“你怎么啦？”袭了他胸的人感觉到他的战栗，担心地问道。

许愿沉默了片刻，忍不住一声轻叹。你能和一个智商八岁的人计较，向她解释诱惑这种事吗？

在医院待了几天，H市那边传来了林希的消息，许愿带着一沓资料去了林浣的病房。林浣正在床上吃水果，许愿把邮件读给林浣听。

“我听不懂。”林浣扑闪着一对大眼睛。

“信里说林希的治疗效果很理想，癌细胞得到了抑制，希望继续给他用药，这样可能会有机会动手术切除那颗肿瘤。”许愿耐心地给她解释。

林浣听完他的解释，见他喜形于色，好奇地问道：“那个林希是你什么人啊？”

“我未婚妻的弟弟。”许愿突然想撒一个谎，看看林浣的反应。

“你有未婚妻？”林浣的反应很吃惊，一脸不可置信。

许愿看了她一眼，说：“不然呢？”

林浣歪着头说：“我以为你喜欢男人。”

“我这么帅气，喜欢男人岂不是可惜了？”

“那你的未婚妻在哪里？她怎么不来看你？”林浣追问道。

“她离开了我。”见她一点反应都没有，许愿莫名有些鼻子发酸。

林浣听着他酸楚的声音，以为他的未婚妻离开了人世，她歪着头问：“做医生是不是要目睹很多死亡过程？”

“每个医生都一样。”

“怪不得你平时这么铁石心肠！还好，我不喜欢你。”林浣皱眉说道。

铁石心肠的女人，许愿默默扭头看墙角。

林浣意识到自己伤害到了这位怪叔叔，她忙安慰道：“对不起嘛，我只是随便说说。医院的护士姐姐说你英俊多金，喜欢你的人都要排队到美国去了。就算你的未婚妻离开了你，你还是有大把机会啊。”

“真的？”许愿实在不忍心多冷落她一秒，转头笑着看她。

“我发誓。”林浣天真地竖起两根指头在额前，“光脑外科就有三名你的崇拜者，你难道不知道？”

“你那些糖果就是受贿来的吧？”许愿看着她柜台上的各种糖果，笑着说道。

“是你那些崇拜者非要塞给我的。”林浣想到自己吃人家的嘴软，套他的话道，“你一个都不考虑？那个苏护士的胸还挺大的，你也不喜欢？”

“太大了。”

“男人不都是喜欢大胸吗？”

“男人喜欢刚刚好的，譬如B罩杯就挺好。”许愿很认真地回答道。

林浣到底是女生，这么赤裸裸的话题让她红了脸。

看她红了脸，许愿摸摸她的头："到了休息时间了，睡吧。"

林浣乖乖地闭上了眼睛，不出五分钟，林浣就呼呼地睡着了。

许愿替她关上窗，打开了空调，又替她盖好了被子，然后温柔地在她额上轻轻地吻了一下，才带着资料走出了林浣所在的病房。

在医院观察了一段时间，林浣身体的各项检查没有问题，医生建议可以出院，只需要定时回医院检查就好。

当医生通知林浣可以出院时，她第一个想到的就是来探视她自称她姐的苏微微。苏微微这边才答应林浣，那边人事部的电话就来了。人事部通知她需要出差十来天。这个节骨眼，公司竟然要派她出差！林浣怎么办啊？无奈之下，苏微微想到了苏默白。一个电话拨过去，结果苏默白人在外地办案，没有办法，她只有厚着脸皮在医院堵住许愿。

许愿皱着眉头看着苏微微，眼神有些冷峻。即使如此，他的眼睛也很好看。不过现在不是欣赏美色的时候，苏微微支支吾吾地说道："想请你帮个忙。"

许愿抱着胸，不置可否。

"可不可以帮我照顾林浣？"

许愿只是笑，不说好，也不说不好。

苏微微差点就崩溃了，这个男人好歹给点反应啊。

"公司派我出差，要十来天，林浣没有人收留。"苏微微的声音不禁软了下来，"我尽量早点回来。"

许愿扫了她一眼，淡淡一笑。

"我真的会尽量……早点回来的。"即使心里把许愿诅咒了千百遍，但她依然软声求他。

许愿终于有了反应，他不紧不慢地说道："你迟点回来也没关系。"

他这是答应了吗？苏微微愉快地想，他这么爽快，不会有什么别的想法吧？口随心想，她脱口而出："你不会把林浣怎么样吧？"

"你认为我会对一个八岁的小孩子怎么样？"许愿直截了当地问道。

"也是哦。"苏微微点着头，"你虽然算不上君子，但也不是小人，应该不会对一个八岁的孩子下手。"

许愿听到苏微微的评价，眉毛一挑，倨傲地说道："我知道你在想什么，放心，我虽然年纪不小了，但也不至于饥不择食。"

可是苏微微忘了，智商八岁并不相当于身体发育也是八岁，她大胆放心地把林浣留给了许愿。

苏微微推开林浣的病房门，林浣正在床上看漫画书，看到苏微微，她像是看到了救星："呜呜……你终于来了，我已经准备好离开医院了，终于可以不用打针了。"

"亲爱的，那个，其实……"苏微微试图找一个切入口，"我是来告诉你一件事的，我可能要离开江城一段时间。"

"你什么意思？"智商虽然只有八岁的林浣却相当不好忽悠，她质问着苏微微，"你想继续把我丢在医院里？"

"那哪能呢！"苏微微谄媚地笑道，"我已经拜托许愿照顾你了，你明天出院后就先住他那儿，过十来天我再回来接你。"

"什么？你把我丢给他，我岂不是羊入虎口？"林浣痛苦地叫道。

苏微微痛苦纠结地看着林浣："如果我不出差，这份工作就没有了。林浣，你要原谅我，我真的不是故意把你丢进虎口的，我也是没有办法，只得向生活低头。"

不是故意，那就是有意。

虽然一百个不情愿，但托苏微微的福，林浣还是被扔给了许愿。

办理好出院手续，林浣心不甘情不愿地上了许愿的车。

车子慢慢开进一个僻静的小区。一进小区，林浣就非常喜欢，里面绿化非常好，小桥，流水，满满的都是诗意。

许愿没有带林浣回别墅，而是回到了一个叫“书香名邸”的小区。他推开房门，林浣就看到了满室阳光。房间还有一个景观露台，露台上摆着好几个大花盆，还有几盆多肉植物，肉乎乎的，很可爱。

林浣钻进阳台，开心地看着这些植物赞道：“好美。”

她在阳台上转了一圈，看着与景观阳台不搭的粉红色壁纸，问许愿：“景观阳台怎么会贴这么粉的壁纸？”

许愿看了她一眼，半开玩笑地说：“这么粉的颜色适合小女孩吗？”

林浣“啊”了一声：“你还有个女儿？”

许愿笑了笑，不置可否。

林浣很快就跳过了这个话题，因为这里实在太美了。她跃进懒人沙发，静静地享受着阳光。

几分钟后，许愿扔给她几本她喜欢的漫画书，他自己则拿了几本推理小说。

其实林浣并不想读书，她胡乱翻了几页漫画，就偏头去偷看许愿了。他坐在藤椅里看书，安静而专注。春日的阳光暖暖地照了进来，柔和地铺在他身上。他聚精会神地盯着书本，睫毛像蝴蝶的剪影，他根本不知道有人在偷看自己。

阳光、多肉、俊逸的男子，简直妙不可言。

怕被许愿发现，林浣默默收回目光，窝在沙发上看一会儿书，再看一会儿许愿，时间也一分一秒地过去了。

到了傍晚，她的肚子非常不矜持地发出叫声。

一边的许愿听到她肚子的叫声，笑着问：“饿了吧？”

林浣老实地点点头。

“我们去超市买点简单的菜，很快就有东西吃了。”

“叫外卖吧。”听得他说要下厨，林浣连忙说道。

“你没有看新闻吗？外卖不卫生吃了不安全。”

“你确定你会做饭？我以为医生都只会打针动手术。”

许愿扫了她一眼，没有说话。

林浣发现只要他不说话，气氛就会骤然降到冰点。为了打破这尴尬的气氛，她哈哈笑道：“不是要去超市吗？我去换双鞋子。”

许愿带着她去了进口食品超市。

许愿一样一样地挑选着东西，格外认真，蔬菜、牛肉、油、米、调料都买了一些回来。

许愿把蔬菜和牛肉洗净，然后像动一场大手术一样，一步步把蔬菜和牛肉炖成了一锅浓郁的汤。牛肉汤色香味俱全。

林浣一边大口大口地吞食着，一边说道：“我最喜欢吃牛肉了。”

“我知道。”许愿心满意足地看着林浣吃东西。

“你怎么知道的？”

“我是医生，医生当然会记得每一个病人的情况，从饮食到睡眠，我们都会尽可能详尽了解。”许愿神情一滞，但很快就给出了合理的解释。

原来是这样，病人和医生的关系。

林浣不再纠结，再次愉快地全身心投入到美食中，并且毫不吝啬地将他一顿猛夸：“终于知道那些护士为什么都惦记着你了，青年才俊，上得厅堂，入得厨房。”

许愿满意地看着她的吃相，那一刻他想，“死生契阔，与之成说。执子之手，与子偕老”，大概就是这样的场景了，他做的每一份食物，她都笑着吃得精光。

林浣心满意足地喝干净最后一口汤，为了表示感谢，她决定洗碗。

“我这些碗很贵的。”许愿从她手里夺过碗筷，说道。

“你怕我把它们摔破？”

沉默就是最好的回答。

“我有那么笨吗？”

他依旧沉默。

虽然被他讽刺了，但林浣并不生气。她站在厨房门口，默默地看着他洗碗、擦拭灶台，这一切是那样自然、温馨。

“如果我拍个照，告诉医院的护士们，原来你除了外表帅，还这么会持家，你说会不会引起疯狂追堵？”

“不会。”

“为什么？”

“任何女人都没必要把时间浪费在一个心有所属的男人身上。”许愿目光平静地看着她。

“你是说，你已经有了喜欢的人？”

他眼中波光流转，倨傲地笑道：“以你现在的智商，这个问题实在是不宜探讨。”

她哑口无言。

见她这副样子，他轻声说道：“你等一等，我帮你煮一杯牛奶。”

林浣不知道该说什么，于是只“嗯”了一声。

很快，牛奶就煮好了。他小心地把牛奶递给她：“烫，小心。”

林浣很自然地把空的牛奶杯递给许愿，许愿接过去把它洗干净，放好。

两个人走出厨房，许愿打开了电视。

看了一会儿电视，林浣无聊地打了个哈欠，许愿怜惜地说道：“累了吧，早点洗澡睡觉。”

听到许愿这样说，林浣也觉得有点累。她去房间里收拾衣服，准备去洗澡。只是，出院的时候，她的衣服都是许愿收拾的，她很难一下子找到自己要找的衣服。这不，光一件内衣，她都找了十几分钟了。

“你在找什么？”

她偏着头回答道：“找我的内衣。”

许愿并没有感觉到尴尬。他从沙发上站了起来，走过去，很自然地蹲在地下，从行李里面翻出一件黑色的内衣问道：“是它吗？”

林浣点点头：“是这件，你先帮我放在浴室里，我换好睡衣就出来。”

许愿只觉得有热气涌上来，那些热气烫红了他的耳朵。他咽了一下口水，跟林浣商量道：“你可不可以自己拿？”

“为什么？”林浣不满地反问。

许愿见她一脸不快，转念一想，她现在智商的确很难理解他的“想法”。他只好低低地叹了一口气，拿着那件随时会让他失去理智的内衣走了出去。

林浣总算穿好了睡衣，只不过她没有立马进浴室，因为客厅的电视里出现了她最喜欢的选秀节目。

“许愿，原来你跟我一样喜欢看选秀节目。”

许愿哑口无言。其实他根本就无心看节目，从客房出来后他一直在神游。

林浣大方地坐在许愿旁边看起了电视。她的睡裙是那种很可爱的贴身睡裙，勾勒得她身材凹凸有致，非常有看点。她一点都没有感觉到许愿逐渐火辣的眼神，十分坦然地看着电视。

许愿心中感叹，虽然她现在智商是八岁，但也不带这么伤害他啊，他现在的伤害值已经达到一千点了。

许愿冷静了片刻，问道：“你这样不冷？”

“房间温度这么高，你还冷吗？”林浣低哼一声，“你不会是因为年纪大了，怕冷了吧？”

年纪大了？比起电视节目里跳得正起劲的小鲜肉们，他的确是老了。只是现在并不是讨论年纪大小的时候，他吞咽了一下口水，再次试图提醒她：“你不冷，浴缸里放的水已经冷了。”

她这才放弃看电视，走进了浴室。

等她走进浴室后，许愿长长地呼了一口气，走进厨房掬了一捧冷水洗了个脸。

林浣关上浴室的门，她看着浴室的台面上摆着的日用品，洗发露、沐浴露、洗面奶……都是她喜欢的牌子和味道。

洗浴出来后，林浣很惊奇地问道：“你有特异功能吗？”

“没有。”

“那怎么你买的东西都是我喜欢的？”林浣笑嘻嘻地说，“太神奇了，从洗发水到洁面乳都是我喜欢的味道和牌子，你是怎么猜到的？”

“苏微微告诉我的。”许愿敷衍地解释道。

“这样啊！”林浣停止了追问。

“你以为是怎样？”许愿想逗一逗她。

她以为？她不过八岁，能怎么以为啊？看她不说话，许愿温柔地笑道：“你不会以为我喜欢你吧？放心，我对幼儿没兴趣。”

“你说什么？”林浣回头正好对上对方英俊帅气的脸庞，灯光下，真是美男如玉啊。林浣别扭地转过头，心脏扑通扑通地乱跳着，她慌乱地问他：“电吹风在哪里啊？”

“在那边，要不要我帮你吹？”许愿指指一边柜子上的折叠式电吹风。

“不用，不用，我自己会。”林浣张口就拒绝，可是许愿并没有放过任何打击她的机会。

“你确定你看得懂英文使用键？”许愿真的很怀疑凭一个八岁孩子的智商可以用得好电吹风。

“我又不是傻。”林浣尽量离他远一点，这样自己的心跳才能快些平复。

“可医院的分析报告显示，你的智商确实不怎么样。”他一边说，一边打开了电吹风。他的手缓缓移上来，温柔地摸着她湿漉漉的头发：“头发真长！你以前是短发啊，这六年多你都没有剪过吗？”

林浣抬头，却怔住了，他的眼睛里有太多的内容。

林浣觉得头皮都酥麻了，等头发稍微干一点后，她飞快地钻进房间。

她到底是没胆子，是怂货啊。

躺在床上，她疑惑地想，许愿刚刚那个表情，是不是想吞了她啊？

许愿躺在浴缸里，心想，要是让人知道冷静自持的许医生也这么没用，这么容易泄露情绪，那些人是不是很失望？

第二天早上，林浣起床时许愿已经走了。冰箱上留了一张字条：今天有两台手术，吃的在冰箱，不要到处乱跑！

林浣噘着嘴想，这是拿她当三岁小孩子啦。

医院里，许愿像抽筋一样时不时露出微笑。

护士们心花怒放，面瘫的许医生好像有症状缓和的倾向。主任看着许愿，狐疑地问道：“是不是有什么开心的事？”

放在平时，高傲地许医生一定会冷淡地摇摇头，没想到今天他竟然开腔了，而且还摸了摸自己俊秀的脸：“我很正常啊。”

说完这句话，他想到昨天晚上帮林浣吹头发的事，再次闷闷地笑出了声。

“这如果发生在别人身上叫正常，发生在你许医生身上就不正常了。”主任抢白道。

许愿一听，脸红了一阵。

主任故意说：“你小子，是不是走桃花运了？春风得意啊。”

“主任！”许愿叹气，这老头还像个正经的导师吗？

主任轻笑，不再说话。

安排好的两台手术做完时，夜已经深了，许愿冲进消毒室胡乱地洗了洗，就马不停蹄地赶回家。

“许医生，这是我……”值班的小护士拿着为许医生精心准备的热饮，看着迅速奔跑消失掉的许医生，心瞬间跌进了冰窖。

深夜的路况很好，许愿一路疾驰，很快就到了小区门口。他在车里隔很远就看到了客厅里的灯亮着，橘黄色的灯光在春日里更显得暖暖的。

把车停在地下车库，许愿飞奔上楼。

他打开房门，看到林浣果然在客厅，她靠在沙发上已经睡着了。

许愿轻手轻脚地走了过去，靠着她坐了下来。她一张脸睡得红扑扑的，这样一来，脸就更像一个红苹果。许愿情不自禁地用手捏了捏她的鼻子。

林浣迷迷糊糊睁了一下眼睛，瓮声瓮气地说：“我给你留了面条。”

许愿看到餐厅的桌上搁着一碗面条，卖相很差，黏糊糊的一团。浮在表面的西红柿真是影响食欲啊，这是暗黑料理？许愿却很满足。林浣在家里等他，还为他准备了一碗面条，这是他六年多前就有的梦想，如今不过是迟来了而已。

他这样想的时候，偏头看向林浣。她困得脑袋一点一点的，头时常栽下去。

“困了吧？”许愿温和地笑道。

“嗯。”林浣迷迷糊糊地说。

许愿放下面条被他消灭干净的面碗，走到林浣身边，缓缓地蹲了下来：“怎么不去房间里睡？这里容易感冒。”

迷迷糊糊的林浣反握住他的手，说：“因为我在等你回来。”

“傻瓜……”许愿的话还没说完，就被她的小动作给暖到了。

原本在打盹的林浣突然往许愿怀里蹭呀蹭呀，她找了一个舒服的姿势，紧紧地抱着他，像一只想要取暖的小猫。

看着怀里的人儿，许愿没敢再说话，任由她紧紧地抱着。听着时间流动的声音，许愿一动都不敢动，他垂着眼睑，温柔地看着她，那宠溺的眼神像要把人融化。

就这样过去了十几分钟，许愿的腿蹲麻了，他怕惊醒林浣，只敢轻轻地动了动。他没有想到，林浣竟然醒了。她迷迷糊糊地看着许愿：“好困，我们一起回床上睡好不好？”

我们一起回床上睡。

许愿听得心里乐开了花。

他正准备说话，林浣却又睡着了。许愿摇了摇头，把她打横抱了起来。

他温柔地想，既然她能教他胸咚、壁咚，那么她一定知道他现在是在正给予她温暖的公主抱吧。

许愿把她抱回卧室，给她盖好被子。可能是动静太大，林浣竟然醒了。她懵懂地看着许愿，大概以为自己是在做梦吧。她不确认地揉揉眼睛，许愿还在。她吓得往床边一滚，许愿赶紧把她捞了回来，她才不至于跌到地上去。

“笨蛋。”许愿骂起人来也很温柔，一点都不像众人口中那个冷酷的许医生。

在许愿的注视下，林浣的脸立刻红了，她吞吞吐吐地问：“你……你怎么在这里？”

“嗯，我为什么会出现在这里？”许愿想了一下，说，“好像这是我家。”

“……”林浣的脸红得更厉害了。

见她的脸红得像个苹果，许愿浑身一热，他咬咬嘴唇，想润润干燥的嘴唇，偏偏那个无知的林浣还说：“你很渴吗？”

“对，我很渴！”

林浣突然叫起来：“那怎么办？冰箱里的矿泉水被我喝光了，没来得及买。”

许愿舔舔唇，他的心跳加速，声音有些沙哑：“真的？那要怎么办，我渴死了。”

“别动。”

林浣这才发现自己还被许愿搂在怀里，他正玩弄着自己肩上的头发：“嘘，别动。”

不是要喝水吗？林浣的话卡在嘴边，却没有说出来。她只知道自己快要窒息了，鼻息间满是许愿身上发出的消毒水的味道。不知为何，这味道让她很心安。只不过这心安的感觉不过几秒就消失了。她感觉脖子后面痒痒的，原来许愿玩头发的手指已经从肩头转移了阵地。她身体一僵，有种想要破茧而出而不得的无力感。她只得岔开话题，问：“你不是要喝水吗？”

“嗯，是的。”小动作被打断，许愿的语气有些不耐烦，但是一想到林浣如今的状况，他懊恼地叹了一口气，“那个……你继续睡，我自己去烧水。”

说完，他体贴地给她盖好被子，转身走出了房间。

林浣见他闷闷不乐的样子，狐疑地想，他那是什么表情？他是怪她把水喝完了吗？她又不是故意的。

林浣躺在床上，胡思乱想。可能是胡思乱想得太厉害，她睡得并不安稳。正好那晚打了一个春雷，她吓得尖叫出声。

睡在旁边主卧的许愿一直在失眠，听到林浣的叫声，他忙抱过去推开门。见林浣拥着被子坐在床上，额头的头发湿湿的，他焦急地问道："你怎么了？"

"打雷了。"林浣惊出了一身汗。

"别怕。"许愿轻轻地拍着她的肩。

林浣迷迷糊糊地看着他，他显然是匆忙跑过来的，连睡袍都没有系好，敞开的胸膛上面有胸毛，真是性感。

性感……林浣不禁又多看了两眼，嗯，这人应该是经常锻炼，还有胸肌。

"你在看什么？"见她半天不说话，许愿调侃道。

要怎么回答？在看你的胸，在看你的胸肌？林浣苦恼起来。

见她不说话，许愿温柔地拍拍她的肩："吓傻了吧？"

他的气息非常干净，淡淡的薄荷的味道，这么熟悉，这么令人安心。林浣又在他怀里沉沉睡了过去。

许愿坐在床头，一动都不敢动，生怕又惊醒她。房间外面，雷声滚滚，一片萧瑟。他心里有些伤感，又有些庆幸，伤感的是不知如何去走下一步，庆幸的是这辈子还有机会和她相拥。

就这样，许愿当了一晚上的人肉睡垫。第二天早上，林浣不好意思地干笑："我昨天一直睡在你手上？你手一定很麻吧？"

"还好。"许愿非常平静地说道，他的手确实很麻。

林浣看着他，静默着。

许愿忍着手臂酸麻的不适感，关切地问："早上吃什么？"

林浣早已饿得前胸贴后背，所以她毫不客气地说道："只要能填饱肚子的都行。”末了，她又看了一眼墙上的石英钟，怪不得肚子饿，竟然已经九点了。她看着许愿好奇地问：“你今天不用上班？”

“休年假。”

“你不会是为了陪我才休假的吧？”

许愿淡淡地说道：“你想太多了。最近医院不忙，主任给我批了个长假。”

“原来这样啊。”

“不然呢？”

其实，许愿确实是不放心把她一个人独自放在家里，所以央着主任把他攒的假给批了，用来陪她。

趁林浣梳洗的工夫，许愿下厨房做了爱心煎蛋和面条。

林浣老远就闻到了香气，她蹦到厨房，看到了两碗色香味俱全的面条，大声说：“谢谢你。”结果一不小心，脚下一滑，差点摔倒幸好正准备放锅铲的许愿接住了她。

林浣条件反射地搂住他的腰。

许愿觉得身上一酥，仿佛电流已经沁入他的皮肤，随着血液一路直抵心脏。两人暧昧的姿势使林浣不得不看向许愿。厨房向阳，清晨的阳光欢快地洒进来，衬得许愿眉目清秀。那双黑色的眸子含着笑，比阳光还要暖。

“看够了吗？”这次许愿先回过神，温柔地调侃道。

花痴行为被抓现行了，林浣尴尬地回过神，飞速地跳起来，差点把许愿手中的锅铲给撞掉了。她有些难为情，立正站好，转移话题：“这面条真鲜，闻着都想把舌头咬掉。”

“贪吃习性不改。”

“你怎么知道我贪吃？”

“看面相。”

林浣摸摸自己的大饼脸，很郁闷。

“别郁闷，脸大有什么不好？旺夫，贵气！”

“错！脸大费钱啊，化妆品都要多用些。”林浣伤感地说，“再大下去，只怕是面膜纸都要买最大号了。不行，我要减肥。”

好像是这么一个道理！看着一脸伤感的林浣，许愿岔开话题：“吃早餐，早餐快凉了。”

刚刚还在伤感的林浣一听这话，立刻露出笑脸：“肚子早就饿了。”

“……”许愿无奈地微笑道，“先吃饱，再减肥。”

许愿休长假的这段时间，除了偶尔出门逛逛，两个人大多数时间都窝在家里，一个看电视，一个看专业书。

这天像往常一样，林浣在客厅看电视，许愿在阳台上看专业书。

电视节目很无聊，林浣跑过去捣乱。她趴在他旁边，似一只猫一样，看着专业书上无趣的人体图，她懒懒地问他：“你为什么要学医啊？多血腥啊！”

“没有特别的理由，因为喜欢。”

“怎么可能？一定有理由的。”

许愿收好书，轻轻敛下睫毛：“就跟喜欢一个人一样，没有特别的理由。”

林浣垂头丧气地站起来，这人的回答平淡无奇，一点都不好玩。

见她怏怏的样子，他颇觉好笑地问她：“你要去哪里？”

“看我的电视剧去。虽然电视剧很闷，但是跟你聊天也好不到哪里去。”

原来是这样，两闷相权择其轻啊！

“留下。”他没有抬头，只命令道，“就趴在这里陪我。”

这是当她是宠物啊！她哈哈干笑了两声，准备溜回客厅。许愿一眼就看穿了她的举动，伸出手拽住她的手腕，语气不容置疑：“别闹，我喜欢你趴在旁边陪我看书。”

“我哪里闹了？”林浣不服气，用力地想挣开他的手掌。

其实许愿并没有很用力地抓住她，她这一挣扎因为惯性，整个人都往后面倒了下去。

许愿的脸色瞬间大变，后面是一排花架，上面摆满了各式盆栽，如果撞倒它们，估计得头破血流了。

他的抢救还是不够及时，她整个人撞上了花架，花架应声而倒。各式盆栽很自然就砸了下来，林浣心一横，闭上眼睛等死。

只是很奇怪，她已经做好了送死的准备，怎么并没有东西砸到她？她疑惑地睁开眼，一张俊秀的脸就在眼前，他的额角正流着血。

“刚刚是你帮我挡住了那些花盆？”

许愿撑着地站了起来，他皱眉瞪着她，这个问题不是显而易见吗？

“你流血了，疼吗？”

许愿没有说话，自顾自地走进客厅去找药箱。

林浣冲过去帮忙，手指碰到他的手掌。他的手掌凉凉的，林浣被冷得吓了一跳：“许愿，你的手这么凉，是不是流血过多啊？”

“绷带在里面，帮我取出来。”他实在没有力气应付她的好奇三百问。

林浣蹲下来帮他取出绷带，他对着客厅里的穿衣镜熟练地上药。她站在他的身后，因为紧张，心跳声非常不规律：“你没事吧？”声音里有着连自己都不知道的心疼。

“没事，来帮我来打个结。”他手臂也被砸了，有些吃痛，用不上力。

林浣立刻冲到他面前，给他打绷带结的时候，林浣忍不住说：“下次再有这种情况，你不要管我。我不要紧，你这么聪明的人，被砸傻了可怎么办？”

“我怎么可以不管你？”许愿叹气。

林浣听到这话，手在微微发抖，不过，那个结还是打完了。林浣仰起头，看着许愿：“为什么不可以？你不是应该恨我的吗？”

许愿突然就呆住了，像忘记了疼痛一般，怔在那里。

林浣看着他，他那张俊美的脸此时有点苍白，脸上的情绪令人捉摸不定。他的眉头紧锁着，好半天，他不确定地问道：“你，恢复了？”

这种小心翼翼的问话让林浣胸口有点揪痛。她原以为他会痛骂自己，结果他只是问出了这般不确定的话。

林浣看着脸色苍白的他，认真地点了点头：“我已经恢复正常了，这些天谢谢你的照顾。”

许愿咬唇没有说话。

他越平静，她越惶恐。

她解释道：“我不是有意骗你的，前两天，我不知道怎么跟你说。你明天就看不到我了。我给苏微微打了电话，她现在在飞机上，她明天就来接我。”

“哦。”许愿轻声回应道，似乎一切都在他的意料之中。

尴尬。

无比尴尬。

为了缓解这尴尬，林浣冲进房间，默不作声地收拾着自己的行李。

许愿没有跟进来，他在厨房准备晚餐。平时他非常注意营养的搭配，弄出的食物总是色香味俱全，可今天大概是因为心不在焉，只做了一个简单的炒西兰花和一个紫菜汤。

两人在沉默声中吃完了饭。林浣捧着牛奶杯站在阳台上，夜幕下的江城非常漂亮。

林浣发呆的时候，许愿走过来拿开她的牛奶杯，然后开了两罐啤酒，递给她一罐：“喝一点酒。”

林浣接过啤酒，不知道是不是负罪感太重，想要用酒精去麻痹，她一口喝掉了半罐啤酒。那夜的风很大，喝酒的时候，林浣听到许愿的呢喃：“其实我真想你永远都恢复不了正常。”

林浣一时之间不知该怎么反应，不自觉地将指甲深抠进手心。

估计是喝了酒的关系，许愿大胆地靠近她。两个人也不是第一次靠这么近了，可是这一次，他明显带着攻击性，一步跨过来，把她锁在自己的臂弯里。他的气息是烫人的，他温柔地在她耳边轻声说道：“浣浣，别走。”

她受了蛊惑，迷失了方向，一动不动，啤酒罐滑落下来，发出“咚”的一声。

他的手顺着她的脖子缓慢地游走着，他的舌尖顺着他的手滑过的地方慢慢地游走。林浣睁着眼睛，许愿的眼睛里弥漫着一层水雾。林浣想挣扎，却没力气，残存的神智似乎也在渐渐消失，她喃喃着想说什么，却感觉身子一轻，被人抱了起来。

“林浣啊，林浣，我该拿你怎么办？我明明应该恨你，恨你当年那样狠心地抛下我。面对你时，我却只想和你在一起，其他的什么都想不了。你究竟懂不懂我有多喜欢你啊？”他的声音沙哑，像是带着魔力。因为紧张，他的手心有些湿润，他的舌尖被他汗湿了的手心一路引领着。

许愿像是老了一样，一边吻她，一边喋喋不休地说道：“我跟自己说了很多次，以后遇到了你，一定要装作坚强一点。可一见到你，我就知道，原来喜欢就是喜欢了，没有道理，没有别的办法。不管你是什么样的人，不管你做过什么样的事，只要出现的那个人是你，我就再没有别的办法。”

林浣预感到要发生什么，她的理智告诉她要拒绝，她的身体却本能地迎合着许愿。

林浣觉得自己像是一条快要渴死了的鱼，许愿的吻就像是一汪水，她是那么贪恋。她主动张开贝齿，他的舌头像是在吐泡泡，穿梭在更深处。

林浣觉得自己要缺氧了，她紧紧地箍住许愿的腰，发出一声含混不清的呻吟。就是由于这声呻吟，他加大了吻的力度，带着一点攻击性。

林浣睁着迷离的眼睛看着他，天之骄子许愿，带着与生俱来的贵族气息。而此时，他微微张开的眼睛里面有着想吞噬人的情欲。或许是酒精的作用，他的眸光里带着柔情。他伸出手解开了林浣裙子最上端的两粒扣子，露出线条柔美的锁骨。他低头咬住她的锁骨，情不自禁地垂手抚向那锁骨下面皮肤，一寸一寸，一点一点，她感觉他手指所到之处仿佛起了火焰一样。

“许愿。”林浣终于呢喃着叫出他的名字。

但是他已经失去了回应她的理智，他将她打横抱起，狂猛地吻着她，令她简直要窒息。他把林浣放在沙发上，林浣只能安静地蜷缩在他身下，他低头便能闻见她身上那熟悉的味道，身体里埋藏多年的情感这一刻仿佛要喷涌而出。他着迷地吻着她的锁骨，一遍又一遍。

昏昏沉沉间，林浣忘记了他已经有女朋友的事实，她的身体不自觉地做出了回应。这个动作更加刺激了许愿。他低吟一声，吮吸着，探索着，更加深入。

那喷涌的感觉快令他失控了，他就要失控时，林浣突然呻吟出声。

就是这一声呻吟让林浣清醒了过来，她惊慌失措地推开了许愿：“不行。”

他仍旧牢牢地抓着她的手腕。

“许愿，我们已经分手了，六年多前就已经分手了。”林浣狠心推开他。

“我从来都没有说过分手，是你说的。”许愿执拗地抓住她的手，借着酒意说道。

那又怎么样啊？从前是回不去的，何况他现在已经有了女朋友，这里即将成为他的婚房。他只不过是可怜她才收留她，她不能因为一时的意乱情迷破坏许愿的生活。

林浣瞪大眼睛看着他，冷静清晰地告诉他一个事实：“可是许愿，我已经有男朋友了。”

这一盆冷水泼下来，良久之后，许愿清醒了过来。他的声音有点悲戚，笑道：“是啊，我怎么忘了，你已经有了苏默白。奇怪，你有了苏默白，我怎么这么难受？”他像是在说醉话，又像是喃喃自语，“你别以为我是顶天立地的许医生，其实我也有怕的东西。有人怕尸体，尸体有什么好怕的？它不过是一具标本，没有侵略性。最可怕的不应该是感情吗？这世上任何病都有药可解，唯有感情这种病，它深入骨髓，无药可医。就像你离开我那段时间，我日夜想你，只能靠学习麻痹自己，更曾经二十四小时泡在实验室。因为做实验的时间太长，我竟然晕倒在了实验室。我在实验室陪着那些泡在福尔马林里的尸体过了一晚上。第二天我才算是想明白，这辈子我再也没有能力喜欢第二个人了。”

“可那些都已经过去了。”听着他的这些话，林浣觉得自己全身都失去了力气。她以为离开许愿，她吃过的苦、遭过的罪，是最多的。她没有想到，他竟然是这样艰难万分地熬过来的。

听到她的话，许愿停止了醉语，他坐在阳台的沙发上，看起来很正常，像什么都没有发生过一样。

林浣不敢多待一秒，她一声不吭地逃回了房间。那一晚她失眠了，睁着眼睛等到了天明。

第二天早上她走出房间，餐厅的桌子上摆着热气腾腾的早餐。许愿已经走了，他放了一把钥匙在餐桌上，用便利贴写了一张字条：“走的时候帮我把门关好，钥匙你先带走。”

林浣吃着早餐，有些食不知味。

一顿饭还没有吃完，苏微微的电话就打了过来：“浣浣，你在哪栋楼啊？我到了小区门口。”

林浣报出了许愿家的门牌号，十五分钟后，苏微微现身了。

苏微微一进屋就开启了碎碎念模式：“哇，现在这房子值不少钱呢。”

“这是重点学区房，从小学到高中都不用担心上学问题。”

林浣脑海里冒出年轻的许愿的声音：“这地方配套设施好，我们女儿以后从幼儿园到中学都不用担心上学问题了。”

苏微微已经参观到了露台，说道：“许愿一个大男人，把露台贴得这么……”看着粉红色的露台，苏微微突然找不到形容词了，憋了半天她才道：“原来男神许愿是内心像周杰伦一样的男人。”

“周杰伦？”

“你这就不懂了吧？公主风啊，周杰伦、昆凌的婚礼就是这样的公主风。”

林浣愣了一会儿，耳边还是年轻的许愿的声音：“如果改成婴儿房，应该贴粉色的墙纸，我喜欢女儿。女儿漂亮温柔，老了以后还是贴心小棉袄。”

这原本是他们两个的房子啊，只是后来她背弃了他。

现在许愿身边已经有了小女朋友，等小女朋友一毕业，他就要结婚了，以后这里会是他们的婚房吧？他们一定会生一个漂亮的女儿吧？

苏微微还在喋喋不休，林浣不再搭腔，她默默地进房间收拾行李。

身后，苏微微的情绪依旧很亢奋："大神书架上面的书都是珍藏版啊！"

"大神真是绩优股，房子、车子都有，品位还都不错。"

这女人永远都这么肤浅。

收拾好行李，林浣拉着还在四处打量的苏微微，平静地说："走吧。"

苏微微不舍地退出许愿的房子，帮她把东西放在车上，林浣一副呆呆的表情。

苏微微担心地问："你没事吧？"

林浣"噢"了一声，随即说道："没事啊。"

"你老实交代，这十多天，许愿有没有对你怎么样？"

"你胡说八道什么啊。"林浣作势捶打着苏微微。

"你们两个郎情妾意，真没有发生点什么啊？"苏微微不信，"孤男寡女的，可能吗？"

"不要脸。"林浣知道她在想什么，笑骂道。

苏微微见她不愿意多说，也只好打住。

回到小公寓，林浣又开始了每天赶稿的日夜颠倒生活。

有天，她在邮箱里看到许愿发过来的邮件。是陈太太拍的林希的新照片，照片上的林希笑得很开心。

许愿的邮件只有寥寥数语："林希的病情有所缓解，陈太太将他照顾得很好，勿念。"

林浣摸着照片上的林希，也欣慰地笑了起来。

"干吗啊？笑得这么开心！"苏微微抱着枕头靠了过来。

"林希的病情有所缓解，可能有机会动手术。"

"那你准备怎么谢谢许愿啊？"苏微微很直接地问道，"如果不是许愿尽心尽力照顾林希，帮林希找医院，林希也遇不到这么好的机会。”

“你这样一说，我还真是亏欠许愿挺多的。”

“有没有考虑好怎么报答？以身相许怎么样？”苏微微取笑道。

“以身相许？那我岂不是要分身！如果没有苏默白借我那一大笔钱，林希也没有办法转院。”

苏微微默哀道，许愿啊，姐只能帮你到这里了。

由于林希的病情好转，林浣的心情非常不错。为了感谢苏默白的帮助，林浣在赶完稿的第一时间就打电话请苏默白吃饭。

“怎么想到请我吃饭？”电话那头的苏默白很意外。

“就当是感谢你在我生病时送去千层蛋糕吧。”

这个理由实在是够奇葩，苏默白哑然失笑：“可是今天有点忙。”

“那就约在你们检察院附近吧。”

林浣比苏默白早到约定的地点，她自己估摸着点了几个菜。苏默白赶到的时候，菜也上得差不多了。

他坐下来，笑得很好看：“你怎么知道我喜欢吃这些菜的？”

“既然是请吃饭，当然得做足功课了。”

苏默白一下子笑起来：“最近怎么样？”

林浣也笑起来：“还不错！最重要的是林希的病情控制得很好，可以做手术的机会很大。”

苏默白看着林浣亮晶晶的眼睛：“这就是你请我吃饭的理由吧？”

林浣没有否认，笑道：“虽然老是道谢也挺让人烦的，但还是要谢谢你。”

“那个钱……”

“这家餐馆的菜很好吃，你推荐得不错。”林浣完全没有意会到他有话想说，把他的话给堵了回去。

苏默白垂眸，没有再继续聊钱的话题，他关心地问道："工作进程怎么样？"

"稿子画完了，接下来我会去陪林希一段时间。"

"许愿跟你一起去？"

提到许愿，林浣一下子就沉默了。

接下来很长一段时间，林浣都没有再说话。

苏默白摇动着杯子里的大麦茶，他看着她，她眼眸里有一股哀伤。他思忖了片刻，神情有些凝重地说道："林浣，我想告诉你，其实……"

有些时候，有些话总是没有机会说出口，苏默白刚想说钱的事，检察院其他同事也过来吃饭了。

来的是几个姑娘，看到苏默白和林浣，一个个双手捧腮，装出一副哀怨样："苏检，这就是你这些年拒绝我们的原因吗？"

苏默白一本正经地点头。

"不过我们也心服，嫂子真是漂亮、有气质。"几个姑娘对着林浣一顿乱夸。

林浣心情突然好起来，她拉开椅子，问道："要不要一起吃？"

"我们可不想做电灯泡。"几个小姑娘拒绝了林浣的好意，叽叽喳喳地坐在了不远处，可眼睛还时不时地瞟过来。

等她们吃完饭走远了，林浣才把脑袋抬了起来，她撇撇嘴说："这下真是有理说不清了。你刚刚怎么不解释？"

苏默白黑亮的眸子盯着她看了一眼："刚刚把你夸成那样，我以为你会很高兴，就懒得解释了。"

听到苏默白的话，联想到刚刚几个小姑娘的夸赞，林浣紧绷着的小脸软化了几分。

“苏默白，她们进来之前你想跟我说什么？”

“没什么。”顿了一顿，他平静地回答道。

有时候，有些话其实并不是被别人打断的，或许还是自己有那么一点私心，不想说出来。

林浣的新漫画上市的反响也非常好，紧接着就是签售。忙完签售，就在林浣想飞到H市陪林希时，她却突然接到责任编辑的电话：“林浣，漫画的影视合约谈得不错。公司给你买了一期杂志版面，想要你做做公益，树立一个正面形象。”

林浣虽然不喜欢作秀，但她一直有做义工。这次公益活动虽然是公司安排的，但因为可以帮到需要帮助的人，林浣并没有推辞。

这次公司安排给她的是一家康复医院，里面都是行动不便的患者，因为家属没有办法专门照顾，所以平时生活都靠康复医院工作人员照顾。康复医院的环境很好，林浣在走廊上突然听到有人叫她：“林姑娘。”突兀的声音很明显吓了她一跳，林浣停下脚步，有些迟疑地看过去。

一位坐在轮椅上的老太太惊喜地看着她：“林姑娘，你好啊。”

林浣是第一次上这种康复医院，可是医院的病人这样跟她主动打招呼，她实在是蒙了。对方却一点都没有注意到林浣不解的神色，夸赞她：“你跟照片上一样漂亮。”

林浣指指自己的鼻尖，非常客气地问：“您有我的照片？”

老太太从怀里摸出一张皱巴巴的照片，上面确实是她，只不过是一头短发时的她。林浣在脑子里慢慢思索，是谁把几年前的照片给泄露出来了啊？

见林浣不说话，老太太着急了：“林姑娘，许愿没有跟你提起过我？他现在都已经是主治医生了，你们要结婚了吧？”

许愿？结婚？一连几个重磅炸弹让林浣直发蒙，可她并没有在老人面前表现出来。

幸好后来有洗被子、晒棉被、打扫卫生这些活干，她才不至于太尴尬。

她的表现让老太太差点没感动得哭起来。看着窗明几净的病房，老太太夸赞道："真干净！我们许愿遇到了你，那真是前辈子修来的福分啊。"

林浣微微尴尬地笑着。

这时候有人推门走了进来："妈，今天感觉怎么样？"

听到声音，林浣抬头看过去，来的那人却是陈诺。陈诺显然没有料到会遇到林浣，他也怔在了原地。

"儿子，林姑娘今天在这里做义工。"

"哦，这样啊！"陈诺应道，顺便捂了捂额头，以便自己能适应这尴尬的处境。

"好久不见。"林浣大方地伸出手，只是眼中分明充满疑惑。

陈诺想了想，跟老人说道："妈，我跟林浣几年没见了，我们出去聊一聊。"

老人很开心地挥挥手："去吧，去吧。"

两人走到康复医院幽静的花园，找了个凉亭坐下后，林浣直截了当地问："说说吧，老人手里的照片是怎么回事？"

陈诺想了想，答道："这是个误会。"

"我倒是对这个误会挺有兴趣的。"林浣扬眉。

陈诺叹息了一声："林浣，其实当时许愿是真的想和你结婚的。"

"陈诺，这时候不适合开玩笑吧。"林浣揉了揉眉心，陈诺提起往事实在是令她有点囧。

陈诺看了她一眼，说道："我跟许愿关系一直很好，他很傲娇，只有我这么一个朋友。”

林浣的眉头紧锁道：“你们俩感情好这种事不用昭告全世界吧！”

陈诺侧头看着她，平静地说道：“高中的时候，许愿跟我像兄弟一样。他经常去我家吃饭，我妈也特别喜欢他，所以就认了他做干儿子。那时我妈病重，医院都已经下了好几次病危通知书。我跟许愿都毫无办法。最后许愿情急之下就拿了你的照片给我妈看，他跟我妈说，等他当医生后你们就结婚，让我妈等着喝他一杯茶。”陈诺说得很平静，没有丝毫隐藏，“那时他也只是想稳住我妈的情绪。”

林浣有些不自在地笑了两声：“那这么多年了，也该解释清楚了。”

“你也别急，我也不知道我妈把照片藏了这么久，我下次再找个理由告诉她你和许愿分手了。”

此时她的气已经消了大半，她挑起眉问：“那你准备编什么理由说我们分手了？”

“要不就说许愿有病，不能结婚，不能拖累你。”陈诺见她不生气了，就凑过去逗她，“我家老太太信佛，她总不能看着干儿子祸害人家姑娘吧。”

林浣“哼”了一声，瞪着眼说：“呸，呸，呸，什么有病！坏的不灵好的灵！”

陈诺笑嘻嘻地说：“想不到你这么迷信。”

林浣下意识地往后退了一步，她的眸子里闪过一丝苦涩：“我只是怕这句话灵验。”

陈诺没说话，片刻之后他才轻声问道：“你这么怕这句话灵验，是不是还关心着许愿？”

“你误会了，因为我妈生病才去世的，林希也生了重病，还在医院继续治疗，所以我对生病种事反应有点太。”林浣抬高声音解释道。

“真的只是这样？”陈诺发出一声叹息。

林浣胸口莫名有点闷：“不然呢，你以为还有什么其他意思？”

“林浣，你何必这么冷漠？”

“我冷漠？是你想太多了吧。”被人刺到痛处，她立刻竖起身上的刺。

“我想太多了？林浣啊，你知道吗？六年多前你甩许愿的时候，他哭了。他跟我说，也许以后他会遇到别的女人，但又怎么样，因为她们都不是你，所以他动不了真心。”

不管当时怎么伤心可到底还是挨过来了，而且伤心的并不是他一个，她也曾日夜流泪。

只是过去的都已经过去，所以林浣只笑了笑，不再说什么。

看着她笑，陈诺特别心酸地说道：“后来我出国了，有一次他跟我说，他要装修新房子。他给我发来他的设计草图，被我整整嘲笑了一个多月，那个阳台像什么鬼啊？可他怎么跟我说的，他说这是他买房时就想好的样子，他甚至还跟我说，那时他预想你们一定能生个女儿，你们的女儿将来一定要长得像你。他说着说着声音低沉了，那分明是想压抑住哭声，不愿让人听到。你能想象吗？年纪轻轻的主治医生，能医好很多的疑难杂症，却偏偏拿情伤没有办法。我当时就在心里想，时隔这么久，他原来并没有忘记你。”

时隔这么久，他原来并没有忘记你。她的心忽地一动，可她忍住了，平静地说道：“照片的事，麻烦你跟老太太说清楚，我可不想下次还出现这样的误会。”

说完这句话，林浣转身就走。

陈诺看着她的背影，神情沉郁地喃喃自语：“许愿，人家来去潇洒，偏偏你作茧自缚。”

第十三章·甜蜜

谁能够想象，眉毛那么短，天涯却那么长。

陆海一脸阴鸷地冲进肖豆蔻的房间，肖豆蔻并不在房间里，陆海气急败坏地看着助理发问："肖豆蔻在发什么神经？竟然几天不出现在片场！"

"肖姐心情不好，喝醉了。"

"她心情不好？"陆海皱眉问，"她现在在哪里？"

"公寓。"

陆海来到肖豆蔻租住的公寓，推门就闻到酒味和呕吐物的酸臭味。他扯开窗帘，太阳照了进来，许久没见阳光的肖豆蔻用手挡住眼睛，慢慢适应光线后她才睁开眼睛，只是因为一直昏睡，她的眼睛一片猩红。

陆海怒气冲冲道："肖豆蔻，我真是小看了你！你就这点能耐吗？"

"有什么意义吗？就算我听你摆布，到最后我一样得不到许愿。"肖豆蔻醉醺醺地说道。

"为什么没有意义！你只有站得更高、更远才能抓住一个男人的心。哪个男人不喜欢出色的、漂亮的、不容易得到的女人？男人都是有征服欲的。”陆海冷笑一声，“像你现在这个样子，就算是十个肖豆蔻也吸引不了许愿的目光。”

肖豆蔻习惯了他阴阳怪气的挖苦，笑道：“我知道你恨许愿，那你为什么不一刀结果了他，非得拖着我下水？”

“你喜欢看电影吗？电影里不是都有一个幕后大BOSS吗？你见过哪个大BOSS对待仇人是一刀索命的？我虽然喜欢快感，但在对待仇人这种事情上面，就是不想让仇人痛快地死。我喜欢像猫抓老鼠一样，慢慢地玩弄一番。要是让他痛快地死了，我反而心情没有那么好。”陆海一边说，一边抬头慢慢地看向肖豆蔻。

肖豆蔻突然想说，电影里的反派大BOSS最后都会死得很惨。可她忍住了。她只是疑惑地问道：“那我究竟是你这部电影里的什么角色？”

“我还没有想好，也许是一颗棋子。也许是因为平时太寂寞，想找一个跟我类似的人陪陪我。也许这两种可能都有。”

说完，陆海转身就走了。

肖豆蔻跟他接触这么久以来，早已经深知他的脾性，他素来是这种薄凉的脾气。也许像他说的一样，他真的只是太寂寞，所以想找一个跟他一样郁郁寡欢的人陪着，获得存在感而已。

肖豆蔻从沙发上坐了起来，疲倦而困顿地看着窗外。那她呢，又能去哪里找一个跟她一样的人？

林浣在江城的工作初步告了一个段落，她向公司报备了需要请长假的事情，只等公司帮她落实，她就可以飞H市去陪林希了。

一切弄妥后，林浣发现快到外婆的生日了。

外婆患了老年痴呆之后什么都不记得了，她一直住在乡下的养老院，平时十分寂寞。林浣想到这次去陪林希很长一段时间不会回来，所以她打算好好陪外婆过一个生日。

她提前一晚用火文煲了一锅汤，用保温杯装着，借了苏微微的车回了乡下。

她到的时候外婆正在房间里面看电影。老太太什么都不记得了，看到她出现，皱着眉问道：“煲了汤吗？”

她笑着打开保温杯盖说道：“外婆的鼻子真灵。”

老太太突然说道：“我可不敢喝你这汤，当年喝了你一次汤，我这把老骨头差点在厕所散架了。”

陈芝麻烂谷子的旧事，老太太突然翻了出来。老人家错乱的记忆有时也像一枚定时炸弹，炸得人动弹不得。

林浣尴尬地给自己倒了一碗汤，边喝边诱惑老太太：“外婆，这汤很香啊，我现在的厨艺可好了。”

老太太气鼓鼓地说道：“你又骗我，我不相信你，你煲汤是没有天赋的。”

林浣还想再争辩时，外面响起了敲门的声音。

林浣拉开门，却没有料到站在门外的竟是许愿。

老太太又犯糊涂了，看到许愿竟然胡乱说道：“给你介绍，这是我孙子，每年都会来看我。”

林浣有点发怔，听到外婆继续说：“乖孙子，又给奶奶带蛋糕了吧？”

许愿拎着一个大盒子，他笑着打开盒子，里面是一个又大又香的蓝莓蛋糕。

老太太开心地跳了起来，等不及点蜡烛就嚷着要吃蛋糕。许愿依她，给老太太切了很大一块，老太太吃得很开心，边吃还边嫌弃她的汤：“还是孙子带的蛋糕好吃，这小姑娘的汤会喝死人的。”

林浣尴尬地看着带来的汤，许愿只是笑，并不说话。

老太太吃完了一块，又去拿第二块蛋糕，边吃还不忘嫌弃地捅林浣一刀："你那汤倒掉吧，没有人喝的。"

许愿被老太太的话逗得大笑起来，侧头看着林浣。

被揭了老底，林浣的心在泣血，自信心被老太太拍得渣都不剩了。

可老太太还不打算放过她，含着蛋糕看着许愿，含混不清地说道："我说得没错吧？"

林浣恼羞成怒："外婆……那是很多年前的事了，我现在的厨艺很好了。"

说到这里，林浣愣住了。明明是几年前的事，却遥远得如同走了几个世纪。她一想起来，竟有些怅然若失。

"呵呵。"外婆没有理会她的怅然若失，专心啃着蛋糕，没有再搭理她。

林浣的小心脏难受极了。

倒是许愿看着保温杯，微微笑道："正好渴了。"然后林浣吃惊地张着嘴看着他给自己倒了一碗汤。

"你……"林浣无言。

"正好渴了，你不介意吧？"

林浣"嗯"了一声，许愿一口气喝了一整碗。

"还行。"许愿抿嘴一笑。

"臭小子，你可别替她讲好话。"听到许愿说"还行"，外婆不干了，说道，"我喝过，明明很难喝。"

"外婆，我没有骗你，真的还行。"他随手给外婆倒了一碗。

外婆很相信许愿，喝了一口，却立刻喷了出来："哪里还行？明明就是那个怪味道。"

这杀伤力，一秒就可以把她 KO 掉啊。林浣抚额，沉默不语地收拾着残局。

她原以为许愿也会跟着外婆奚落她两句，岂料许愿淡淡地说道：“很差吗？我真觉得还不错，我怀念这种味道很久了。”

听到这句话，林浣拿起保温杯的手有些发软，险些没握住。为什么他说得这么平静，自己却听着这么难受？他曾经对她那样好，他曾经那样爱她，他曾经把她煲出的像毒药一样的汤视为人间美味。

林浣不敢再多待一秒，她借口倒垃圾，走出了房门。她听到身后传来脚步声，凭直觉，她知道身后的人就是许愿。她轻轻地说道：“许愿，谢谢你。”

许愿并没有答话，林浣通过眼角，看见他一动不动地站着。林浣突然有些紧张，吞吞吐吐地说：“我……是说真的。”

不知什么时候，许愿已经握住了她的手。她被他指尖的温度吓得往后退了一小步。她看见他眸子里闪过一丝酸楚。

“你别误会，我只是想谢谢这些年你对外婆和林希的照顾。”

他很快就接话道：“我知道了。”

他突然感觉胸口很闷、很沉重，像被什么东西捶打了一样。

他自嘲地笑道：“是不是觉得我很傻？明明没有任何联系了，却总是找与你有瓜葛的事情做，帮你陪外婆，帮你照顾林希。我不能轻易舍弃的事情，在你眼里其实什么都不是吧？”

林浣想起他在国外念书的小女友，她的头脑有些空虚，开口道：“有些事情明明就已经结束了，你何必还在我面前装作一往情深的样子？”

装？许愿转头看向林浣，眼神中有微微的挫败感，这种眼神竟让林浣突然有点后悔自己刚刚说出的话。

不过一秒的时间，许愿就恢复了冷静：“林浣，我希望你好好解释一下刚刚的话。”他语气平淡，听不出任何情绪。

听不懂？林浣哼笑道：“你妈妈都告诉我了，你那个女朋友一回国你们就会结婚。”

“所以，你这些天的表现是因为吃醋？”许愿忘记了要去追问事情的起因，他的眼眸突然微微一亮。

林浣一怔。

见她怔住了，许愿扳着她的肩，缓缓地将她转过身来面对自己。他修长的手指刮着她的脸，轻轻地笑道：“我妈怎么不告诉你我喜欢男人？”

“喜欢男人？”

许愿淡淡地笑了笑：“也不是没有这种传言，当初在学校的时候不是都在传我喜欢陈诺吗？”

聪明如他，明明知道她问的是什么，可他并没有给她一个准确的答案。林浣默默地提着垃圾桶走过他身边。

许愿看着林浣的背影，脸上的笑意瞬间消失了。

不过是自作多情罢了。他多像个初涉爱河的毛头小子，不停地试探，小心翼翼地再次争取，得到的还是她转身就走的结果。

林浣安排了一下自己的工作，定在了半个月以后去H市，在那边一直陪着林希，直到他可以手术。

谢婉清留下来的老房子卖掉了，她收到了一笔首付款，影视公司那边的款项也下来了一小部分。她决定在去那边之前，先还苏默白一部分钱。

她给苏默白打了几个电话，电话竟然是无人接听的状态。她离苏默白上班的地方并不远，索性自己找去了检察院。

林浣来到检察院，上次在餐馆吃饭的几个小姑娘认出了她，笑着喊：“嫂子，你来了！苏检在办公室，要不要我们替你叫她？”

林浣讪笑，连连摆手：“我自己去找。”

她一走，几个小姑娘就在她身后叽叽喳喳议论起来。

“怪不得苏检平时对我们视而不见。”

“人家苏检是专一。”

“……”

林浣觉得好笑，她加快步伐，朝苏默白的办公室走去。苏默白的办公室在最里的一间，门紧闭着。林浣准备破门而入给他一个惊喜，推开门却让自己受到了惊吓。此时苏默白的办公室里站着一个男人，脖子上的文身特别夸张，他正递给苏默白一张烫金的请柬：“苏检，我们陆老板可是真心诚意想请您出席酒会，您考虑一下。”

苏默白见她推门而进，迅速收好请柬。

文身男满意地退出他的办公室。

林浣狐疑地看着文身男的背影，瞪着苏默白问道：“你什么时候认识了这样的人？”

苏默白尴尬地摸了摸鼻子，装傻道：“什么人啊？来我们检察院的什么人都有，人民的公仆可不能歧视任何人。”

“苏默白，你装傻是吧？”

苏默白岔开话题：“你找我有事？”

“你别给我打岔，我刚刚听到了那家伙说他老板请你吃饭。”

“一顿饭而已。”

“你可是公职人员。”

“林浣，我也没有办法跟你多说，我自己有分寸。”

林浣听到他这样说，也不提吃饭的事了，气鼓鼓地回到了公寓。

苏微微正在客厅抽抽搭搭地看韩剧，看到林浣突然出现，吃惊地问道：“你电话里不是说找苏大检察官去了吗？怎么突然就回来了？”

林浣把看到的事跟苏微微絮絮叨叨地说了一遍。

苏微微不以为然地说："现在要办事谁没有一两个后台？也许对方只是想拉拢苏默白，苏默白在执法部门摸爬滚打那么多年，难道不懂这里面的利害关系？你就不要在这里替他瞎操心了。"

林浣一想，好像也对，自己这样生气，反而会令苏默白误会吧。

林浣把这部分钱转账给了苏默白，顺便发了一条短信。

苏默白很快就回了她一条短信："放心，我会洁身自好的。"

"哟，当自己是娱乐圈女星啊，还洁身自好。"

苏默白回了一个笑脸给她。

这件不愉快的事就这样翻篇了。

第二天，林浣就直飞 H 市。她见到林希的时候，他正在和陈太太玩游戏。

见到她，林希很奇怪地问："姐姐，许愿呢？"

"他很忙。"

"他不是很忙吧？是你不想和他一起来吧？"

林浣把手中的纸袋放到林希手里："你的想法很奇怪。"

"袋子里是什么东西？"

"送给你，我的新漫画。"

"谢谢。"

林希翻了一会儿，突然平静地问她："你是我姐姐吧？"

"你说什么？"她停了一会儿，不可置信地问道。

林希忽然叹了一口气："你们就别当我是小孩子骗我了。我姓林，你也姓林，我想过了，我记得许愿跟我说过，我有一个姐姐，但是她因为有些特别的事不能陪我。我想知道，那个人是你吗？"

"林希……"

"我就知道你是我姐姐，我的第六感不会出错。"

林浣但笑不语。

"护士姐姐们说，我是许愿的私生子，所以他才会对我这么好。我知道其实不是的，是因为姐姐的关系。"林希小大人一样地说道，"就像童话书里说的一样，许愿在守候姐姐。"

听着林希的话，林浣拿着手机站在原地，忽然之间浑身冰凉。

她从医院出来，外面竟已变成了阴天。

天空中的云层灰蒙蒙的，让人觉得很压抑。

陆海的娱乐公司举行新片发布会那天，苏默白赴约参加了。

饭桌上，陆海亲自给苏默白倒了一杯酒："听说苏检要接老严的位置了？年纪轻轻就身处要职，果然十分有为。"

苏默白笑笑："陆老板，这种谣言你也能轻信？"

陆海哈哈大笑，说："你也是聪明人，咱们明人不说暗话。我这人虽然以前有一些江湖做派，但现在规规矩矩做生意，也没有什么见不得光的，你们就不要专门派人盯着我啦。"

苏默白皱皱眉："我们检察院盯着你？陆老板说的话我听不懂。"

"苏检应该看得出来，我是真心实意想和你交朋友。"陆海敛眉，一反常态地先干了一杯酒，继续说道，"所以我也实话跟你说了，前不久你们不是……我被人咬了一口，所以现在……"

听了他的话，苏默白的身体微微一震，但他很快就镇定了下来："我也是喜欢交朋友的人，只要陆老板不做违法的事，你这个朋友我交定了。"

陆海与他对视着，冷峻的脸上浮起一抹笑意。这个苏默白比老严容易对付多了，到底是年轻。

陆海觉得，一切都在他的掌控中。

从橙天娱乐公司回来，苏默白在车上接到带他入行的严大检察长的电话。

“小苏，忙完了吧？你师母说今天想请你吃饭。”

苏默白的车笔直开进了机关大院里，师傅严思源正在厨房里煲汤，香味四溢。

“师傅，又在煲羊骨汤？”苏默白贪婪地吸了几下鼻子。

“等下多喝两碗。”严思源从厨房出来，脱下身上的围裙，他对苏默白笑道，“最近有人跟我说，看到你和陆海来往密切。”

苏默白苦笑了一声，说道：“师傅，您别担心，我不会以身试法的。”

严思源看了他很久，才说道：“我知道。在你进检察院之前，你的资料还是我亲自调取的。”严思源给他舀了一碗汤，说道，“你父亲的事我都知道了。”

“师傅，我不仅仅是为了一己私欲。”

“小苏，我是要从这位置上下去的人了。”严思源在沙发上坐正了，看着苏默白说道，“陆海那人疑心重，你要小心行事，不要操之过急。”

“师傅，我是您亲手带出来的，我知道，您的心愿是将陆海绳之以法。”苏默白的声音很平静。其实这件事情他早就已经决定了下来，所以不管结果是怎样的，他都能承受。

严思源说：“你早就该告诉我。”

“师傅，我不告诉您其实也是不想将您牵扯进来。毕竟，陆海这人十分狠辣。”

“是啊，陆海为人狡猾多疑，而且他现在还有一个娱乐公司当外壳，你自己要多加小心。”严思源的声音干涩而苍老，“我希望你将坏人绳之以法的同时能全身而退。”

“我知道。”同时他也知道，这种事情他一个人知道就好，绝不能牵扯到其他人。像陆海这种干非法勾当的人，是没有人性可言的，什么事情都做得出来。

“你们爷俩别一聊起来就没完没了。”师母推门而入，她甚是欣喜地看着苏默白说，“默白，是时候找个人谈恋爱了，一个人太不容易了，找个人爱护你。”

“呵呵……”

“别搪塞我。有没有心仪的对象？”

“听检察院的姑娘们说，你在谈恋爱？”一向严肃的严思源也加入了八卦行列，说道，“哪天带来给我们见一见。”

苏默白一股脑儿把羊骨汤喝完了，他笑道：“师父，我还有事，先走一步了。”

林浣从H市回来，卖老房子的款项全部收到，影视公司那边也很爽快地付了尾款给她。

她想到的第一件事就是还苏默白钱，于是约了苏默白在西餐厅见面。

“吃什么？我请客。”林浣一边说，一边翻着菜单。

她平时经常看到杂志上推荐这家西餐厅，也不清楚它的消费水准，今天一看，不由得咂舌，款款都是天价菜。

林浣正在犹豫不决的时候，服务员非常绅士地推来一辆餐车，上面有红酒，还有上好的鱼子酱跟鹅肝。

苏默白有些恍惚地看着她：“你不必给我这么大的惊喜吧？1982年的红酒，极品黑鱼子酱，来自法国的鹅肝，难道你真的版税过百万了？”

“这不是我准备的。”林浣忍不住解释，“会不会是搞错了？”

“这是那位先生送给两位的，让两位慢慢享用。”

林浣转头一望，西餐厅的角落里坐着一位中年男人，苏默白隔空对着那人点了一下头。

林浣脑子里灵光一闪："那位就是邀请你参加酒会的陆大老板？"

苏默白点点头。

"那人一看就不是好人。"

"林浣。"他忽然轻斥一声，"别胡乱说话。"

林浣立刻反驳道："我怎么胡说啦！你看他的眼神，怪怪的。"

苏默白一双黑眸平静地盯着她："然后呢，让我和这群人断掉联系？林浣，你别太天真了，先吃饭吧。"

林浣默不作声，翻菜单的手停了下来。末了，她拎起包说道："苏大检察官，我这么天真的人可受不起这顿饭。"

看着林浣的背影，苏默白轻轻地叹了一口气，极其失落。

从西餐厅出来，林浣把钱存到了一张卡里，她把卡寄给苏默白，并发短信告诉他："你很缺钱吗？卡里是我欠你的钱的剩余部分，密码是你生日。"

"不用那么急，我们是朋友。"苏默白回道。

"呵，我哪敢？"林浣冷嘲热讽地回应，"我一个普通老百姓，哪敢跟苏大检察官做好朋友！钱还给你后，我们就两清了。"

"林浣，有些事情不是你看到的那样。"

"怎么，他们拿刀逼你交朋友了？"林浣这时心里还存有一丝幻想。

"没有。"

"那就是说你是自愿的。"

"以后你会明白的。"苏默白顿了一下，补充道，"我过两天会离开江城，出差。"

"那好，后会无期。"林浣气极，回他，"顺便祝你'钱途'无量。"

苏默白那头再也没有发短信过来了。

刚刚到H市，苏默白一如所料地看到了陆海。他坐在他预订的酒店大厅里，他一进去陆海就起身亲自迎接他："苏检，这么巧，你也入住这个酒店？"

苏默白微微一笑："是啊，真巧。"

"我订了两间房，原本是谈电影合作事宜，结果对方爽约了。如果苏检不嫌弃，可以住我多订的那间房。"

"怎么会嫌弃？正好可以省钱。"苏默白从善如流。

"那好，今晚刚好可以和苏检叙叙旧。"

见苏默白一副兴致不高的样子，陆海豪爽地给苏默白斟满了酒，说道："男人这个样子一般是为情所困。苏检是不是为情所困啊？"

苏默白接过酒，一饮而尽。

"我给苏检安排了节目，等下去赌场逛逛。俗话说，情场失意，赌场得意。"

"陆老板，这可不好。"苏默白的声音瞬间冷硬起来。

"我知道苏检一向自爱。我们不玩真的筹码，就当是找个乐子，解解闷。"

苏默白的手无意识地在茶几上画着圈圈，算是默认了陆海的安排。

车水马龙，灯红酒绿，一掷千金，有多少人迷失在其中？

苏默白看着面前的筹码，冷静地下注，不一会儿赢了好几番，他就此收手。

"这筹码跟你无关。"陆海把筹码兑成一码码的现金，"我会存进一个和苏检毫无关联的户头里，只是卡和密码暂时交由苏检帮我保管。"

苏默白没有接话。在陆海看来，苏大检察官算是默认了他的安排。

接下来他们去KTV唱歌，那里有最好的陪唱，最好的美酒。

苏默白借口去洗手间，陆海以为他怯场，叫漂亮的女孩们在走廊处等他。于是苏默白刚从洗手间出来，就看到刚刚陪唱的两位两美女在包厢门口等他。

他还没有回过神，就被左拥右抱了。

下一秒，走廊里传来冷冷的讽刺声："苏默白，别跟我说你这是在办公事？"

原来是来H市参加学术会议的许愿，他正好被老同学叫出来聚会唱歌，却没有想到在走道上看到了左拥右抱的苏默白。

苏默白看着许愿，冷冷地说道："这是我的私事，你管得着吗，许医生？"

"林浣的事就是我的事。"许愿一如既往地微笑着，他的语气却是不容置疑。

苏默白冷言道："你是林浣的什么人？不过是前男友，有什么资格？"

"只要她一日未嫁，就不能对前男友这个词判死刑。"

苏默白的手一颤："许医生，你凭什么这么说？"

许愿漂亮的眸子里透出一股坚毅："凭我还喜欢她，这六年多来一直忘不了她。如果她稍微聪明一点，就会发现我比你更爱她。"

"哗"的一声，苏默白接过身边美女手中的红酒朝许愿泼了过去。

许愿气定神闲地擦掉脸上的红酒，他看着苏默白，眯着眼说道："苏默白，我会将林浣夺回来的。"

"就凭你？六年多前被她甩了的人，你认为她还会看得上？"苏默白毫不留情地讽刺道。

"你配不上她。"

"许医生，这里不是医院，我不是你的病人。"苏默白傲慢地说道，"不要把我当成病人宰割。"

许愿皱眉，那双迷人的墨色眼睛里有一丝寒意，瞪着他道："你还不配当我的病人，我不是兽医，我从不给非人类看病！"

苏默白凝视着他，他很冷静，但他听明白了许愿的嘲讽，不由得下意识地握紧了拳头。

就在此时，陆海拉开包厢的门，他故作惊奇地问道："苏检，这是什么情况？"

苏默白并没有回答陆海的话，他想起开始切水果的水果刀。他转头看过去，果然看到了包厢桌面上的水果刀。有点晃眼的白光，晃得他思绪模糊。他冲过去，抓住水果刀，几乎是不假思索就对着许愿胡乱刺了下去。

许愿始料不及，凭本能伸手去挡，刀锋穿透刺伤了他的手臂。

"啊！"几位陪唱的美女发出惊呼声。

吵闹声惊到了许愿的同伴们，看着许愿鲜血淋漓的手臂，众人疑惑地问道："许愿，你怎么啦？"

"没事，喝醉了，撞到了别人，不小心把自己刺伤了。"骄傲如他，始终不愿意承认自己被人刺伤。

"真的？"

许愿皱皱眉："当然是真的。"

"这歌是没办法再唱了，带你去包扎。"

苏默白看着被朋友带走的许愿，发现自己拿刀的手颤抖得厉害。

陆海替他拿掉手中的刀，试探着问道："是仇家还是情敌？"

"理论上来说，是后者。"苏默白擦了擦额上的汗，微微一笑，从容不迫地说道。

"你放心，今天的事我会帮你的。"陆海宽慰他道。

"他不会报警的。"苏默白慢悠悠地说道，"他这么倨傲的人，肯定不想让人知道他被情敌刺伤了。”

“听起来很有意思。”陆海拍拍手掌。

“然而并没有什么意思，是很俗气的故事。我现在追求的人，是他的前女友。”

“这有什么俗气的？这世间最荡气回肠的，就是爱情这玩意儿。”陆海哈哈笑道，“最重要的是人家姑娘接不接受你？”

苏默白唇边带着一抹若有似无的笑意，微微颔首：“陆老板说得对。”

陆海看着他笑道：“其实，这世上所有的道理都跟做生意一样，最大的成功就是打倒对手，让他一败涂地。”

苏默白一愣，沉静的眸子突然熠熠生辉。

“苏检，除了做朋友这件事，我想，我和你还有其他的事是站在同一阵营的。”陆海扬了扬嘴角，嘴边是一抹邪气的笑容，说道，“譬如，在对付你的情敌这件事情上，我或许可以帮上忙。”

苏默白眉心皱起，狐疑地看着陆海：“陆老板，这我可就听不懂了。”

“我们回房间聊一聊。”

送走陆海，苏默白端着酒杯站在酒店的阳台上。靠海的城市连风都有一种咸湿的味道。在这间号称全海景的房间，晚上并不能看到海，海已经全黑，只能听到海浪沙哑的声音。

对不起，许愿。

第十四章·你不懂，我有多喜欢你

世界的末日，我要牵着你的手，
看天崩地裂，江河倒流。

许愿站在医院的窗户前面，远远地就看到了一个熟悉的影子。他呆住了，那是林浣。

她穿一件黄色的薄外套，款款走来。是谁说过，春光如画，却不及你春风满面。

林浣走进病房，许愿已经下了床。医院统一的病号服穿在别人身上又大又丑，穿在他身上却有几分俊逸感，令人移不开视线。

许愿听到脚步声，回头看着她，轻柔地笑道："你怎么来D城了？"

"苏默白跟我说，你因为他受伤了。"说完，林浣露出一副并不相信的表情，"你跟苏默白怎么会打架？"

"下去走走。"许愿没有正面回答，却岔开话题。

林浣陪他到了楼下，两人走到没什么人的花园，林浣再次问道："说说吧，你跟苏默白到底是什么情况？你怎么会无缘无故撞到他的刀子上？"

许愿突然说："林浣，有些事情不是你想的那样，我和苏默白并不是争风吃醋。”

“那是什么情况？”

“我想你应该早点回江城。”许愿的语调很温和却也似乎不容拒绝。

“你们到底在干什么？你是不是有事瞒着我？苏默白为什么会捅你这一刀？以你的脾气，为什么没有刺回去？”

她这一连串问题问得许愿深深地皱起了眉头，他劝道：“听话，暂时离开D城。”

林浣愣了半天，看着许愿，不解地问道：“你们两个不会是勾结干坏事吧？”

许愿苦笑了一下：“一个检察官和医生勾结能干出什么坏事啊？”

“那就是了。”林浣永远是乐天派，问道，“那你还担心什么呢？”

看着林浣一副乐天派的样子，许愿也不再多说什么。

林浣走后，他独自躺在床上，翻来覆去睡不着。在朋友的坚持下，伤了手臂的许愿在D城住了两天院，实在是无聊至极，他吵闹着坚持出院。

也不知林浣从哪里得来的消息，一个电话打进来：“许愿，你今天是不是出院？我来接你。”

“不用麻烦了，我自己开车。”

“我已经出发了。”

走出医院，许愿一眼就看到了林浣。她气喘吁吁跑过来：“本来很早就出门了，路上堵车，只好跑过来了。”

林浣边说边把他的行李放进后备箱，问他要了钥匙：“我来开车。”

知道她是因为心怀歉意，但许愿还是有些感动。他拉开车门，轻轻地说道：“只是受了一点轻伤，又不是不能开车。”

林浣咧嘴一笑：“好吧，让你开。”

两个人坐在车上，都没有说话，林浣无聊地打开电台。里面正在放一首老歌，她正准备换频道，许愿挡住她的手说：“就听这首歌。”

林浣停住手，只听电台里唱着：“沿途红灯再红，无人可挡我路。望着是万马千军向直冲，我没有温柔，唯独有这点英勇……”

“你喜欢这首歌？”

许愿沉默了一会儿，刚想开口说话，突然看到了反光镜里的那辆白色现代车。他记得从医院出来时就看到了这辆车，他一脚用力踩下油门。

“许愿，这里是高架桥，限速，你怎么飙车啊？”

许愿再次看了一眼反光镜，冷静地叮嘱道：“一会儿坐稳，不管出现什么情况都不要回头。”

林浣镇定地看向车后，也发觉了异常，那辆白色的车似乎一直在咬着他们不放。

“出了什么事？”

“没事。”说罢，他突然紧急变道，冲到了高架桥的出口。被插队的车子显然始料未及，一个急刹车，车轮摩擦地面的声音非常刺耳。

她倒吸了一口凉气，从反光镜看去，那辆白色的现代车也不能幸免，撞到了前车的屁股，正被人拦着。

“我们怎么被人跟踪了？”她的声音怯怯的，“到底出了什么事？”

许愿的车子已经驶出了城，听到林浣的话，他停下车子，镇定地说道：“这事一时半会无法解释，你先下车。”他同时谨慎地向四下看了看，压低声音说道：“他们被拖住了，暂时追不到我们。你快跑，沿着这条小河一直跑！不要管我，我会没事的。”

“我要跟你在一起。”林浣坚持不肯下车。

他冲她暖暖一笑：“别担心我，我智商这么高，‘密室逃脱’也可以玩通关，你不用担心我。”

看着他的笑容，这一刻，她只想落泪。

“快走。”许愿的声音很清晰。

“我不。”

“你会拖累我的，你在我旁边，我无法安心开车。”

林浣不肯答应。

许愿直皱眉头：“如果我带着你，我们两个都走不掉。你要相信我，以我的智商，对付几个莽匪还是绰绰有余的。”

“你是说真的？”林浣被他说得有些动摇了。

“你放心，我不会有事的。”许愿轻声地说道，温柔至极，“这是法治社会，他们不敢拿我怎么样的。”

“他们也许是亡命之徒。”林浣试图规劝他。

许愿那双明亮的眼睛静静地看着她，眼睛里的暖意浓得化不开：“你难道不相信我？我记得当年你采访我时我就说过，从小到大我一直很聪明，从来没有被人超越过，所以你放心，他们肯定拿我没有办法。”

“你保证？”

“我的智商就是我最好的保证书。”许愿突然笑了起来，伸手摸了摸她的脸颊，“听话，乖乖等我回来。”

林浣想，他一向如斯冷静，一定不会骗她的，自己如果在车上，确实会拖累他。于是她走下了车，往护城河的方向跑去。跑了两步，他又突然叫住她：“林浣？”

“怎么了？”林浣以为他改变了主意，掉头问道。

他还是那副暖暖的表情，微微笑道：“我的钥匙在进门口的垫子下面。如果，我是说如果我这两天没有回来，记得照顾那些多肉植物。”

“我不！”听到他说不回来，林浣心中一惊，下意识地拒绝。

许愿平静地看了她一眼：“我只是说如果。”

“我是不会照顾它们的。”林浣再一次强调。

“那好吧。”许愿平静地笑道，“还有一件事我要告诉你。就是那天在养老院，你说的那件事，其实是……”他淡淡的语气透着温柔和坚定，“我妈是骗你的。

林浣不知道怎么接话，这个答案让她觉得心里很轻松。

许愿知道，如果不看着他走，她是不会离开的。

说完了该说的话，许愿发动引擎，故作潇洒地说道：“你先走，我会来找你的。”

林浣看着许愿的车走远了，她才沿着护城河往城区的方向跑。护城河边的草很深，路上的车看不到她，她也看不到主路上的状况，所以她不敢掉以轻心。她跑了一个多小时才跑回主干道，她披头散发的样子让过路的司机以为她遭遇了抢劫，好心把她送到了派出所。

姜程程是傍晚时分赶到的，她那时还在派出所等许愿的消息。看到姜程程，她出于礼貌喊了一声：“阿姨。”

姜程程吃力地抬起头：“还是没有他的消息？”

林浣蹲下来，内疚地说道：“还没有。他们沿路搜索，只找到了他开的那辆车，还有一些衣服的碎片，没有找到人……”

姜程程一个站立不稳，摔倒在了地上。

“快来人啊，帮帮忙！”

“送我们去医院！”

“……”

手术室的灯亮着，林浣坐在门外。过了一会儿，一个护士焦急地跑出来问道：“谁是病人家属？”

她像个傻子一样地举起手：“我是。”

“你是病人的女儿吗？手术出现了状况，需要你签字。”

她顿了顿说道："我是她儿子的女朋友。她的家人在江城，现在赶不过来，我可以代替签字。"

护士迟疑了一下，说道："好吧。病人是脑溢血，刚动手术，需要输血，可她是罕有的熊猫血，我们这里没有存血。"

林浣挽起袖子，说："用我的，我也是这种血型。"

"快跟我来。"

抽了血，林浣从床上坐起来。这一刻，她才感觉到累。她感到十分疲倦，找到一个休息椅蜷缩在里面，却睡不着。她只好闭着眼睛靠在椅背上，等着慢慢恢复体力。

一个多小时后，姜程程从手术室出来，被推进了病房。大概是麻药作用，或者是太累，姜程程在病房里睡着了。林浣替她盖好被子，慢慢退出了病房。她不想姜程程醒后再受刺激，默默地守在了病房外面。

大约过了一个多小时，病房内突然传出一声呻吟。

林浣紧张地冲进病房，此时姜程程已经自己坐起来了。她看着林浣，生硬地说道："谢谢你救了我。手术的时候那些护士都告诉我了，情况紧急，是你给我输的血。"

"你不要有心理负担，就算是陌生人需要输血救命，我也会这样做的。"林浣替她盖好被子，说道，"医生说你刚动完手术，不能激动。我想这时候你肯定不想看到我，我先出去了，有事你可以按铃。"

见她要走，姜程程的神色有些不自然："其实……你可以留下来的。"

林浣很觉意外，她看着姜程程，不确定地问道："你是说，我可以留下来？"

姜程程不自然地点点头。

"其实你真的不必有负担，我恰好是这种血型，为你输血也只是举手之劳而已。"

姜程程抬起眼睛看着她："你为什么要救我？不恨我了？"

林浣摇了摇头，又顺手替姜程程在身后垫了个枕头："别提以前的事了，你先休息。如果许愿回来看到你这样子，会担心的。"

姜程程顿了顿说："其实我并不是讨厌你。只是，我也是没办法，我过不了你妈那道坎。"

林浣吃惊地问道："我妈？"

姜程程的表情已经镇定了一些，她看着林浣，沙哑着嗓子说道："你肯定听说过，十几年前，江城曾经发生过一起特大抢劫案吧？"

那件案子林浣清楚。正是因为这件案子，谢婉清才主动要求调离一线的。听到姜程程这样说，她紧绷了神经问道："这件案子跟许愿有什么关系？"

姜程程沉默了两秒，然后说道："发生抢劫案时，许愿的爸爸也在现场。他是幸存者，而你妈是当时案件的负责人。她让许愿的爸爸做证人指证几个嫌疑人，她说，她会保证他的人身安全。可是有一天在游乐场，许愿亲眼看着他爸被那些人报复，遭到射杀。许愿受了惊吓，从那以后就不会哭，也不会笑了。"

他亲眼看着自己的父亲被人杀死，从此以后不会哭不会笑，却会对她好，对着她笑，因为她的离开而哭。

林浣只觉得心里发酸，她仰头看了看天花板，不想在姜程程面前哭出来。

姜程程道："我恨警察，更恨你妈妈，所以当我知道你是谢婉清的女儿的时候，就算是杀了我，我也不会让你和许愿在一起的。"

林浣茫茫然地回答："我理解。"

姜程程一愣，眼睛里面有微微的悲伤："可是我没有自杀，却把自己的儿子杀死了。"

林浣不明白，神情恍惚地看着姜程程。姜程程最后那一句话突然击中了她的心脉：“你们分开的时候，许愿就已经死了，从那以后，他再也无心爱人。”

无心爱人。

林浣潸然泪下。

姜程程在医院待了大半个月。出院那天，林浣把她送回了家。林浣怕她触景伤情，交代陈姨一些事情后就准备走。

才走到门口，姜程程突然叫住她：“你等等，我有东西给你。”

“他搬走之后，我在他的房间里发现了这个。”姜程程递给林浣一个信封，“是银行资料。我去看了，是用你的名字开的保险柜。你去看看吧，那里面应该是他和你的东西。”

告别了姜程程，她下午去了一趟银行。签名、核实身份之后，银行的工作人员替她打开了保险柜门。

首先映入眼帘的是一串钥匙，还有一个首饰盒子。

她打开盒子，里面是一对戒指，款式很旧了，一看就是五六年前的老款。首饰盒的下面还有一封信，写得断断续续，没有什么条理。

“林浣，你说要跟我分手的时候，我很伤心，真的很伤心，我竟然没出息地在陈诺面前哭了。

你走之后，我跟自己讲，那个人不要你了，你一个人也能好好活下去的。可这分明就是一句笑话。我闭上眼睛就会想你，睁开眼睛也是想你，上解剖课时，也会把那尸体看成是你，就连和尸体睡一夜这种事也能做出来。

林浣，房子已经装修好了。我买家具的时候，在商场看到了这对戒指。我想，你肯定会喜欢这个款式，如果我拿着新房钥匙和戒指向你求婚，你一定会喜欢。

我把它们都锁起来，因为你走了，它们哪里还遇得到主人呢？我已是无心爱人，留着它们又有什么用？

林浣，也许你永远都看不到这封信。

可我想，万一有一天你看到了呢，那时你就知道我有多喜欢你了。”

看着这些话，林浣刹那间失去所有的力气。她一下子就瘫坐在了地上，一颗很大的眼泪落在那信纸上。

她从银行出来，天像是要下雨了。林浣想起许愿家里阳台上的那些多肉植物。她收那些多肉植物的时候，发现花盆上面有字。她拿了一块纱布仔细地擦掉泥污，那是她的名字。

每一个花盆上面都有。

原来这就是多肉植物的秘密。

像吃货一样的她也有很多肉，她给自己取了个QQ昵称，叫钱多多，他知道后曾取笑她：“为什么要叫钱多多？你不应该是叫肉多多吗？”

肉多多，多肉。

养不了肉多多，就养多肉。

要不要这么虐？

林浣的眼睛再一次湿润了。

替许愿把多肉植物收到屋内，那雨才下下来。林浣坐在许愿家的阳台上，一直等雨停了才回家。

回到租住的公寓，她却意外地看到肖豆蔻在楼下等她。

“你怎么在这里？”

“找到他了没有？”肖豆蔻着急地问道。

“这和你有什么关系吗？”

“他会回来吗？”肖豆蔻问得很卑微。

“跟你有关系吗？”

“林浣，”肖豆蔻的声音终于尖锐起来，“我爱他就跟他爱你一样多。”

林浣的心一沉。

肖豆蔻的身体明显颤抖了一下。她拉开车门，从车子的储藏箱里拿出一个袋子。

林浣看到一沓已经冲洗好的照片。

肖豆蔻在车的引擎盖上摊开那些照片，她面如死灰地说道：“这些年，他一直跟随着你走，我一直跟随着他走。他从不知道，他在偷看你的时候，我也在偷看他。”

其中一张照片是，许愿那辆熟悉的车停下她的公寓楼下，他坐在车子的引擎盖上，望着她的窗子。

越往后翻，照片越早，还有她在H市找工作的照片。

林浣拿起其中一张照片，那上面，许愿拎着一个食品袋，正在寄快递。林浣觉得那食品袋非常熟悉，细细一看，竟是牛肉干的包装袋。

他做的事，真的是很多……

还有一些是他在国外念书的照片，林浣低声说道：“你跟踪他这么久。”

肖豆蔻凄然一笑：“是啊！那时候我刚入行拍广告，每天吃一顿饭，把钱存起来，两个月去一次德国，为的就是看一眼他。有一次在校园里偷拍他，被他看到了，他只是漠然地跟我说，偷拍是不礼貌的行为。他竟然没有认出我来，我有时在想他是不是脸盲，可他在哪里都能认出你。什么脸盲！我只是不敢承认，除了你，其他女生在他眼里都是一个样子，再漂亮的脸在他眼里都只能被称为五官。”

林浣不再恶言相向，她甚至心软地递给肖豆蔻一张面巾纸。

肖豆蔻接过面巾纸，遮住自己的眼睛，悲戚地说：“一定要找到他。”

“嗯。”

除了等待，林浣不知道自己还有什么别的办法。

苏微微见她一天天消瘦，硬拖着她出门逛街，她却意兴阑珊。

“林浣，你试试，最新款的衣服，我送你。”苏微微难得大方一次，林浣却不为所动。

苏微微无聊地说：“林浣，你不要老是这样一副鬼样子。”

“微微，我想走了，你自己逛。”

“要不，你问问苏默白。他人脉广，说不定有办法。”

听到苏微微的话，林浣愣住了。她想起了苏默白和许愿起争执的事，这件事的确很蹊跷。她顾不得苏微微在后面叫她，拔腿就往苏默白的工作地点跑去。

她来到检察院的时候碰到几个小姑娘，看到她慌慌张张的样子，一个小姑娘说道：“姐，苏检出去了。”

“知道他去哪儿了吗？”

“苏检这些天都在办案。”小姑娘说道，“听说这案子和江城最大的娱乐公司的老板陆海有关。”

“你找我？”从外面回来的苏默白恰好遇到她，他胡子拉碴的，一脸憔悴地问道。

“只是想问问你有没有许愿的消息？”知道他忙，林浣还是提了一句。

“哦……我最近很忙。”

林浣知道苏默白在办案，也是心力交瘁。她不敢过多地打扰他，她苦笑了一下：“我也只是路过，所以随便问问。你先忙，我走了。”

苏默白叫住她："林浣，有件事情，我想我要告诉你。"

林浣看着苏默白，道："你是说陆海那件事吧？是我误会你了，对不起。"

"我说的不是那件事，我不是那么小气的人。"苏默白叹了一口气，"林希住院的那笔钱，是许愿拿给我的。"

两人陷入长时间的沉默。林浣失神地看着苏默白。

苏默白平静地说道："我并不清楚你们之间到底有什么隔阂。"

"所以你心安理得？"她的声音有些颤抖、尖锐，"你为什么不告诉我？"

"原来你是这样想的。"苏默白黯然地说道，"这件事情是我做错了，对不起。"

她望着他，一双亮晶晶的眼睛突然起了水雾："我不是要迁怒于你，我是担心他。我总是会想，那些人会不会折磨他？会不会将他碎尸万段？会不会把他扔到海里去？"

"你这是电视剧看多了，他们不敢胡作非为。"苏默白安慰道。

林浣没说话，似乎在判断他这话的真假。

苏默白温柔地说道："他会没事的，回去等消息吧。"苏默白说完，感觉这句话仍不能让林浣放心，便又说道："你要相信他，他智商那么高，曾经还是警队想挖的人才，那些犯罪分子不是他的对手。"

苏默白的话仿佛一颗定心丸，林浣稍稍安下心来。她深感无力地走出了检察院。

秋雨连绵不绝，仿佛天塌了似的。

大家都躲在家里，除了那些非常敬业地守在橙天娱乐公司大门口的娱记。

“听说这次检察院已经收集了陆海的全部罪证。”

“是制毒吗？”

“听说还有贩毒。”

“还有教唆伤人罪。”

“数罪并罚，陆海算是完了。”

“……”

外面八卦不绝，橙天娱乐的办公室里，陆海却安然地品尝着1982年的红酒：“这酒的味道不错，韩青你来点？”

“哥，你为什么不听我的话出国？”说话的男人无疑气质出众，但是眼底的阴鸷藏都藏不住，“在外面改头换面，几年后东山再起。”

“成王败寇，天之定律。”陆海抿了一口酒，“韩青，以后橙天就交给你了。你下面那个新人许蔷薇不错，我看得出你对她有意思，捧一捧她。女人不喜欢来硬的，她们喜欢的是糖衣炮弹。”

韩青微微抿了一口酒，不置可否。

“如果我这次判不了死刑，你多去看看我，去的时候带瓶1982年的红酒，还有楼下法国餐厅的极品鱼子酱。”

“你放心，司法部门那边我会想办法打点的。”韩青说。

“怕是没有机会了。这个苏默白处心积虑地接近我，肯定是花了一番工夫，哪里还容得了你打点。”说罢，陆海把杯里的酒一饮而尽。

两人正聊着天，门外的特警破门而入。陆海神色冷漠地看着后面的苏默白道：“苏检也来了。”说完这句话，他突然对韩青笑道：“你可以考虑签这位苏检进橙天，他不做演员太可惜了。”

“我的演技并不好，我有时候真想——杀了你。”苏默白握紧拳头咬咬牙齿，“可惜我不能以身试法，否则你早就已经死在我手上了。”

陆海退后一步，看着他：“你究竟为何如此处心积虑地设计我？”

“你还记得十年前一个旧闻吗？”苏默白直直地看着陆海，目光尖锐得要刺向他一般，“十年前，有一家制毒厂被捣，主犯是一名研究所人员。那主犯就是我爸，他不堪报纸上的连环报道，在押期间用牙刷自杀。临死前他告诉我，他是被人控制的。这几年我一直在调查，终于查到你身上了。正是你们，用毒品控制了我爸。”

“有这么一回事吗？我忘记了。”

苏默白望着他，淡淡答道：“现在不记得没关系，等上了法庭，我会让你一件件记起来的！”

陆海自嘲地一笑，他没想到事情竟然这样结束了，以这种狼狈不堪的方式。

陆海平静地走到逮捕他的警察面前，伸出手，戴上了手铐。他的眼中没有一丝波澜，只是低声问道：“所以许愿跟你是一伙的，你根本不是因为吃醋才刺伤他的？”

“是的，他帮我演了一出戏。当年你、韩青和许青海三人结成异姓兄弟，从此三人情义比金坚。只不过许青海医生染上了毒瘾，六年多前他不堪毒品折磨犯下的变态杀人案，就是在许愿协助下破获的。从此，你恨不得扒许愿的皮，啃他的骨，饮他的血。”

“你了解得很透彻。”陆海没有再说话，他深知愿赌服输。

“肖豆蔻在哪里？”苏默白问道。

陆海淡淡地答道：“她只是我们公司签下的艺人，我的事她并不知情。”

苏默白淡淡地答道：“是吗？不过我们起诉肖豆蔻，是因为其他的一些案子。”苏默白冷静地说道：“机场高速上的车祸，有人看到肇事者是肖豆蔻小姐。”

陆海看了他一眼，神色极冷：“那辆车是我的。”

“别急着认罪，我们会调查清楚的。”苏默白道。

陆海被警方带走，整个橙天娱乐炸开了锅。

时间越久，林浣觉得希望越小。

那天她从警察局出来后去探望姜程程，面对姜程程探寻的眼神，她喃喃地说道：“今天他们跟我说了搜索范围扩大了，但依然没有许愿的踪迹，可能……”她的声音竟让她自己都觉得冷：“可能凶多吉少。”

“就不能再扩大范围了吗？”姜程程厉声问道。

“失踪这么多天了，陆海也已经归案了，如果他真的没事，也该出现了。”

林浣没有说完，姜程程双脚一软，往沙发上倒去。

“都是我害的，如果我聪明那么一点点，我就不会让他单独一个人。”林浣自责地说道。

姜程程这一次并没有动怒，反而茫然地看了她一眼：“你说，当年如果我答应你们在一起，以他的智商，现在应该事业有成了吧？结婚那么早，这个年纪应该有一个小孩子了吧？不知道会是男孩还是女孩？会不会叫我奶奶？会不会跟我很亲？”

林浣鼻子有些酸，那时候真的是傻啊！就因为一点自尊、一点憎恨、一点难堪，就抛下喜欢的人走了。

见她这个样子，姜程程反而安慰她，说：“别灰心，只要一日没有找到他，不是还有一丝希望吗？”

林浣茫然地从许愿家的花园里走出来，觉得整个人像是踩在云端。

她轻飘飘地走着，脑子都是空的，就连走到了车行道上也浑然不知，直到一阵急骤的喇叭声将她拉回了现实。

“找死啊！”肥胖的司机又冲她狂按了几下喇叭，骂道，“要死到一边去，别拉别人下水！”

她漫不经心地退回人行道。

原来天色已经这么晚了，路灯都亮了起来。

果真是思念令人走火入魔，她竟然在前方的路灯下看到了许愿。那昏黄的路灯映得他的脸俊美极了，他慑人的眼眸依然可以养一对金鱼。

她揉了揉眼睛，并没有出现错觉，昏黄的路灯下真的有人，那张脸是那样熟悉，那就是曾经日日夜夜闯进她梦境的人——许愿！此时的他，有些得意地看着她。

“许愿？真的是你？你从哪里来的？是不是感觉到了我的思念，从我的幻觉里跑出来的？”林浣颠三倒四地说道。

她的话没有说完，许愿伸手一拉，她就直直地跌进了他的怀抱。

灼热的、侵略的气息扑面而来。她未来得及反应，许愿的唇就覆上了她的唇。也许只有一秒，也许有一个世纪，林浣深陷在这个吻里不可自拔，脑子一片空白。

他终于松开了她。

她的脑子终于恢复了意识，她摸了摸他俊挺的鼻子：“你真的是许愿？”

他抬起手情不自禁地抚上她的额头，手指的温度那么真实，说道：“除了我，还有人这么亲过你？”

这个动作瞬间就让林浣爆发了，她用力地捶打着许愿：“你去哪里了？你去哪里了？你不知道我很担心你吗？”

许愿不想再解释，他柔韧的舌尖带着温柔的暖意侵入，在她的口腔里缱绻辗转，仿佛在诉说着这些天的思念。片刻后他再次松开她，将她的头靠在自己的肩膀上，声音有些不真实：“自己身边的人莫名消失的感觉不好受吧？你现在能体会我当初的感觉了吧？你消失的那六年，我就是这么过来的。”

他的话有些凄凉，林浣却无力反驳，因为他说的都是事实。

林浣依旧在低低地啜泣，哭得许愿心都软了。他揉揉她的头，浅浅地笑道：“好累，只想搂着你吃顿好的，睡个好觉。”

林浣抬起头，轻轻说道：“回家。”

回家，大概再也没有比这令人心安的词了。

许愿勾起薄唇，漾出一丝柔柔的笑，牵着她的手，往家的方向走去。

到了他的公寓，林浣替他放了一缸热水，他舒服地泡了一个澡。他泡澡的时间里，林浣替他煮了一碗西红柿面条。西红柿还是那个西红柿，黏糊糊的，看起来令人毫无食欲。

“对不起，我真的想煮好。”看着自己煮的面条，林浣很窘。

“很差吗？”正埋头吃面的许愿抬起头，满足地舔舔嘴边的残汁，“可我吃得一点都不剩了呀！”

林浣微笑着接过他的碗：“我去洗碗。”

可是对方并不想让她走开，抓住她的手：“别走，让我好好看看你。”

林浣不禁看向许愿，这才发觉他瘦了。这段时间，他一定吃苦了。她心里微涩，问：“你怎么瘦了？”

他一直躲在苏默白安排的诊所里，还要担心林浣的状况，吃不饱，睡不好，这些天瘦得人都走了形，睡衣穿在他身上，跟挂在晾衣架上没有什么两样。

他用力一拉，林浣顺势坐在了他的身上。

“你还没有回答我的话。”

他微微一笑：“思君令人老。”

“文绉绉的，还能不能好好交谈啊？”

“我不想好好交谈。”许愿含含糊糊地说道，“我只想好好地吃。”

“那么大一碗面，你还没有吃饱吗？”

“我指的不是这个。”

“那你是指什么？”

答案呼之欲出。

因为，林浣的问题被许愿的唇堵死了。

林浣抬起头，落地灯的光线柔和似水，融融地映在他身上。他的吻又轻又暖，触在她的唇上就像雪花一般，一触即融。

像是害怕许愿再一次凭空消失一样，林浣深深地回应了这个吻。不用再等了，她从来都没有忘记过许愿。

她攀住他的肩，柔声说道：“许愿，我爱你。”

“你说什么？”他语气里满是不确定。

林浣笑笑：“我说，我爱你！”

“我知道，你一直都爱我，只不过因为脸皮比较薄，明明对我念念不忘却不承认。”

“明明是你付出的比我多。”林浣对此略有不满，什么叫她念念不忘？明明他也是一样的。

“你是不是有秘密没有告诉我？”

“嗯？”许愿但笑不语。

“还不承认，肖豆蔻告诉我了。其实，在医院那次并不是你第一次见我，你早就偷偷见过我很多次了。”林浣微微扬起俏皮的眉毛，“明明就是你对我念念不忘。”

他的黑眸缓缓抬起，声音温柔似水：“是的，你赢了，我爱你比较多一些。”

再也不管谁多谁少，林浣第一次主动吻上了他的唇。

许愿浑身一滞。

林浣拘谨地攀着他的肩……

第二天早上，许愿睁开眼睛就看到了林浣，她正在替他熨烫衣服。

许愿在沙发上躺下来，眼里满满都是爱意：“你帮我熨衣服的样子真好看。”

“别想太多，等下苏默白请吃饭，你难道想自己衣衫皱巴巴的？”

“不去。”许愿用两个字回绝。

“为什么？”

“不喜欢聚会。”

林浣“切”了一声。

虽然许愿没有明说，但是林浣知道他在担心什么。她看着他，微笑道：“你是不想让我见苏默白吧？”

“你还真是想太多了。”某人逞强地跳下沙发，穿上衣服。

坐在车上，许愿偷偷看她：“你这辈子别想跑了！以前是我疏忽，让你溜了。从现在起，我会牢牢看好你。”

她什么时候说过要跑？

餐厅里除了苏默白，苏微微也在。那个大嘴巴女人看着同时出现的两人，大声说道：“林浣，你们又同居了？”

整个大厅里的人都看向了她，林浣尴尬地落座。

苏微微大大咧咧地打开一瓶香槟说道：“恭喜我们的苏大检察官终于扳倒了陆海！以后我们苏检可就是江城人民心目中的大英雄了。”

“其实我最应该感谢的人是许愿，如果没有他配合我演戏，也许我就接近不了陆海。”苏默白笑着递给许愿一杯酒。

“苏默白，你可能不知道，当初许愿受你那一刀，吓死林浣了，我都差点要陪她上门拆了你家。”苏微微随声附和。

“下次你们俩演戏前记得通知我一声。”林浣瞪着许愿道，“害我担心了好久。”

“你演戏的时候也没有通知我啊！”许愿反驳。

“我什么时候演戏了？”

“你和苏默白在医院难道不是演戏？”许愿促狭地笑道。

这个？林浣实在是无力反驳。

倒是苏默白开口对林浣说道：“其实，我当初接近你是有私心的。”

他这话倒是吓到了林浣，她好奇地问道：“你那时帮我难道是见我长得漂亮，所以故意接近？”

“想得倒挺美的。”许愿的眉梢藏不住笑意。

苏默白跟着笑：“其实我一进公检机构就在调查陆海，那段时间刚好调查到陆海的弟弟因为许愿被判死缓，所以对许愿和你也进行了一点点调查。”

林浣一愣，倒也不怎么惊讶。苏默白这人一直内敛，有自己的主见，只是许愿什么时候和他成了一伙的？她心里这样想着，不免多看了许愿几眼。

许愿马上就领悟了林浣的意图，他喝了一口茶，淡淡地说道：“以你的智商，这个问题不是一时半会可以解释清楚的。”

“你……”林浣气得语结。

苏默白忍不住想笑，说道：“我找许愿合作，其实是肖豆蔻的缘故。起初，我以为陆海已经不再想要报复许愿了。上次跟你一起吃饭，碰到肖豆蔻，凭我的第六感，我就知道肖豆蔻和你一定不是这么简单的关系。后来我经过调查发现，原来肖豆蔻这些年一直暗恋着许愿。”

听到肖豆蔻的名字，林浣被这戏剧又狗血的故事搞得目瞪口呆。她不是笨蛋，仔细一想，就明白了几分。她得意地接口：“什么调查？这些情报一定是苏微微告诉你的吧？”

苏默白微笑着点头：“后来肖豆蔻突然加入陆海的娱乐公司，陆海还把她从二线直扶到一线，这事就更不简单了。”

正在吃甜点的林浣听得出神，丝毫没有察觉甜点的碎屑沾得满嘴都是。

“于是我就找到了许愿，跟他表明了我的立场，他提出了跟我一起将陆海绳之以法的建议。”苏默白将林浣心中的疑惑给解开了。

“你怎么不早告诉我？”林浣恍然大悟。

“那时你不是当我贪得无厌，跟我划清了界限吗？”苏默白微微笑道。

她和苏默白交谈的时候，一只手轻轻地拂上她的嘴角，替她抹掉嘴边的碎屑，动作很温柔。

林浣抬头，对上许愿的视线，他暖暖地一笑：“其实我们是怕你沉不住气，将事情泄露，所以才没有告诉你。”

真相竟然这么残忍，他们两人就是怕她成为猪一样的队友才不告诉她的。

见林浣不高兴，许愿给她拿了一块更加精致的点心。有了吃的，林浣的心情豁然开朗。

许愿宠溺地看着她狼吞虎咽。

苏默白看着非常有默契的两人，微微笑着，只是眼眸里有一闪而过的暗淡，那两个人根本就看不出苏默白隐秘的心事。

等林浣吃完了甜点，许愿贴心地递给她一张纸巾。他问了一个憋了很久的问题：“既然你和苏默白是在演戏，那是不是代表着这几年来你的感情世界是空白的，或者说，你身边的位置一直给我留着？”

“许医生，你这是在向我告白吗？”

“谁说的？”许愿嘴硬。

林浣拧眉：“看来是我想多了。”

听到她的话，许愿急了：“戒指都戴上了，还想反悔？”

“我只是觉得漂亮，随便戴戴。”

许愿看着她手上的戒指，眉头微微皱起：“这也能随便戴戴？我在信上不是说明了吗？这是给你准备的求婚戒指。”

“既然是以前准备的，和现在能一样吗？”

“钻石恒久远，一颗永流传。”

“人家那是鸽子蛋，这小小的碎钻也能永流传？”林浣拧眉。

一边喝酒的苏微微莞尔：“许医生，你女朋友是嫌弃钻石太小。”

“我如果嫌弃就不会把它戴上了。”林浣大声反驳道。

“哦，不嫌弃。”苏微微捧腹大笑。

林浣一副中计的表情，有损友在身边，处处都是陷阱啊。

在一边看戏的苏默白忍俊不禁。

林希的手术排上了日程，林浣和许愿两人一起坐火车去H市。

在路上，林浣靠在卧铺床头睡得香甜，许愿把她的头轻轻地放在自己的肩头。过了片刻，他想了想，把林浣的手轻轻地握住了。

据说，被人握着手睡比较有安全感。

阳光透过火车的玻璃窗洒进来，照在身上暖洋洋的。正当许愿准备小憩片刻时，他的手机突然响了起来，拿出手机看了一眼，是个陌生的号码。

他怕吵醒林浣，压低声音应道：“喂。”

这个陌生的电话居然是关在看守所的肖豆蔻打过来的，她的声音喑哑而悲戚：“许愿，我知道你不想接我的电话，也不想和我说话。”

“那你还打电话给我？”许愿皱了下眉头，脱口道。

那边顿了几秒，凄然地说道：“我这次怕是出不来了，我想见见你，见一会儿就好。”

许愿很直白地拒绝了：“我不想见你。”

“为什么？”肖豆蔻在电话那头急切地说道，“我做了这多么的事情，到最后也只是想见一见你。”

她做的事跟他有关系吗？许愿微敛眉头，片刻后，才缓缓地说道：“肖小姐，从法律上来说，我和你是陌生人关系，从人际关系来说，我只是你同学的男朋友。这些关系都不足以让我特意抽空去见你。”

那边一片寂静，终于挂了电话。

许愿的心情丝毫没有受影响，他把手机调成了静音，身边的林浣侧了侧身子把头埋进他怀里。他微微一笑，调整了一下自己的坐姿，尽量让林浣睡得舒服些。

下车之后，许愿告诉了林浣肖豆蔻打来电话的事。

当林浣听到许愿说拒绝了肖豆蔻之后，她抱怨道：“你怎么不去见见她啊？她也不容易，想上位就只能寻找捷径。”

许愿顿了两秒，语气相当不满：“不见就是不见。”

“可她很可怜啊！”

“这世道不是谁弱谁有理的。”许医生义正词严地说道，“你怎么没有一点原则性？做人三观要正。”

林浣被训得哑口无言。

这件事就这样不了了之。

在 H 市的这大半年，由于陈太太的悉心照顾加上新药的效果，林希恢复得很好，脸色红润。

"许愿，你终于来了。"林希对着他竖起一个大拇指，"这次还不赖哟，不是一个人来的。"

林希的手术非常成功。

出院那天，许愿狠狠地教育了林希一番，起因是林希直呼他的名字，说："许愿，我以后再也不要回医院了。"

"叫姐夫。"许愿抗议道，"医院还是要回的，要定期检查。"

"我姐又没有嫁给你。"林希咕哝一声。

许愿挑眉："你这个小鬼，你姐迟早会嫁给我的。"

"何以见得？你不是还有一个劲敌吗？那个帅气又厉害的检察官哥哥。"林希还记得苏默白。

"你认为有比我还厉害的人？"许愿的语气里有一种强烈的表现欲。

"不相伯仲。"林希可不怕他。

许愿语结。看来，他必须得有实际行动了。他停下脚步，突然转过身来单膝跪地。

走在后面听两人斗嘴的林浣被他这动作吓了一跳："许愿，你干什么？"

"正式的求婚。"许医生从口袋里掏出一个丝绒盒子，打开，里面是一枚鸽子蛋，他真情告白，"林浣小姐，你愿不愿意嫁给我？"

"很漂亮。"

"那你答不答应？"

"看在戒指的分上也得答应啊！"

"难道我不比戒指重要？"许愿很受伤地垂头。

"这个……要说实话吗？"

"那还给我，我送给别人去。"

"你敢？"

“我不敢，生是你的人，死是你的鬼。”

“讨厌鬼。”林浣作势捶打他的肩。

对于这个称谓，许医生欣然接受。

番外·许医生的婚姻生活

婚礼现场，姜程程泪眼婆娑地看着两人。如果不是她的一意孤行，两人早就已经结婚生子了。

陈姨看着姜程程，感慨地说道：“两个人很配。”

把姜程程送回家，许愿火急火燎地回到婚房。林浣的伴娘们还在房间里聊天。难道她们不知道春宵一刻值千金？许愿的脸当时就垮了下来。

苏微微看着许愿一副不爽的样子，担心地问：“许愿，你怎么回事啊，脸都白了？”

许愿展露出最迷人的笑脸：“我进房间躺一躺啊，我肚子疼，大概是吃坏了肚子。各位真是对不住啊，不能陪你们玩了！”

听到许愿说吃坏了肚子，林浣立刻没有了闲聊的欲望。送走了苏微微一群人，林浣想到许愿的肚子疼，急忙冲进主卧。结果床上空荡荡的，并没有许医生的影子。

林浣第一反应是，许愿是不是晕倒了？她着急地喊道：“许愿，你在哪儿，别吓我啊？”

没有人回应，只隐约听到浴室有声音。

林浣忐忑地推开浴室门，大大的浴缸里，许医生慵懒地躺着，头搁在浴缸的边缘，并没有一丝生病的迹象。

“你不是病了吗？”林浣疑惑地问。

“是病了呀。”许愿缓缓地睁开他那双亮晶晶的眼睛，用视线牢牢地锁住她。

“你这样子也叫生病？”林浣嗤之以鼻。

许愿不顾自己还在泡澡，突然站起来，八爪鱼一样趴在林浣背上撒娇：“我就是病了，相思病啊！刚刚开车送我妈回去的路上，我就想了你无数回了。”

“许愿，你把我衣服弄湿了。”装病的人不值得同情，林浣看着自己的衣服哀号。

“你怎么就抓不到要点？这个时候你怎么还关心自己的衣服！”许愿声音沙哑地说道。

“什么要点？”

许愿索性跨出浴缸，林浣捂住眼睛：“你……你没有穿衣服。”

“谁洗澡穿着衣服。再说了，穿了还要脱，多麻烦。”许愿暧昧地笑了笑。

他的脸靠得很近，林浣几乎可以看见他瞳孔中自己涨红的脸。他却笑着，眼睛里蓄满温柔。

她明白了他的意图，俏皮地仰起脸来吻了吻他的下巴，说：“许医生，客人虽然走了，可我还没有锁门。”

许愿随手抓了一条浴巾裹在身上去锁好了门，进了房间后，他浅笑着看着林浣。

林浣眨了眨眼：“请许医生多多指教。”

这俏皮的妖精！许愿心头一颤，抓住她的手，往自己身上一扯，说道："这种事情要两个人一起探讨。"

林浣窘迫不已，却装作若无其事的样子，轻轻地抚摸着他俊朗的脸。

许愿看着眼前这个俏皮的林浣，低下头狠狠地吻住林浣的唇。这是个大胆而又缠绵的深吻，很快林浣就失去了理智，对许愿缴械投降。她配合地微张着嘴，许愿巧妙地伸舌探入。

林浣感觉到许愿的手攀上她的颈部，在摸索着她敬酒服的盘扣。或许是扣子太紧，他怎么也解不开。她听到他低低地诅咒了一声，最后索性用力一扯，她光滑的锁骨暴露无遗。林浣不敢抬头，任由他咬住自己的锁骨。

该来的怎么躲也躲不过，林浣听到他粗重不容反对的声音："看我。"

听到他的命令，林浣不得不看向那双漂亮至极的眼眸。那双眼睛仿佛要吞噬她一般，她心里一紧，胸口像在擂鼓，无法止息。

就在许愿准备再次亲吻她时，突然客厅外传来一阵敲门声，是苏微微尖锐的声音："浣浣，你睡了吗？"

"微微。"林浣惊讶道。

"我把包忘记在你房间了，里面有我的钥匙。"苏微微实在不敢想象屋里面那对新人的脸色，忐忑地说，"方不方便开个门……"

"不方便！"许愿拉长着脸，吼道。

"可是我真的进不了家门啊。"门外的苏微微可怜兮兮地说。

"打开锁电话，我十倍报销。"

"这不是浪费钱吗？开下门就能拿到钥匙了，何必浪费这个钱。"苏微微并没有听出许愿的怒气，还在精打细算道。

"你再叫，再叫就没有蜜月礼物了。"许愿依旧没有好声气。

"好吧。"苏微微一听到蜜月礼物，瞬间就失去了继续纠缠的勇气，乖乖地离开了。

屋子里顿时安静下来，看着许愿皱着眉头的样子，林浣想笑却又不敢，憋得脸红红的。

“想笑就笑出来。”许愿拧眉。

林浣一听就低笑了出来：“刚刚你的样子像是要吃人了。”

许愿任她取笑，也不恼，从背后抱着她，温柔地摩挲着她雪白的颈：“我是要吃人了，不过是要吃你。”

温热的气息吹拂过她的脖颈，她的每一个毛孔都仿佛在跳舞，她含含糊糊地问他：“你这是在挑逗我吗？”

“不是挑逗，是光明正大地吃。”许愿这次学乖了，没有去解那些复杂的扣子，手直接从她的衣摆伸了进去，在她的腰间流连忘返。他的指尖似通了电一样，林浣只觉得周身都酥酥麻麻的。

见她还没有自己主动解扣子，许愿的手又往上移了一点点，他那带电的指尖已经滑到了她的胸前。热辣滚烫的温度差点让林浣叫出声来，她慌乱地想要阻挡他的进犯。结果他更加着迷，再伸出一只手向她的腰侧下方缓缓地进攻着。

他的唇也没有歇着，吮吸着她敏感的耳垂，伴随着他男性的喘息和呻吟。

这次林浣终于没有忍住，缴械投降了，自己主动地乖乖地解开了盘扣，衣服缓缓地滑落。

许愿得逞，眼中含笑。

整个房间春意盎然啊！

……

一直有早起习惯的许愿第二天却赖床了。林浣被他的手臂压着，连翻身都不能够。她推了推身边的许愿，可他睡得很沉。她试图扳开他的手，他却搂得更加用力了。瞬间，她整个人被他搂在怀里。

她把手从他睡衣的一角伸了进去，在他的胳肢窝里挠了两下，他感觉到了痒，轻笑出声："乖老婆，别闹。"

"松开。"

"不松。"

她带着哭腔："要上洗手间啊！"

"不许。"

"许医生，你没有看新闻吗？有人因为憋尿而导致膀胱爆裂了。"

"我是医生，会判断，你暂时还爆不了。"

"我要告你虐待！"林浣叫了起来。

"你知道什么是虐待吗？"睡在她身侧的许医生突然翻了个身，把她压在了身下，目不转睛地看着她。

这真是个危险的讯号，林浣心慌意乱地闭上眼睛，不敢与他对视。

身体上方的人停了一停。

林浣以为他这下会放开自己了，便睁开眼睛，却看到他正冲她挤眉弄眼。

林浣的脸飞快地红了起来。

而罪魁祸首却偷笑，并且拿着她的手贴向他的胸肌，爽快地大笑起来："老婆，是不是已经忘记了要上洗手间？"

他果然又在逗她。口干舌燥的林浣吞了一下口水，恶狠狠地说道："你再不放我下床，我就告你非法拘禁。"

许医生并不怕她的威胁，从她身上翻身下去。林浣以为他要放开自己了，结果他轻轻一捞，她整个人就被他拉在了身上。她吓得一声尖叫，只是这声尖叫还没有完，就被许医生温暖的唇给堵住了。

这一吻又让林浣难以招架。

好在许医生并没有饥渴症，很快就放开了她。她终于翻了个身，从他胳膊下逃了出来，然后飞快地奔向洗手间。

林浣从洗手间出来，赖在床上的许愿已经起来了。他已经换掉了睡衣，穿着衬衫站在穿衣镜前。衬衫的扣子还没有完全扣上，露出非常完美的胸肌。

林浣微微眯着眼睛，脸因为害羞而微微发红，被偷看的许医生却是笑靥如花："昨晚看了一晚，还没有看够？"

"我只是觉得衣服好看。"林浣诡辩。

许医生一个大跨步靠近她，在她耳边吐气如兰："难道不是人比衣服好看？"他的呼吸间有微微的薄荷气息，清新甜美得让人贪恋。她不禁仰着脸，在他脸上"啪"地偷袭了一口。

"我不是说过吗？以后这种事情让我来主动。"意犹未尽的许医生托住她的后脑勺，加深了这个早安吻。

林浣的脸红得更透彻了。

"许医生，再这样我们就要误机了。"某人终于被林浣给推开了。

可是许医生并不打算休战，他挑挑眉："记住，这场战斗是你挑起来的。"

……

让许医生觉得麻烦的是，穿好的衣服又得脱了。

番外·苏默白离奇的皮疹

两人的第一站是巴黎。

离开巴黎的时候，两人给亲友们都选了蜜月礼物，只是在给苏默白选礼物的时候他们之间发生了一点不愉快。她为苏默白选的礼物是一条菱形图案的围巾。在巴黎的一家精品店，林浣第一眼就喜欢上了那条羊绒围巾，嘴里说了很多的溢美之词。

“许愿，这条围巾真是很时尚！

“嗯，看着很不错！”

林浣在一边夸赞这条围巾的时候，许愿已经买好了单。就在他准备摘掉自己的旧围巾换上新围巾时，林浣对服务员甜美一笑，用英文流利地说：“麻烦帮我包装一下，我要包得漂亮一点，送人的。”

送人？许医生在一边笑。他自己付钱的礼物还要包装吗？要不要这么隆重？不过自己的老婆喜欢浪漫，他配合着就行。

拿着包好的围巾走在街上，许愿搂着她的腰，挑眉笑道：“何必这么麻烦？还包装。”

林浣点头，说："送人的蜜月礼物，当然得包得漂亮点。"

许愿绝望地说道："这不是送给我的？"

"送给苏默白的蜜月礼物啊。"林浣很认真地回答道。

"送给苏默白？"许愿语调里带着不满。

"不然呢？"

"刚刚是我付的钱，钱还我。"许愿伸出手。

真是个傲慢的家伙，林浣在心里轻哼。不过一秒的时间，迟钝的许夫人终于明白了，许医生在吃醋。

她停了一秒，笑道："心里是不是酸溜溜的？"

"忘记了吃药吧？"许愿冷冷地讽刺道。

"我怎么闻到了一股酸味？"

许愿没有搭理她的嘲笑，他清冷的脸上看不出半丝情绪起伏，可熟悉他每一个呼吸的林浣知道，他生气了。只是许医生这次生气并没有收到什么效果，林浣提着纸袋默默地越过他。

她竟然一言不发。

"那个……谁，你不跟我道歉？"

林浣站住，静等下文。

"我承认我是吃醋了，可你当着老公的面叫其他人叫得那么亲热，不是应该道歉吗？"许医生还在据理力争。

"许医生，我和苏默白只是普通朋友。我想，虽然我们扯了证，盖了印章，但是我私人的空间总是要有的吧？"林浣道。

"……"见她表情如此冷淡，许医生识趣地闭上了嘴。

林浣赌气地转过身，不理会无理取闹的他，很久之后听到他柔声说道："好了，我不生气了。"

还在生气的林浣心里非常不爽，生气的那个人不该是她吗？

待林浣去洗澡的时候，许医生恶作剧地打开围巾的包装盒。他可是专业的医生，自然是有办法对付情敌的。

幼稚的许医生赌气地在围巾上面撒了一点点药粉。作为一个有素养的医生，他是不会害人的，顶多让苏默白的颈部小小地痒一下，擦点药膏就会好的。哪里像他这颗受伤的心，一时半会儿可是好不了的。

回国之后，两人约了苏微微、陈诺和苏默白一起吃饭。

他们给陈诺带的是一套手工艺品，给苏微微的是一个大牌基本款的包。

席间，苏微微满意地看着包说道："林浣，你就应该早点嫁给许愿的。你可知道，我喜欢这个牌子的包好几年了！可惜，那时候省一年的生活费都买不起。"

林浣瞪眼："现在买得起了，不稀罕了是吧？"

"可稀罕了。"苏微微怕她反悔，讨好地说。

林浣没有搭理她，翻出给苏默白的礼物。

"谢谢。"苏默白笑着收了下来。

"不用谢。"许愿抢先回答，语气酸酸的。

林浣无奈地摇头，抬手塞了一块西瓜到许愿的嘴里。

苏默白拆开了盒子，将黑白相间的羊绒围巾摊在手掌上，他侧头看了一眼林浣，由衷地说："这下冬天出去就不会冷了。"

啃着西瓜的许愿抿嘴："说得好像以前的冬天没戴过围巾似的。"

"许愿，西瓜都堵不住你的嘴吗？"

见林浣真的发怒了，许愿不敢再发表意见。

苏默白只当他们夫妻两个故意斗嘴玩儿，他讪笑着将围巾圈在脖子上。只是戴围巾的时候，他觉得许愿的眼神怪怪的，哪里怪怪的却又说不上来。

当天晚上回去后苏默白就知道是哪里奇怪了，他的脖子过敏了，起了红红的一片小疙瘩。看来，许愿这个出色的外科医生在围巾上做了手脚。

许愿并不知道苏检察官已经中了招，从餐厅回来后，他心情很差地泡了个澡。从浴室出来时，恰好看到林浣阴沉着脸挂断了电话。

“老婆，谁的电话？”

林浣放下手中的电话，瞪着许愿：“你说，是不是你在苏默白的围巾上做了手脚？”

“我怎么听不明白呀？”淡淡的声音没有任何的波澜，他漫不经心地挨着林浣坐下，用手指无意识地在林浣脖子上划着圈圈，“老婆，刚洗了头发，帮我吹吹呗。”

吹头发？她在问话呢，这人怎么主次不分？

林浣深吸一口气道：“你可别告诉我，苏默白脖子上的东西纯粹是自己皮肤过敏。”

许愿皱着漂亮的眉头，委屈地说：“作为一名医生，我很负责地告诉你，也许他吃错了东西，也许是天气原因造成的，也许是对针织物过敏。”

如果是别人，这么解释也没问题。可林浣看着他一本正经的样子，基本上已经对他判了刑：“少在那儿发表你的歪论！”

“你不相信我？”许愿用委屈的小眼神看着林浣。

又是这样！她根本还来不及说话，他湿漉漉的脑袋就已经靠在了她的胸前，还左蹭右蹭的，多像一只耍赖的猫啊！她只觉得痒，就忘了要责怪他。

“老婆，要不要去洗个澡？我帮你放好了水。”

“不要。”面对许医生的不老实，林浣小声地喘息起来。

许愿抬头给了她一个强吻。

“我是说不要……”她在谈正事好吗?

她怀里的许医生漂亮的眼眸一眯，笑道：“老婆，可不要贪杯啊。”

她又没有喝酒！一时没反应过来的林浣被许医生咬住了嘴唇。

“真美。”许医生温柔地感慨道。

被偷袭的她推开他的头：“别……那个，苏默白的脖子到底是怎么回事？要不要去医院啊？”

“没事，一点点药，药效一过，泡个澡就会好了。”

……

许医生不打自招，可是林浣完全没有意识到。

看着林浣的反应，许愿温柔的眼眸带着一抹得意，问道：“老婆，我帅不帅？”

林浣傻傻地点头，下一刻她已经被许愿拦腰抱起。

这个男人简直就是宇宙第一大怪兽呀。

他总能轻易地扰乱她的心智。

只是可怜了苏默白检察官，皮疹就这样成为悬案了。

番外·苏微微的战斗

好闺蜜林浣结婚，苏微微心里为她高兴，毕竟她终于守得云开见月明。不久她的情绪又极度地低落，因为面对妈妈的逼婚，她再也没有挡箭牌了。

春节回去过年，两个小时的车程，好不容易到家，结果苏妈妈看她孤零零一人，脸瞬间就垮了下来：“一个人回来的？”

苏微微拎着大包小包的礼物，原以为妈妈会高兴，结果她来了这么一句。她顿时就胸闷头晕，只得闷闷地说了句：“我累了，先去躺会儿。”

结果苏妈妈直接从客厅杀到了她的卧室，继续她的唠叨模式：“瞧瞧，你长得也不差，怎么就找不到男朋友呢？都怪你爸惯着你，使得你性格像男孩子。你说，男人怎么会喜欢一个男人啊？”

苏微微反驳：“男人为什么不能喜欢男人？这年头什么都不稀奇了好吗！”

“你真是太可怜了，男人都去喜欢同性了也不喜欢你。”

苏微微哭笑不得：“我明年一定会给你带个女婿回来的。”

“最好是上门女婿，我可舍不得你远嫁。”

“你这思想也太老古董了！现在哪还有什么上门不上门的啊，只要真心相爱，高矮不是问题，远近不是距离！”

苏妈妈一下子抓住了关键词：“最好是找一个真心爱你的男人，最好是以后孩子跟你姓！如果哪天那男人不要你了，你也有个孩子可以依靠。”

原来在妈妈眼里，她就是这样的存在！苏微微认命地闭上眼睛。

在老家煎熬了两天，苏微微借口工作忙回了江城。在冷冷清清的小公寓里，苏微微打电话跟林浣吐槽：“你说好笑不好笑？现在都什么年代了，还找上门女婿，还说生个小孩子最好跟我姓，说是怕我以后无依无靠。”

吐槽了几句，苏微微地轻轻叹了一口气，说：“浣浣，我妈好像说真的。你说我要怎么办，我都不敢回家了。”

林浣接电话的时候正在看电视。她躺在沙发上，许医生把头搁在她的腿上，非常不安分地用嘴啃她的腿。林浣拍了拍许医生不安分的嘴，给苏微微出主意：“要不，你找一个同样姓苏的得了，这样就不会出现家庭内部矛盾了。”

许医生啃着啃着，突然狠狠地吸了一口，猝不及防的林浣发出一声低低的喘息。

苏微微好奇地问：“你那边什么声音？”

“没什么声音啊！哦，养了一只宠物狗，老是啃我，烦人。”

“我干脆也养只狗算了，这年头狗比人还忠诚。”

“是的。”

“你是说我人不如狗？”林浣感觉到大腿被人轻轻咬了一口。

“你刚刚说什么？”林浣问一直不安分的许医生。

“浣浣，你在跟我说话吗？”苏微微狐疑地问。

“不是。微微，我有电话接进来了，明天再跟你聊，Bye。”

见林浣挂了电话，许愿淡淡地说道：“原来我在你眼里是只宠物狗。”

“怎么，不喜欢这个外号？谁让你老是啃我！”林浣辩解道。

许愿并不说话，他整个人往前一挪，轻易地就压在了她身上。他修长的手指滑过她的脸，然后突然用舌尖轻轻地吻着她的鼻梁，嗓音低沉：“我喜欢这个外号，非常喜欢。主人，接下来就是宠物秀了。”

“不要啃我的锁骨。”

“不要啃我的……”

苏微微并不知道林浣那头的春光旖旎。

她躺在沙发上想着林浣的话：“要不，你找一个同样姓苏的得了，这样就不会出现家庭内部矛盾了。”她闭上眼睛，眼前突然浮现出苏默白帅气的脸。苏微微躺在沙发上很长时间都没有睁眼睛，就这么一边想着林浣的话，一边幻想着苏默白的脸。

突然，她莫名其妙地有些怅然，苏默白那样的男人会喜欢她吗？大概只有五秒钟的时间，苏微微的不自信就消失得无影无踪了，眼眸中流光溢彩。

也许可以试试！她想。